# 出家
출가

THE MONK(出家)
Copyright © 2016 by Zhang Ji
All rights reserved.
published in agreement with CITIC Press Corporation c/o The Grayhawk Agency Ltd.
through Danny Hong Agency.
Korean translation copyright © 2017 by SALLIM PUBLISHING CO., LTD.

이 책의 한국어판 저작권은 대니홍 에이전시를 통한 저작권자와의 독점계약으로
(주)살림출판사에 있습니다.
저작권법에 의해 한국 내에서 보호를 받는 저작물이므로 무단전재와 복제를 금합니다.

# 出家
출가

장지 장편소설
차혜정 옮김

살림

# 1

그 전화 한 통이 아니었다면 나는 진작 출가해서 승려가 되었을 것이다. 지금쯤 황색 승복을 입고 삭발을 한 채 긴 염주를 들고 법당 경내를 느릿느릿 걷고 있을 것이다. 승려가 되면 돈을 망태기로 쓸어 담을 수 있다고 들은 터였다. 그것도 바오주사(寶珠寺) 주지인 아훙(阿宏) 아저씨가 제 입으로 한 말이다.

바오주사는 츠샤산(赤霞山) 중턱 파초 모양으로 난 평지에 터를 잡았다. 정중앙에 대웅전 세 채가 있고 양쪽으로는 선방들이 길게 늘어선 모습이 산을 배경으로 기세 좋게 펼쳐졌다.

금빛 찬란한 대웅전 앞에 선 나는 웅장함에 압도되어 옛날 황제의 궁전도 이 정도는 아니었을 거라며 감탄을 연발했다. 아훙 아저씨는 이건 아무것도 아니라고 했다. 앞으로 대웅전 앞쪽에 법당 세 채가 더 들어설 것이며, 사찰 건물이 완공되면 울타리 밖 대나무 숲에 근사한 살림집을 지어 그곳에서 노후를 보낼 것이란다. 아저씨는 바오주사의 청사진을 거창하게 이야기했고, 나는 그의 말에 빠져들었다. 사실 아저씨와는 10년 전에 만난 것이 마지막이었다. 당시 꼬챙이처럼 비쩍 말랐던 아저씨는 살이 적당히 붙은 몸에 여자처럼 뽀얀 얼굴로 내 앞에 나타났다.

"나랑 산으로 들어가서 공반(空班, 수계를 받지 않고 절에 행사가 있을 때 참가하는 승려-역주) 노릇을 하는 게 어떠냐? 일당으로 60위안을 주마. 액수는 많지 않지만 집에서 노는 것만 하겠니? 법구 다루는 법을 배워서 악중(樂衆)이 되고, 독경을 익혀서 수사로 승진하면 돈이 저절로 들어올 거다."

나는 아저씨의 제안에 마음이 흔들렸다. 눈앞에는 벌써 구체적인 그림이 펼쳐지며 상상이 꼬리에 꼬리를 물었다.

그랬다. 나는 돈이 필요했다. 일을 그만두고 집에서 빈둥거린 지도 1년이 넘었고, 아내 슈전(秀珍)의 배 속에는 둘째가 자라고 있다. 더 망설일 필요가 없던 나는 아내에게 적당히 둘러대고 아저씨를 따라나섰다.

바오주사에 도착해서 점심을 먹은 후 아저씨가 삭발을 해주었다. 비록 가짜 승려지만 겉모습은 그럴듯해야 한다. 아저씨가 가위로 내 머리카락을 대충 잘라낸 다음 뜨거운 물수건에 비누를 묻혀 발랐다. 그러더니 면도칼로 남은 머리카락을 밀기 시작했다. 의자에 앉아 면도날이 두피를 미는 소리를 듣고 있자니 잇몸이 다 근질거렸다. 문득 겁이 났다. 아저씨가 손을 삐끗하는 날에는 내 머리통이 두 동강 날 판이었다.

산속에 자리 잡은 바오주사는 호젓했다. 마당에는 승려 둘이 배드민턴을 치고 있었다. 하얀 셔틀콕이 포물선을 그리며 허공을 오갔다. 좀 떨어진 곳에서는 살집이 좋은 노 보살 한 명이 관음전 앞 계단을 쓸고 있었다. 빗자루가 돌계단과 거칠게 마찰하며 내는 소리가 여기까지 들려왔다.

울타리 너머는 곧장 산으로 이어진다. 때마침 사람 몇 명이 산길을 걸어오고 있었다. 울창한 나무들 사이로 보였다 사라졌다 하는 모습이 마치 무협영화에 나오는 협객들 같았다.

아훙 아저씨의 삭발 솜씨는 능숙했다. 칼을 움켜쥔 손을 날렵하게 움직이며 머리카락을 밀고 있었다. 가을 추수 때면 타이저우(台州) 황옌(黃岩)에서 벼를 베러 오던 일꾼들이 연상되었다. 칼날이 지나갈 때마다 내 머리카락이 일꾼들이 베어낸 볏단처럼 우수수 바닥으로 떨어졌다.

삭발이 끝나자 아저씨는 내 어깨를 툭 치며 몸을 돌리게 했다. 그는 몇 걸음 뒤로 가더니 눈을 가늘게 뜨고 마치 예술품을 감상하듯 내 머리를 바라보았다. 이윽고 그가 말했다.

"이렇게 깎아놓으니 그럴듯하구나. 너는 두상이 잘생겨서 승복을 입혀놓으면 나보다 더 승려 같겠는걸."

내 두상을 칭찬하는 건지, 자신의 면도 기술에 흡족해서 하는 말인지 알 수 없었다. 무심코 손을 뻗어 머리통을 만져보니 두피가 따끔거리면서 서늘한 감촉이 전해졌다.

바닥에 떨어진 머리카락에 눈을 돌리는 순간, 속에서 뜨거운 무언가가 올라왔다. 머리카락에 몹쓸 짓을 한 기분이 들었다.

머리카락 하나 안 남기고 삭발한 것은 이번이 처음이었다. 솔직히 조금 후회도 되었다. 진짜 이렇게까지 해야 하는지 알 수 없었다. 조금 전까지만 해도 승려를 그저 돈을 잘 벌 수 있는 직업으로만 생각했던 터였다. 그런데 삭발을 하고 나니 왜 이렇게 허전한지 알 수가 없다. 아무런 마음의 준비도 없이 저지른 일이다. 망연자실해서는 방으로 돌아와 차디찬 베개에 머리를 얹고 천장을 바라보았다. 정체성에 혼란이 왔다.

새벽 네 시가 막 지날 무렵 어디선가 종소리가 들려왔다. 한참만에야 아침 불사 시간을 알리는 신호라는 것을 알았다. 서둘러 승복을 입고 밖으로 나갔다. 바깥은 아직 칠흑같이 어둡고 바람은 또 어찌나 매서운지 얼굴에 찬물을 끼얹는 것 같았다.

복도에 서서 사방을 둘러보니 대웅전에는 불이 켜졌고, 별채에 거주하는 승려들이 하나둘 그쪽으로 향하고 있었다. 한차례 소름이 돋으면서 잠이 확 달아났다. 황망한 심정이 된 나는 삭발한 것을 본격적으로 후회하기 시작했다. 그런 와중에도 총총걸음으로 계단을 내려가 대웅전으로 향했다.

다른 승려들은 이미 양쪽에 도열해 있었다. 하나같이 엄숙한 표정으로 두 손을 합장한 채였다. 아훙 아저씨는 그 승려들 사이에 서 있었다. 방금 새로 밀었는지 삭발한 머리가 잔뜩 부풀린 복어의 배처럼 하얗게 빛났다. 아저씨의 모습은 지금까지와는 사뭇 달랐다. 무표정한 얼굴에 드러난 차디찬 안광이 사람들을 훑더니 순식간에 사라졌다. 사람들이 다 모이자 그는 눈을 내리깔더니 낮고 무거운 목소리로 경을 읽기 시작했다.

"보정열명향, 보편시방, 문성봉헌법중왕.(寶鼎熱名香, 普遍十方, 虔誠奉獻法中王)"

무슨 소린지 전혀 알아들을 수 없었다. 평소에는 아저씨의 목소리가 좋다고 생각한 적이 없었는데, 그의 독경을 들으니 사람의 마음을 움직이는 힘이 있었다. 이런 표현이 맞는지 모르겠지만 아저씨의 독경 소리는 페인트칠을 하기 위해 가는 사포로 문질러놓은 나무처럼 반질반질했다.

나는 노래나 암송에는 전혀 소질이 없었다. 그런데 독경 소리를 듣고 있자니 어느새 몰입하고 있는 자신을 발견했다. 가늘고 길게 이어지는 독경 소리는 어디선가 들어본 듯 귀에 익으면서도 몹시 생경했다. 순간 만감이 교차하면서 눈가에 물기가 어렸다.

아침 기도가 끝나자 모두 전당으로 가서 공양했다. 그때 나는 궁금증을 견디지 못하고 물었다.

"조금 전에 독경한 게 뭐죠?"

"「능엄주(楞嚴咒)」란다."

"능엄이 뭔데요?"

아저씨는 잠자코 사람을 시켜 경서 한 권을 가져오게 하더니 내게 건넸다. 책은 무척 얇았고 누런 표지에 나무능엄회상불보살(南無楞嚴會上佛菩薩)이라고 쓰여 있었다.

"능엄은 일종의 주문이지. 가장 암송하기 어려운 독경이기도 하단다. 승려는 능엄을 두려워하고 도사는 보암(普庵)을 겁낸다는 말이 있을 정도지. 「능엄주」를 제대로 암송할 정도면 수행의 깊이가 대단한 스님이라고 할 수 있다."

# 2

 사촌 처형에게서는 우유 목장 주인의 분위기가 풍겼다. 하얗고 통통한 몸을 바늘로 찌르면 새하얀 우유가 흘러나올 것 같았다. 사실 처형에 대해서는 특별히 인상에 남은 게 없었다. 아내 말로는 우리 결혼식에도 참석했다고 한다. 그동안 신장(新疆)에서 사업하다가 얼마 전부터 이곳에서 우유 공장을 열었다.

 어느 날 처형이 아내에게 전화해서 우유 배달할 사람이 필요하다면서 내게도 일할 의사가 있는지 타진했다. 당시 나는 바오주사에서 승려가 될지를 놓고 고민하던 중이었다. 아내의 말에 생각할 것도 없이 그 자리에서 그러겠다고 답했다. 우유 배달은 좋은 직업이라고 할 수는 없었지만 떳떳한 일자리다. 가짜 승려 노릇보다야 백 번 낫다.

 처형을 찾아갔을 때, 나에게 우유 배달이 어려운 것도 아니고 하루에 서너 시간만 일하면 된다고 말했다. 다만 새벽에 일쯤 일어나 네 시 반까지는 배급소에 출근해야 하고, 일곱 시 반까지는 자기가 맡은 구역의 우유 배달을 마쳐야 한다고 했다. 그러면서 처형은 내게 고생이 될 터인데 할 수 있겠냐고 물었고, 나는 고생하는 건 괜찮은데 이 도시에 이사 온 지 얼마 되지 않아 길을 잘 몰라서 걱정이라고 답했다. 처형은 웃으면서 그 정도라면 아무것도 아니라며, 며칠간 다른 직원을 따라다니며 길을 익히라고 했다. 이어서 집은 구했는지, 도시 생활에 적응은 했는지, 아내의 출산 예정일은 얼마나 남았는지 등을 물었고, 나는 사실대로 대답해주었다.

처형은 나와 대화할 때도 입구를 힐끔힐끔 쳐다보다가 사람이 없는 것을 확인하더니 갑자기 목소리를 낮췄다.

"팡취안(方泉), 날마다 우유 한 병씩 슈전 몫으로 챙겨줄 테니 다른 사람한테는 입을 다물어야 하네."

나는 잠시 어리둥절하다 황급히 고맙다고 인사했다. 이렇다 할 왕래는 없었지만 역시 핏줄이라 다르다는 생각에 마음이 훈훈해졌다.

다음 날 새벽 세 시가 못 되어 집을 나섰다. 첫날이라 마음이 들뜬 것도 있었다. 새벽의 텅 빈 거리에는 사람의 왕래가 거의 없었다. 어쩌다 심야 택시가 주황색 램프를 반짝이며 지나갈 뿐이었다. 시골에서 채소를 싣고 오는 전동 삼륜차도 있었다. 운전석에 앉은 사람은 차가운 날씨에 옷을 몇 겹이나 껴입어 미라처럼 보였다. 새벽을 향해 가는 거리는 을씨년스러웠으며, 차디찬 바람은 마치 이빨이라도 달려서 옷을 뚫고 들어와 내 살을 물어뜯는 것 같았다.

우유 배급소에 사람들이 모여들자 공기는 금세 따뜻해졌다. 좁은 공간은 말소리와 재채기 소리, 유리병이 서로 부딪칠 때 나는 소리가 섞여 왁자지껄했다. 나는 이렇게 떠들썩한 분위기를 좋아한다. 마치 시골에서 결혼식이라도 열린 것처럼 흥이 나기 때문이다.

우유는 전날 오후 공장에서 미리 운반해 온 것이었다. 수많은 유리병에 담긴 우유는 진열대에 나란히 진열되어 은은한 빛을 내뿜고 있었다. 나는 내 몫으로 배정된 몇백 병의 우유를 조심스럽게 배달 상자에 옮겨 담았다. 그것을 자전거 뒷자리로 옮긴 후 끈으로 단단히 고정하고 자물쇠를 채웠다.

첫날 일은 순조로운 편이어서 일곱 시가 되자 모든 배달이 끝났다. 마지막 집에 배달한 뒤에 골목 입구에서 군만두를 한 봉지 샀다. 수고한 내게 보상하는 마음에서였다.

집에 돌아온 나는 만두를 접시에 덜고 양념장을 곁들여 아내와 딸에게 내밀었다.

"군만두는 양념장에 찍어 먹어야 맛있어."

몇 개 집어먹다 보니 갑자기 처형이 준 우유 생각이 났다. 나는 자전거 뒤 상자에서 우유를 꺼내 따뜻하게 데운 후 두 컵에 나눠 담았다. 설탕을 넣고 저어서 한 컵은 아내에게, 한 컵은 딸아이에게 건넸다.

"당신 사촌 언니가 당신 생각해서 특별히 챙겨준 거야. 다난(大囡)아, 우유 맛있지?"

아이가 고개를 크게 끄덕였다. 나는 아이의 머리를 쓰다듬으며 말했다.

"아빠가 월급 타면 네 것도 신청할 테니 엄마랑 한 병씩 마셔라."

다난이 눈을 동그랗게 뜨며 말했다.

"동생 낳으면 어떻게 해요? 내 우유 개 줘야 해요?"

"그땐 세 병을 신청하면 되지, 우리 큰따님이 못 마시면 되겠어?"

딸아이는 신이 나서 말했다.

"네 병 사서 아빠도 한 병 마셔요."

아내는 우유를 마시지 않고 내 앞으로 밀어놓았다.

"이건 당신이 마셔요. 밤새 차가운 바람 맞으면서 일했으니 몸 좀 녹여요."

나는 고개를 가로저었다.

"난 됐어. 냄새에 적응이 안 돼서 말이야."

"우유에 무슨 냄새가 난다고 그래요?"

아내는 이해할 수 없다는 표정이었다.

"젖비린내지."

아내가 피식 웃음을 터뜨렸다.

"뭐가 우스워?"

내가 묻자 아내가 목소리를 낮추며 말했다.

"당신 어렸을 때 엄마 젖 안 먹었어요?"

그 말에 나도 덩달아 웃었다.

"사실 난 엄마 젖 먹어본 적이 없어. 내가 어릴 때는 우리 엄마가 제대로 드시지 못해서 젖이 안 나왔거든."

딸아이는 우유 마시는 걸 멈추고 가만히 듣고 있었다.

"어른들 얘기하는 거 듣지 말고 어서 우유나 마셔라. 그래야 키가 쑥쑥 자라지."

"그럼 엄마도 키 크려고 우유 마시는 거예요?"

"엄마는 키 크려고 마시는 게 아니란다. 엄마가 마시면 하얗고 예뻐져서 하얗고 통통한 동생을 낳을 수 있지."

아내는 얼굴이 새빨개져서 나를 흘겨보았다.

"애 앞에서 이상한 소리를 하고 그래요."

다난이 만두를 한 입 베어 물며 행복한 웃음을 지었다.

3

 아내는 도마에 채소를 올려놓고 썰었다. 손으로 이마에 맺힌 땀을 연신 훔쳤다. 요즘 들어 아내는 땀을 잘 흘린다. 몸무게가 늘어서 그런지 처형과 외모가 비슷해 보인다.
 나는 눈을 가늘게 뜨고 흡족하게 아내의 배를 바라보았다. 아무리 봐도 이번에는 아들이 틀림없다. 첫아이를 가졌을 때 아내는 씹다 만 사탕수수처럼 비쩍 말라서 볼품이 없었다. 오죽하면 그녀의 배 속에 있는 것이 아기가 아니라 걸신들려 죽은 귀신이 아닌지 의심할 정도였다. 이번에는 마르기는커녕 살이 올라 손등이 둥글둥글하고 고개를 숙이면 턱이 하나 더 생길 정도였다. 첫째 때 그렇게 말랐는데 딸을 낳았으니, 이번에는 틀림없이 아들일 것이다.
 나는 아들을 선호한다. 딸은 키워서 시집보내면 그만이지만 아들은 대를 이을 집안의 기둥이다. 내가 외아들이라서 대를 이어줄 아들이 있었으면 좋겠다.

계산해보니 아내의 출산 예정일은 두 달이 남았다. 가족의 생활비는 내 수입으로 충당하고 있다. 지금은 월급으로 1,700위안에서 1,800위안 정도를 받아오는데 생활비로 쓰고 나면 남는 것이 없었다. 아무래도 돈벌이가 되는 일자리를 더 찾아봐야겠다. 둘째까지 태어나면 지금 수입으로는 어림도 없을 것이다.

새벽 세 시가 되자 눈이 저절로 떠졌다. 이제 알람을 맞춰놓지 않아도 몸이 자동으로 반응한다. 요즘 사람들은 이를 바이오 시계라고 부른단다. 누가 붙인 이름인지 딱 들어맞는다.

침대에서 일어나 쌀을 씻어 전기밥솥에 안친 다음 씻고 나갈 준비를 했다. 처음 도시에 왔을 때는 매일 아침에 물에 말아 밥을 먹었는데 며칠 지나니 그것만으로는 요기가 되지 않았다. 아침에 나가면 네 시 반부터 일곱 시까지 쉬지 않고 일하니 든든히 챙겨 먹지 않으면 힘이 나지 않은 게 당연했다.

밥을 먹고 나서 목도리와 모자, 장갑으로 무장한 나는 자전거를 타고 일터로 향했다. 새벽의 차가운 바람을 맞으며 고객의 집마다 우유를 배달했다. 일을 마치고 나니 온몸이 땀으로 젖었다. 그제야 날이 완전히 밝아오면서 거리의 사람도 많아지기 시작했다.

길가의 전신주에 기대 담배를 피웠다. 한숨 돌리고 나서 집으로 돌아가 부족한 잠을 보충할 참이었다. 담배를 반 정도 피윘는데 갑자기 녹색 옷을 입는 사람이 자전거를 타고 내 앞으로 지나갔다. 어떤 집 앞을 지나가면서 뭔가를 집어 휙 던져놓고는 다시 가던 길을 갔다. 신문을 배달하는 사람이었다. 우유 배달을 하다 몇 번 마주친 적이 있었다. 그때 갑자기 신문 배달도 하면 수입이 배로 늘어날 거라는 생각이 들었다. 왜 이제야 이런 생각을 했는지 나도 참 멍청하다.

재빨리 자전거를 타고 그 남자를 따라갔다. 내가 부르는 소리에 남자가 자전거를 멈추더니 의아한 표정으로 쳐다보았다. 나는 미소를 지으며 담배 한 개비를 그에게 건넸다.

"나 불렀어요? 혹시 우리 아는 사이였던가요?"

"선생은 나를 모르겠지만 나는 선생을 압니다. 일단 담배나 태우시죠."

남자는 잠시 망설이다가 담배를 받아들었고, 나는 재빨리 불을 붙여주었다.

"날 어떻게 알죠?"

"날마다 만나는데 기억 안 나요?"

그는 미간을 찌푸렸다. 조금 전보다 혼란스러워 보였다.

"난 우유 배달하고, 그쪽은 신문 배달을 하고 있으니 날마다 마주치지 않을 수 있나요?"

남자가 그제야 알겠다는 듯 씩 웃었다.

"그러네요. 우린 매일 만나는 사이네요."

아침은 먹었냐는 물음에 남자는 고개를 가로저었다.

"잘됐군요. 만두를 맛있게 하는 집을 알고 있으니 갑시다.

내가 대접하겠습니다."

남자를 이끌고 만두 파는 가게로 갔다. 나는 만두 열 개와 완탕 두 그릇을 주문했다. 남자도 이곳을 알고 있는 것 같았다. 우리는 주문한 만두를 순식간에 먹어치웠다. 슬쩍 보아하니 남자는 배가 덜 찬 것 같았다. 나는 잠시 망설이다가 다섯 개를 추가했고, 곧바로 따끈한 만두가 나왔다. 애초에 내가 두 개를 덜 먹었더라면 추가 주문할 필요가 없었다는 생각이 뒤늦게 들었다.

만두를 다 먹고 나서 또 한 번 친절하게 담배를 건넸다. 그가 기름이 묻은 입술 사이로 담배를 밀어 넣고 한 모금 빨아들이더니 힘차게 연기를 뱉었다. 혀로 윗니와 아랫니를 핥는 것이 매우 만족스러운 모양이었다.

"신문 배달하는 건 무척 힘들죠?"

"그럭저럭 괜찮습니다. 우유 배달과 다를 게 없죠. 일찍 일어나야 되는 것만 빼면 다른 건 다 괜찮아요."

"수입은 어때요?"

그는 나를 곁눈질로 보더니 허허 웃었다.

"그러니까 댁도 이 일을 하고 싶군요?"

나는 머쓱해져서 같이 웃었다.

"눈치채셨네요. 아무래도 우유 배달보다는 나을 것 같아서요. 신문은 배운 사람들이 보는 거 아닙니까? 비록 나는 공부를 많이 못 했지만 신문 보는 건 좋아합니다. 신문 배달은 듣기에도 그럴듯하잖아요?"

내 말을 들은 그는 한껏 기분이 좋아진 것 같았다.

"나쁜 사람 같진 않으니 나도 솔직히 말하리다. 신문 배달은 수입이 괜찮은 편이죠. 한 달에 2,000위안 이상은 벌 수 있어요. 하지만 요즘은 정기구독 신청 시기가 아니라 배달원을 늘리지 않을 겁니다. 우리 신문은 항상 연말에만 구독 신청이 몰리거든요. 그래도 생각이 있다면 그때나 와보세요."

나는 대답도 하지 않고 건너편 가게로 달려가 리췬(利群) 담배 두 갑을 사 와서 그의 앞에 밀어 놓았다.

"알았으니 담당자가 어디 사는 지나 말해주시오."

그는 멈칫하더니 소리 내서 웃었다.

"머리 회전이 정말 빠르십니다. 좋습니다. 이렇게 적극적으로 나오시니 안 가르쳐드릴 수 없네요. 보급소장은 성이 마(馬) 씨고 두쥐안(杜鵑)길 108호에 삽니다."

나는 속으로 열심히 숫자를 외웠다. 성은 기억하기 쉬우니 됐고, 108호라니 양산박 호걸 108명을 연상하면 될 것 같다.

"내가 가르쳐줬다고 하면 안 됩니다. 마 소장이 알아서 좋을 게 없으니까요."

나는 걱정하지 말라며 그를 안심시켰다. 남자는 늘어지게 하품을 하더니 집에 자러 가야겠다며 일어났다. 탁자 위의 담배 두 갑을 호주머니에 집어넣는 것도 잊지 않았다. 나도 따라 일어나서 고맙다고 몇 번이나 말했다.

남자와 헤어진 후 나는 곧장 집으로 가지 않고 자전거를 타고 남자가 가르쳐준 마 소장 집으로 향했다. 대문은 굳게 잠겨 있었다. 문을 두드릴까 하다가 너무 무례한 것 같아서 그만두었다.

마 소장이 나오면 뭐라고 말해야 할까. 다짜고짜 신문 배달이 하고 싶다고 말할 수는 없는 노릇이다. 담배에 불을 붙였다. 마 소장 집의 으리으리한 문을 바라보며 한참을 서 있다가 몸을 돌렸다.

집에 돌아오니 아내는 침대에서 딸에게 동화책을 보여주고 있었다. 나는 아이 머리를 한 번 쓰다듬고는 아내에게 방금 있었던 일을 전부 늘어놓았다.

"그래서 말인데 일이 성사되려면 연줄을 대야 할 것 같아. 마 소장 집은 우유를 받아먹지 않으니까 우유를 무료로 넣어주면 환심을 살 수 있겠지. 1달이면 90위안, 1년이면 1,000위안이 넘지만 그 정도 투자는 감수해야지 어쩌겠어."

"우리 몫으로 받는 우유를 주면 되잖아요?"

"그건 안 돼. 당신 임신 중인데 영양 보충해야지."

아내가 내 말을 받았다.

"실은 나도 우유 냄새에 적응이 안 돼요. 언니가 주는 거라 버릴 수 없어서 억지로 마시는 것뿐이에요. 잘됐네요. 안 그래도 그만 마시고 싶었는데."

"무슨 소리야! 당신이 우유 싫어한다는 소리는 들어본 적이 없는데."

"이제야 말인데 나도 엄마 젖을 못 먹고 자랐어요."

아내가 멋쩍게 웃으며 하는 말에 나는 멈칫했다. 그러나 이

내 아무렇지도 않은 듯 웃으며 그녀의 겨드랑이에 간지럼을 태웠다. 아내는 부끄러워하며 그러지 말라고 웃으면서 말렸다. 장난을 멈추고 나니 다시 걱정이 밀려왔다.

"당신은 안 마셔도 아이는 마셔야지. 서양 애들 키 크고 피부 하얀 것 좀 보라고. 다 우유를 마셔서 그런 거잖아."

"텔레비전 보니까 흑인들도 우유 마시던데, 뭐."

아내의 말이 웃기려고 하는 건지 정말 그렇게 생각해서 하는 말인지 알 수 없었다. 그저 이런 일에 아내와 아이를 희생하는 내 모습이 부끄러웠다.

마 소장은 기상 시간이 늦는 편인지 우유를 놓아두러 갔을 때 집 안이 칠흑같이 어두웠다. 나는 그의 집 앞에 우유를 놓아두는 데 성공했다. 이튿날도 그 이튿날도 우유를 문 앞에 놓아두었다.

그러던 다섯째 날 아침이었다. 우유를 마 소장 집 앞에 내려놓는 순간 갑자기 문이 열렸다. 머리가 벗겨진 한 남자가 꽃무늬 잠옷을 입고 나를 쳐다보고 있었다.

"당신 누구요?"

내 앞에 서 있는 이 남자는 틀림없이 마 소장일 것이다.

"저는 우유 배달원입니다. 마 소장님이시죠?"

내가 웃으며 답하자 남자는 정색하며 나를 쳐다보았다.

"나를 어떻게 아시오? 그리고 왜 신청도 하지 않은 우유를 날마다 배달하는 거요?"

"소장님이 신청하셨잖아요?"

"내가 신청해요?"

마 소장은 어둠 속에서도 빛나는 머리통을 만지며 말했다.

"뭔가 착오가 있었나 보네요. 우리 집은 우유를 신청한 적이 없어요."

"착오가 있을 리 없습니다. 이건 제가 신청해서 드리는 거니까요."

마 소장은 얼떨떨한 와중에도 여전히 사무적인 표정을 유지했다.

"댁이 신청하다니 무슨 뜻이오?"

나는 빙그레 웃었다.

"사실은 신문 배달을 하고 싶습니다."

그제야 마 소장이 굳었던 얼굴 근육이 펴졌다. 그는 한껏 밝아진 표정으로 나를 위아래로 훑어보았다.

"젊은 사람이 머리가 잘 돌아가는군."

"소장님, 저도 신문 배달할 수 있게 해주십시오."

그가 나를 힐끗 쳐다보더니 말했다.

"업무 관련 사항이라면 근무 시간에 보급소에서 천천히 이야기합시다."

말을 마친 그가 문을 닫으려고 하자, 나는 황급히 문 안으로 한쪽 발을 집어넣었다.

"소장님, 출근하시면 아침은 제가 준비해서 가겠습니다. 군만두를 아주 맛있게 하는 집을 알고 있거든요."

마 소장이 웃음 띤 얼굴로 나를 바라보더니 내 머리를 한 번 쓰다듬었다.

"젊은이가 아주 센스가 있군 그래."

마 소장 집에서 나온 나는 급히 보급소로 달려갔다. 마 소장이 언제 출근할지 모르니 미리 가서 기다릴 요량이었다. 그가 사무실에 출근한 것을 확인하면 바로 만두 가게로 뛰어가 만두를 사올 참이다. 미리 사두면 식어서 맛이 없기 때문이다.

이런 생각을 하며 기다리다 보니 어느덧 여덟 시가 되었고 마침내 마 소장이 보급소에 나타났다. 나는 자전거를 타고 서둘러 만두 가게로 향해서는 갓 쪄낸 뜨끈뜨끈한 만두 한 봉지를 사들고 보급소로 갔다. 사무실에 앉아 차를 마시고 있던 마 소장은 내가 만두를 들고 들어서자 흡족한 표정을 지었다.

"자네는 시간을 아주 잘 지키는군."

나는 미소 지으며 김이 모락모락 나는 만두를 마 소장 앞에 놓았다.

"소장님, 뜨거울 때 어서 드십시오."

그러나 마 소장은 서두르는 기색이 없었다. 그는 태연자약하게 차를 한 모금 더 마셨다.

"가만 보니 자네 보통내기가 아니군. 우유에 신문 배달까지 두 가지 일을 동시에 하겠다는 거잖아. 하지만 우리는 아무 때나 사람을 뽑지 않는다네. 정기구독 신청 시기가 따로 있어서 그때만 배달원을 모집하지. 아 참! 우유 배급소에 요구르트는 없나? 우리 아이가 요구르트를 좋아해서 말이네."

"물론 있습니다. 그럼 요구르트도 매일 넣어드리겠습니다."

나의 다급한 대답을 들은 마 소장은 그제야 앞에 놓인 만두에 눈길을 주었다. 봉지를 열어 만두 한 개를 꺼내더니 만지작거리기만 하고 여전히 먹지는 않았다.

"배달원 모집 시기는 아니지만 그렇다고 방법이 아주 없는 것도 아니지. 가끔 결원이 생기기도 하니 말이네. 요즘은 상황이 어떨지 알아보면 되겠지."

마 소장은 이렇게 말하면서 만두를 한 입 베어 물었다.

"만두 맛이 아주 좋군."

나는 이때다 싶어 말을 꺼냈다.

"앞으로 소장님 아침 식사는 제가 만두로 대접하겠습니다."

마 소장의 눈가가 찻잎이 물에 풀리듯 활짝 펴졌다.

"알았네. 뭐 더 알아볼 필요도 없겠군. 자네 수완이야 그만하면 됐고, 요즘은 자네처럼 열심히 사는 젊은이가 흔치 않단 말이지. 내일 아침부터 당장 일을 시작하게나."

나는 벌떡 일어나 몇 번이고 고맙다고 인사하고 보급소에서 나왔다. 그런데 다시 한번 생각해보니 이 일 하나 잡으려고 쓴 돈이 얼마인가 싶었다. 아내와 딸아이 몫의 우유는 처음부터 없었다고 생각하면 그만이지만, 요구르트에 만두까지 사다 바치게 생겼다. 한 달 비용으로 따지면 우유는 90위안, 요구르트 60위안이고, 한 개에 1위안짜리 만두는 매일 다섯 개씩 해서 한 달이면 150위안이 든다. 이 모든 것을 합하면 300위안이 마 소장 밑으로 들어가게 생겼다. 이제 보니 마 소장은 보통 교활

한 인간이 아니다. 하지만 더 크게 봐야 한다. 신문 배달로 받는 수입이 한 달에 1,900위안이니까 마 소장에게 들어가는 비용을 제해도 1,600위안이 남는다.

집에 돌아오니 딸아이가 문 앞에 놓인 등받이 없는 나무 의자에 앉아 있었다. 손으로 턱을 괴고 미간을 찌푸리는 게 뭔가 속상한 일이 있는 듯했다.

"아이고 우리 예쁜 딸, 왜 입을 삐죽 내밀고 있어? 입을 하도 내밀어서 물통도 걸 수 있겠는걸?"

그러자 다난이 고개를 들어 나를 원망스럽게 쳐다보았다.

"아빠! 요즘은 왜 우유 안 가져와요?"

아차 싶었다. 아이에게는 아무런 설명도 해주지 않고 우유도 주지 않았다. 며칠 전부터 우유를 안 가져왔는데 아이가 묻지 않기에 잊은 줄 알았다. 생각지도 않은 질문에 나는 순간적으로 말문이 막혔다. 잠시 머뭇거리다 아무렇게나 둘러댔다.

"요즘엔 우유를 마실 수 없게 되었단다. 소들이 모조리 광우병에 걸렸거든."

아이가 의심스런 얼굴로 물었다.

"광우병이 뭐예요?"

"그러니까 소가 정신병에 걸려 미친 거야. 미친 소의 젖을 사람도 마시면 정신병에 걸린단다."

"사람이 정신병에 걸리면 어떻게 되는데요?"

아이가 이제 알았다는 듯이 물었다. 나는 손을 뻗어 아이를 안아 의자에서 내려놓은 후, 그 나무 의자를 머리에 올려놓고 음매 하고 소리를 냈다.

"이것 봐. 정신병에 걸리면 아빠처럼 된단다."

내 모습이 우스웠는지 아이는 화를 풀고 깔깔 웃었다.

# 4

새벽의 거리는 도처에 쓰레기가 널려 있다. 환경미화원들도 출근하기 전이라 소란스러웠던 어젯밤의 흔적이 도시 전체에 고스란히 남아 있는 것이다. 자전거로 쓰레기 더미 사이를 지나가는데 갑자기 비디오방에서 보았던 좀비 영화가 떠올랐다. 지금 내가 보고 있는 새벽의 거리가 영화 속 장면과 흡사했다. 그런 생각을 하자 문득 두려움이 몰려와서 조심스럽게 사방을 둘러보았다. 어두운 골목에서 무시무시한 좀비가 당장이라도 뛰쳐나올 것 같았다.

퍽! 어디선가 새벽어둠을 뚫고 날카로운 소리가 들려왔다. 그 바람에 자전거가 중심을 잃고 휘청했다. 급히 발끝을 땅에 대고 자전거를 세운 다음 아래를 내려다보았다. 알고 보니 자전거 바퀴가 플라스틱 생수병 위를 지나가면서 병이 찌그러지며 낸 소리였다. 나도 모르게 실소가 터져 나왔다. 이까짓 빈

생수병에 놀라다니 어이가 없었다. 놀란 가슴을 진정시키며 고개를 들어 앞을 보니 바닥에는 플라스틱병이 한두 개가 아니었다. 수많은 생수병이 가로등에 반사되어 어슴푸레 빛을 발하고 있었다.

순간 나도 모르게 이마를 쳤다. 왜 진작 이 생각을 못했을까. 평소 사람들이 병을 줍는 것을 보면서도 나와 상관없는 일이라고 생각했다. 그런데 환경미화원과 폐지를 줍는 사람들도 아직 일어나지 않은 출근길, 길거리에 널린 빈 병은 모조리 내 차지가 아닌가! 이제야 생각해낸 자신이 바보 같았다.

이렇게 해서 주워 모은 빈 병은 스물여섯 개였다. 자전거 뒷자리에 매달았더니 움직일 때마다 경쾌한 소리를 냈다. 수확은 빈 병 말고도 더 있었다. 작은 곰 한 마리를 주워온 것이다. 물론 동물원에 있는 곰이 아니라 갈색 봉제 곰 인형이었다. 동그란 플라스틱 단추로 된 동그란 두 눈에 배가 볼록 튀어나온 그 녀석은 폐지 더미에 누워 있었다. 곰 인형을 주워 흙을 털고 살펴보니 새것이나 다름없이 멀쩡했다. 딸아이에게 갖다 주면 좋아할 것이다.

신문 배달을 마치고 폐품 수집장으로 달려갔다. 빈 병 하나에 0.15위안을 쳐줘서 스물여섯 병을 다 바꾸니 3.9위안을 손에 쥐었다. 앞으로 마 소장에게 사주는 만두 다섯 개 값 5위안은 빈 병을 판 돈으로 대부분 충당할 수 있을 것 같다. 자기가 먹는 만두가 쓰레기 더미를 주고 가져온 것임을 알면 마 소장이 어떤 표정을 지을까. 과연 만두가 목구멍으로 넘어갈까? 하긴 요즘 사람들 정크 푸드를 좋아하던데, 마 소장이 먹는 만두야말로 진정한 정크 푸드인 셈이다.

만두를 건네주고 집으로 돌아가 잠을 보충하려던 참에 전화가 울렸다. 우유 배급소에 들르라는 처형의 호출이었다. 무슨 일인지는 전화로 말하지 않으니 걱정부터 되었다. 우유 배급소를 향해 걸음을 재촉했다.

사무실 문을 들어서니 처형이 문을 닫으라는 손짓을 한다. 그러더니 사무실 탁자 밑에서 종이봉투 하나를 꺼내 건넨다.

"요 며칠 공장에서 우유를 넉넉하게 보내와서 이렇게 남았어. 아직 유통기한이 남았으니 가져가 슈전 영양 보충이나 시키게."

급히 보자던 용건이 이거였다고 생각하니 가슴이 뭉클해졌다. 거듭 감사하다고 하니 사촌 처형은 친척끼리 무슨 인사치레냐며 손을 내저었다. 이어서 태연하게 덧붙였다.

"자네 전에 페인트칠한 적 있지? 다른 게 아니고 우리 집에 다실을 하나 꾸몄거든. 인테리어는 다 마쳤는데 페인트칠을 아직 안 했어. 다른 사람에게 시키자니 안심이 안 돼서 말이야. 자네가 낮에는 어차피 한가하니까 좀 도와줘야겠네."

나는 잠시 어리둥절하다가 조금 늦게 대답했다.

"당연히 도와드려야죠."

"그럼 됐네. 오후에 우리 집에 들러서 필요한 물품이 뭔지 살펴보고 알아서 해주게."

"알았습니다. 그럼 오후에 뵐게요."

처형은 흡족한 표정으로 나를 바라보았다.

"내가 사람은 잘 봤지. 역시 친척이 최고라니까."

그러다 갑자기 무슨 생각이 났는지 신문 한 장으로 봉투 안 우유가 보이지 않게 덮었다. 그리고 낮은 소리로 말했다.

"나갈 때 다른 사람 눈에 띄지 않도록 조심하게."

나는 속으로 쓴웃음을 지으면서도 알았다고 했다. 그리곤 유통기한이 다 되어가는 우유를 들고 지친 발걸음을 옮겼다. 나는 머리를 힘주어 흔들면서 정신차려야 한다고 다짐했다. 졸음이 쏟아져서 자전거 탄 채 잠이 들어버릴까 봐 걱정이 될 정도였다.

집에 돌아온 나는 정신을 가다듬고 마당에 서서 딸아이를 큰 소리로 불렀다. 내 목소리를 듣고 다난이 집 안에서 뛰어나왔다. 나는 우유가 가득 든 봉투를 내밀며 장난스럽게 물었다.

"이게 뭘까?"

아이가 봉투를 열어보더니 아빠 이제 부자된 거냐고 큰 소리로 외쳤다. 그 소리를 들은 아내가 밖으로 나왔다가 내 손에 든 우유와 요구르트를 보고 깜짝 놀랐다.

"무슨 우유를 이렇게 많이 샀어요?"

"산 게 아니라 처형이 준 거야."

"왜 이렇게 많이 가져왔어요? 냉장고도 없는데 상해서 버리게 생겼네."

그제야 나도 아차 싶었다. 아내 말이 맞았다. 냉장고도 없는 집에 이 많은 우유가 무슨 소용이겠는가. 며칠 전에는 우유가 없어서 고민이었는데 이번에는 우유가 많아서 고민이라니, 내 신세가 처량해서 한숨이 나왔다.

점심때가 되자 내가 식사 준비를 하겠다고 나섰다. 쌀을 깨끗이 씻어 전기밥솥에 넣고 물 대신 우유를 부어 밥을 안쳤다. 그뿐만 아니라 우유로 반찬까지 만들었다. 우유 달걀 볶음, 요구르트와 채소 무침 등 머리를 짜내서 가져온 우유를 모두 써 버렸다. 그런데 우유로 만든 반찬을 식탁에 차려놓으니 다들 식욕이 전혀 없어 보였다. 특히 딸아이는 반찬에 젓가락을 거의 대지도 않았다.

"다난아, 날마다 우유 먹고 싶다고 노래 불렀잖아. 오늘 아빠가 우유로 이렇게 많은 반찬을 만들었는데 왜 안 먹어?"

딸이 입을 삐죽이며 말했다.

"우유 한 병은 아까 마셨고, 요구르트도 두 병이나 마셨어요. 이제 우유 냄새도 맡기 싫어졌어요."

나는 아이 앞에 놓인 밥그릇을 들고 크게 한 숟갈을 퍼서 입에 넣고 씹었다.

"이렇게 맛있는 밥을 왜 먹기 싫다고 하지? 아빠는 이렇게 맛있게 먹잖아."

나는 밥을 씹으면서 아내에게도 말했다.

"여보, 우리가 도시에서 이런 생활을 하리라고 생각도 못 했지? 아무리 부잣집이라도 우유로 밥까지 해먹을 형편은 안 될 거야."

내 말에 아내가 억지로 웃어 보였다. 사실 아내도 딸아이와 다를 바 없었다. 우유로 지은 밥이 내키지 않지만 내 입장을 생각해서 한 젓가락씩 힘들게 먹고 있었다.

오후에는 처형네 집 공사 때문에 집을 나섰다. 아내에게는 적당히 둘러댔다. 그녀가 알아서 좋을 것이 없기 때문이다. 아내는 내가 페인트 일을 하는 것을 극구 반대했다. 페인트의 유독 성분이 몸을 상하게 한다는 이유에서였다.

처형 집은 입이 떡 벌어질 정도로 호화로웠다. 잘은 몰라도 홍콩영화에 나오는 별장들보다 훨씬 고급스러운 느낌이었다. 평생 우유 배달을 해도 이런 집에서 살 수 없다고 생각하니 갑자기 맥이 빠졌다.

나는 현관에서 신발을 벗으려고 했다. 고급 원목 바닥을 내 더러운 신발로 더럽히면 안 된다는 것쯤은 나도 알고 있었다. 그런데 처형이 나를 막아서며 상자를 내밀었다. 상자 위에는 타원형의 구멍이 뚫려 있었다. 처형은 그것을 바닥에 내려놓더니 나더러 발을 집어넣으라고 했다. 어리둥절하면서도 조심스럽게 발을 상자에 집어넣었다가 빼니 놀랍게도 발이 비닐봉지에 감싸져 있었다. 놀라움도 잠시, 현관에 그 많은 슬리퍼는 놔두고 비닐봉지를 발에 씌우는 저의가 의심스러웠다. 내 발에서 나는 냄새가 자기 집 슬리퍼에 밸까 봐 그랬다고 생각하니 기분이 언짢았다.

처형은 다실로 꾸민 방으로 나를 안내했다. 그 방은 원래 마작 기계를 들여놓았는데 이제 가정용 다실로 개조한 것이다. 나는 치수를 어림잡아 필요한 페인트의 양을 계산했다. 처형이 돈을 주며 대신 사 오라고 해서 그길로 비닐봉지를 벗고 페인트 가게로 달려갔다. 그리고 물건을 배달하는 삼륜차 기사와 함께 페인트를 한 통씩 집 안으로 운반했다. 마지막 페인트 통을 들여놓던 나는 처형이 작은 계산기를 들고 페인트 개수를 세고 있는 것을 보았다. 내가 들어오는지도 모르고 계산에 열중하던 처형이 나를 보고 민망한 웃음을 지었다.

"팡취안, 오해하지 말게. 페인트 파는 사람들이 자네를 속이지는 않았을까 해서 확인하는 것뿐이야."

나도 웃으면서 말했다.

"오해라니요, 그럴 리가 있나요."

새삼스럽게 오해할 것도 없는 것이, 처형은 평소에도 이렇게 해왔기 때문이다. 우유 배달원들에게 우유를 내줄 때도 몇 번이나 개수를 확인해서 단 한 병도 더 나가지 않게 관리했다. 동료들의 말에 의하면 처형이 가끔은 잠도 자지 않고 고객 집 앞을 지키며 배달원이 제대로 배달하는지, 우유를 훔쳐가지는 않는지 지켜본다고 한다. 하긴, 부자들은 그렇게 하니까 돈을 모을 수 있었을 것이다.

저녁 식사를 마치고 곧장 집을 나왔다. 그 집에 계속 있다가는 몸에 밴 페인트 냄새를 아내가 맡을까 봐 걱정이 되었다. 골목을 어슬렁거리며 사람들이 마작하는 모습을 지켜보다가 아홉 시가 되어서야 집으로 들어갔다. 아내는 이미 잠들어 있었다. 나는 숨을 길게 내쉬며 안심하고 누웠다.

낮에는 그렇게 졸리더니 이상하게 잠이 달아나버렸다. 수많은 생각이 오가면서 머리가 복잡해졌다. 잠을 자려고 애써도 좀처럼 잠이 오지 않자 벌떡 일어나 화장실로 향했다. 변기에 걸터앉아 담배를 물었다. 하얀 담배 연기가 좁은 화장실 안을 금세 가득 채웠다.

그렇게 앉아 있은 지 얼마 지나지 않아 위층에 세 든 젊은 여자가 귀가하는 소리가 들렸다. 무슨 일을 하는지 여자는 날마다 늦은 시간에 귀가했다. 오늘은 계단을 오르는 발소리가 한 사람의 것이 아니었다. 소리는 계단을 올라 방으로 들어가는 순간 없어졌다. 그런데 조금 있으니 침대가 삐걱대는 소리가 들려왔다. 여자가 내는 작은 신음이 간간히 섞여 들렸다. 갑자기 얼굴이 달아올랐다. 생각해보니 도시로 이사와서 딸아이와 한 방을 쓰면서부터 아내와 잠자리를 가진 일이 없었다. 바쁘게 사느라 그런 것까지 신경을 쓸 틈이 없었다. 그런데 위층에서 나는 소리가 내 몸의 기억을 환기해준 것이다. 미약하게 흔들리는 화장실 천장의 백열등을 바라보며 이상한 생각을 물리치려고 애썼다. 그러나 그럴수록 귀는 더 쫑긋해져서 위층에서 나는 작은 소리까지 놓치지 않고 들려왔다. 나는 어지러움을 느꼈다.

그때 갑자기 누가 화장실 문을 노크했다. 아내가 문 앞에서 속삭였다.

"당신 안에 있어요?"

나는 허둥대며 일어나 문을 열었다. 아내가 화장실 문 앞에서 있었다.

"여보, 이 밤중에 화장실에서 뭐 하느라 이렇게 안 나와요?"

"낮에 우유를 많이 마셔서 그런지 배탈이 났어."

나는 되는대로 둘러댔다.

"그래요? 당신 말을 들으니 갑자기 나도 배 속이 불편한 것 같아요."

"우리 둘 다 고생을 많이 해서 고급 음식은 속에서 받아들이지 못하는가 보군. 당신도 화장실 쓰려고?"

아내가 고개를 가로저으며 위층을 손으로 가리켰다.

"저거."

"당신도 들었어?"

"저렇게 큰 소리를 내는데 안 들릴 리가 있어요? 어휴, 이 밤중에 사람 잠도 못 자게 하네!"

말을 마친 아내가 갑자기 내 눈을 들여다보더니 목소리를 낮췄다.

"애는 깊이 잠들었어요."

나는 잠시 멈칫했으나 금세 그 뜻을 알아차렸다. 아내의 손을 끌어당겨 화장실로 들어오게 한 다음, 소리가 나지 않게 문을 잠갔다. 나는 조심스럽게 아내의 옷을 벗겼다.

"춥지 않아?"

내 물음에 아내가 고개를 저었다. 몸을 숙여 아내의 배를 어루만지며 속삭였다.

"아들아, 잘 자고 있어. 훔쳐보면 안 된다."

아내가 웃으며 나를 살짝 꼬집었다.

화장실에서 나온 우리는 뒤꿈치를 들고 살금살금 침대로 돌아갔다. 아내가 내 가슴에 머리를 기대며 힘들지 않았냐고 물었고, 나는 고개를 저었다.

"힘들면 오늘은 우유 배달 하루 쉬어요."

"그럴 수는 없지. 고객들이 항의할 거야."

"당신이 힘드니까 그렇죠."

"하나도 안 힘드니 걱정 붙들어 매."

"이렇게 당신이 지쳐서 쓰러질 지경인데 내가 모른 척할 수 있겠어요?"

"쓸데없는 걱정을 다 한다. 몸이 이렇게 튼튼한데 어떻게 쓰러지겠어."

이번에는 아내의 귀에 대고 속삭였다.

"날마다 당신과 화장실에 가더라도 하나도 안 피곤할 거야."

아내가 내 허벅지를 세게 꼬집었다. 그러더니 갑자기 코를 벌름거렸다.

"여보, 당신 몸에서 무슨 냄새가 나는 것 같아요."

갑자기 긴장이 되었다. 아내가 내 몸에서 나는 페인트 냄새를 맡았단 말인가.

"무슨 냄새가 난다고 그래? 나는 모르겠는데."

내 말에도 아내는 계속 코를 킁킁거렸다.

"조금 전 화장실에 오래 있어서 그렇겠지."

"그런가?"

아내가 미간을 찌푸리며 말하자 나는 그녀의 등을 토닥여주었다.

"어서 잠이나 자."

# 5

둘째 아이가 태어난 것은 예정일을 일주일 앞둔 날이었다. 마 소장에게 만두를 사다 주고 집에 오니 아내가 이마에 땀을 흘리며 누워 있었다. 나를 보더니 눈을 깜박이며 곧 아기가 나올 것 같다고 했다.

그날 오후에 둘째 딸이 태어났고, 아들을 바라고 있던 나는 적잖이 실망했다. 아내가 임신했을 때 모든 면에서 맏이 때와는 완전히 달랐기 때문에 당연히 아들일 줄 알았다. 그런데 이번에도 딸이 나오자 하늘도 무심하다는 탄식이 절로 나왔다. 진작 알았다면 초음파라도 찍어볼 걸 그랬다고 후회가 막심했다. 아내도 내가 아들을 원하는 것을 알고 있었기 때문에 둘째도 딸을 낳은 것이 자기 죄라도 되는 양 미안해했다.

"많이 실망했죠?"

아내가 의기소침해져서 낮은 소리로 묻자 나는 고개를 세차게 가로저었다.

"무슨 소리야? 딸을 낳아야 더 좋지. 이제 두 딸을 키워서 결혼시키면 사위 둘이서 사다 주는 술과 담배만 해도 다 못쓰고 죽게 생겼군."

내 말에 아내가 웃었고, 나도 따라 웃었다. 하지만 내 웃음은 울음보다 더 슬픈 웃음이었다.

침대 앞에 다리를 구부리고 앉아 둘째 딸 얼난(二囡)의 기저귀를 조심스럽게 빼냈다. 고개를 돌려 마당을 내다보니 빨랫줄에는 만국기처럼 각종 색깔의 기저귀가 걸려 있었다. 큰딸 다난이 그 옆 의자에 앉아 있었다. 아이는 한 손으로 턱을 괴고 다른 한 손으로는 어디서 났는지 모를 나무 막대기를 들어 땅바닥에 그림을 그리고 있었다.

"다난아, 기저귀 하나만 가져오렴."

다난은 아무 대꾸도 하지 않았다. 마치 내 말을 듣지 못한 것 같은 표정이었다.

"아빠 말 안 들리니? 기저귀 가져오라고."

아이는 내 말은 아랑곳하지 않고 그림 그리기를 계속했다. 기분이 상한 나는 마당으로 나가 다난의 머리통을 한 대 쥐어박았다. 그리고 빨랫줄에서 기저귀를 걷어 접은 다음 아기에게 채워주었다. 기저귀를 채우고 나서 마당을 쳐다보니 큰아이가 보이지 않았다. 근처에 놀러 나간 것 같았다. 때마침 아내가 화장실에서 나오자 나는 불만을 터뜨렸다.

"다난이 점점 말을 안 들어서 큰일이야. 심부름도 잘 안 하려고 해."

"애한테 뭐라고 하지 말아요. 이제 컸으니 말 안 들을 때도 된 거죠."

"제까짓 게 컸다고? 벌써 말을 안 들으니 더 크면 얼마나 더 말을 안 듣겠어?"

아내가 나를 이상하다는 눈으로 바라보았다. 나 자신도 엉뚱한 데다 화풀이하고 있다는 게 느껴질 정도였다. 얼른 수습하려고 괜히 손가락으로 아기의 턱을 가볍게 튕겼다. 아내가 내 손을 황급히 아기에게서 떼어냈다.

"턱 만지면 침을 흘린다고요."

나는 흥미를 잃고 문 앞으로 가서 다난이 앉았던 의자에 걸터앉아 담배를 피웠다. 좋은 시절은 언제나 오려나 싶었다.

이제 진짜 체력이 한계에 다다랐음을 느꼈다. 꼭두새벽에 일어나 신문과 우유를 배달하느라 잠이 부족한 데다 둘째까지 태어난 것이다. 아기는 잠투정이 심해서 밤마다 안고 흔들어줘야 겨우 잠이 들었다. 만약 아내 혼자 밤새 시달리다 보면 아내의 몸도 견디지 못할 판이었다. 그러니 아기 시중은 내가 들 수밖에 없다. 하지만 내 몸도 무쇠로 만든 게 아닌 이상 견디기 어려웠다. 아기를 달래다가 아기는 말똥말똥한데 내가 먼저 잠이 들어버리는 날도 있었다. 날마다 겨우 두 시간씩 자는 게 고작이었다.

거의 매일 아기 울음이 잦아들어 눈을 잠깐 붙이면 얼마 안 돼서 출근 시간을 알리는 알람이 울렸다. 나는 고통스럽게 이

불 속에서 빠져나와야 했다. 그 순간 매미가 껍질을 벗는 기분을 알 것도 같았다.

나는 기계적으로 옷을 입고 삐걱거리는 자전거 페달을 밟으며 끝없는 어둠 속으로 향했다. 내가 배달할 집을 어떻게 찾아가는지 나도 알 수 없었다. 자전거를 탈 때 눈도 제대로 못 뜨고 가기 때문이다. 내가 초능력을 갖게 된 건 아닌지 의심이 될 정도였다.

아기를 겨우 재워놓고 눈을 붙일 때마다 아기가 깨서 울지 않기를, 그래서 두 시간만 푹 잘 수 있기를 빌었다. 그러나 기도는 아무런 효과가 없었다. 눈을 감은 지 얼마 되지 않아 아기가 울기 시작했다. 아기는 벌써 내 손을 탔는지 아내가 달래면 울음을 그치지 않았다. 하는 수 없이 내가 아기를 품에 안고 달래야 했다. 희한하게도 내가 안아주면 아기는 거짓말같이 울음을 그치고 웃는 것 같기도 하고 아닌 것 같기도 한 표정을 지었다. 나야말로 울어야 할지 웃어야 할지 모르는 심정이 되곤 했다. 심지어 아기가 일부러 나를 놀린다는 생각까지 들었다.

내 품에 안겨 있던 아기가 갑자기 고개를 한쪽으로 틀려고 애를 썼다. 흥미를 끄는 것을 발견했나 보다. 나도 자연스럽게 아기가 바라보는 방향을 바라보았다. 큰아이가 문 앞에서 곰인형을 들고 혼잣말을 주고받으며 놀고 있었다. 혹시 둘째가 곰 인형을 달라는 걸지도 몰랐다.

"다난아, 동생도 곰 인형하고 놀고 싶은가 보다. 그거 한번 줘봐라."

큰아이는 경계하는 눈빛으로 나를 바라보며 대답은 하지 않았다. 오히려 곰 인형을 든 손에 더 힘을 주었다. 나는 은근히 부아가 치밀었다.

"다난아, 아빠 말을 들어야지. 어서 동생한테 인형 줘봐."

큰아이는 여전히 나를 외면했다. 그때 아기가 더 크게 울기 시작했다. 내가 달래도 울음을 그치지 않았다. 아기를 잠시 침대 위에 내려놓고 성큼성큼 걸어가 다난의 손에서 곰 인형을 빼앗았다. 그리고 한마디 꾸중을 해주고는 침대 옆으로 왔다. 곰 인형을 아기 앞에서 흔들어주었더니 신기하게도 아기는 까르르 웃기 시작했다. 때마침 찬거리를 사러 나갔던 아내가 돌아와서 문 앞에 선 큰아이와 내 손에 든 곰 인형을 번갈아 보더니 말했다.

"애 인형을 왜 뺏어요?"

"아기가 이 곰을 좋아해."

"그렇게 어린아이가 장난감 가지고 노는 걸 어떻게 알아요? 어서 애한테 돌려줘요."

"이거 봐. 아기가 정말 좋아하잖아."

그때 아내가 내 옆구리를 살짝 찔러 내가 움찔하는 틈에 곰 인형을 낚아챘다. 그리고 문 앞에 있는 딸아이에게 그것을 건네주었다.

"곰 인형 여기 있어. 아빠가 너를 놀리느라고 일부러 그런 거야."

큰딸은 여전히 굳은 표정으로 곰 인형을 받더니 갑자기 바닥에 힘껏 내동댕이쳤다. 나는 화가 치밀었다.

"너 지금 뭐 해! 빨리 안 주워?"

딸아이는 고개를 모로 돌리며 못 들은 체했다. 나는 한걸음에 달려가 아이의 머리통을 손바닥으로 때렸다. 아내가 황급히 달려와 나를 밀쳐냈다.

"애는 왜 때리고 그래요?"

나는 그대로 얼어붙었다. 덜컥 후회가 밀려왔다. 어떻게 아이한테 손을 댈 수가 있단 말인가. 아이는 흰 눈자위만 보일 정도로 나를 째려볼 뿐 울거나 소리치지도 않았다. 눈물이 잔뜩 맺혀 금방이라도 흘러내릴 것 같았지만 애써 버텼다. 나는 큰 잘못을 했음을 깨달았다. 그러나 아이 앞에서 약한 모습을 보이기는 싫었다. 방 안 분위기가 순식간에 얼어붙었다.

갑자기 외로워졌다. 나를 부끄럽게 하는 외로움이었다. 이 집에서 나 혼자 소외된 것처럼 느껴졌다. 이 느낌이 어디서 오는지 알 수 없었다. 순간 견딜 수 없어진 나는 문을 박차고 나왔다.

밖에 나온 나는 담배에 불을 붙이고 힘껏 빨아들였다. 기분이 약간 나아진 것 같다. 그러나 집으로 돌아갈 마음은 생기지 않았다. 지금 들어가면 어떤 표정으로 식구들을 대할지 난감했다. 골목을 어슬렁거리다 눈에 띄는 기원으로 들어갔다.

마작 테이블에 끼어서 사람들이 마작하는 것을 구경했다. 마작은 할 줄 모르기 때문에 봐도 이해할 수 없었다. 나중에는 한쪽에 있는 기둥에 기대서 꾸벅꾸벅 졸기 시작했다.

다시 집으로 돌아왔을 때 다난이 몸을 잔뜩 움츠리고 문 앞 작은 의자에 앉아 있었다. 작은 손을 가슴에 모으고 있는 모습이 마치 처마 밑에서 비바람을 피하는 작은 짐승 같았다. 순간 코끝이 찡해왔다. 아이에게 다가가 머리카락을 쓰다듬었다. 그러나 아이는 고개를 모로 돌린 채 대꾸도 하지 않았다. 나는 한숨을 쉬고 집 안으로 들어왔다. 아내가 나를 보더니 한마디 했다.

"애들처럼 왜 그래요? 어서 밥이나 먹어요."

식사 후 아내는 나더러 오후에는 좀 자라고 하면서 두 아이를 데리고 밖으로 나갔다. 집에 혼자 남은 나는 실로 오랜만에 단잠을 즐겼다. 마치 한 번도 그렇게 깊이 잠들어보지 못한 사람 같았다. 내가 무거운 쇳덩이처럼 침대에 박혀서 다시는 일어나지 못할 것 같았다.

깨어났을 때는 새벽 두 시가 훌쩍 넘은 시간이었다. 큰딸은 이미 잠이 들었다. 오늘은 둘째도 웬일인지 보채지 않고 잘 잔다. 가끔 입을 오물거리며 낮게 코고는 소리까지 냈다. 그러나 나는 한 번 잠에서 깨니 다시 잠들기가 어려웠다. 나는 몸을 일으켜 큰아이의 침대 곁으로 갔다. 아이를 들여다보다가 머리를 부드럽게 쓰다듬어주었다. 마음이 말할 수 없이 착잡했다. 잠시 앉아 있다가 조용히 일어나 자전거를 타고 마당을 빠져나왔다.

거리에는 드문드문 사람이 지나다녔다. 밤새 마작을 하거나 야근을 하고 돌아오는 사람들일 것이다. 나는 자전거를 끌고 싱하이로(興海路)를 따라 천천히 걸었다. 둥먼(東門)에 있는 암자까지 오니 피곤해져서 암자 앞 계단에 앉아 쉬기로 했다. 무의식적으로 주머니에서 담배를 꺼내 입에 물었다. 막 불을 붙이려는데 어디선가 편안하고 향기로운 냄새가 풍겨왔다. 은은하지만 익숙한 그 냄새는 법당에서 피우는 향불 냄새였다. 유심히 맡아보니 단향이다. 갑자기 아훙 아저씨가 떠올랐다. 아저씨의 사찰에는 이런 단향 냄새가 사방에서 풍겼다. 나는 후각을 총동원해 향내를 맡았다. 온몸이 편안해졌다. 마치 두 손이 내 몸을 따뜻하고 힘 있게 쓰다듬어주는 느낌이었다. 담배를 피우고 싶다는 마음이 사라졌다. 담배 냄새가 단향 냄새를 덮어버릴까 걱정되었기 때문이다.

이튿날 점심을 먹은 뒤에는 큰아이의 기분이 어제보다 한결 나아 보였다. 아이는 땅바닥에는 네모를 그리더니 사방치기 놀이를 했다. 나는 그 옆에 앉아서 미안한 마음으로 아이를 지켜보았다.

저렇게 착한 딸도 없을 것이다. 아이는 한 번도 장난감을 사달라고 조른 적이 없었다. 그런데 아비라는 사람이 남이 버린 쓰레기를 갖다 준 것도 모자라 그걸 도로 빼앗았다. 그런 생각이 들자 얼굴이 불에 덴 것처럼 화끈거렸다.

제 아비의 기분과는 상관없이 딸아이는 네모 칸 안에서 신나게 뛰어놀았다. 작고 마른 몸은 빗금 안에서 특히 외로워 보였다. 바로 그 순간 나는 깨달았다. 아내의 말이 맞았다. 아이는 자라서 자기 생각을 갖게 된 것이다. 비록 말을 하지 않지만 동생이 생기면 그동안 독차지했던 부모의 사랑을 동생과 나눠야 한다는 것도 이 아이는 알 것이다. 어쩐지 요 며칠 다난의 기분이 좋지 않더라니. 나는 정말 구제불능 아빠다. 이런 상황에서 아이를 야단치고, 그것도 모자라 때리기까지 한 것이다. 나는 이 세상에서 제일 못된 아빠다.

나는 웃으면서 아이에게 말했다.

"다난아, 아빠랑 룽산공원(龍山公園)에 놀러 갈까?"

딸아이는 내가 공원에 데려간다는 말에 놀던 것을 멈추고 신이 나서 내 손을 잡았다. 나는 아이를 안아 올려 자전거 뒷자리에 태운 뒤 출발했다. 아이는 작은 손으로 내 옷을 꼭 움켜쥐었다.

"아빠가 어제 우리 딸 때려서 밉지?"

"안 미워요."

"어제는 미웠는데 오늘은 괜찮아졌어?"

"아니에요. 어제도 안 미웠어요."

"어째서?"

"그냥 아빠 안 미워요."

이렇게 착한 아이가 어디 있을까 생각하니 코끝이 다시 시큰해졌다.

"다난아, 엄마 아빠는 너하고 동생 둘 다 사랑한단다. 동생이 아기라서 아빠가 더 보살펴줘야 한다는 건 너도 알지?"

"나도 알아요."

룽산공원에 도착한 우리는 20위안을 주고 범퍼카를 탔다. 그동안 한 번도 아이와 이렇게 놀아본 적이 없었다. 돈이 아깝기도 했지만 함께 이런 곳을 와야 한다는 생각조차 하지 않았다.

다른 범퍼카가 우리가 탄 범퍼카와 부딪치려고 하자 딸아이는 내 몸에 바짝 붙으며 까르르 웃었다. 아이가 좋아하니 한 번 더 태워줘야겠다는 생각이 들었다. 요금을 준비하는데 아이가 단호하게 자기는 타지 않겠다고 한다. 무섭다는 것이다. 그렇게 신나게 놀았으면서 무서워할 리가 없다. 내가 돈을 쓰는 것이 아까웠나 보다. 어느새 돈을 아껴야 한다는 생각을 할 정도로 철이 든 것이다.

결국 집으로 돌아가기 위해 공원 문을 나서려다 한쪽에 물건을 파는 노점을 발견했다. 여러 가지 장난감을 잔뜩 올려놓고 팔고 있었다. 나는 허리를 숙여 많은 장난감 중 회색 봉제 곰인형을 골라 아이에게 주었다.

"이거 어때?"

"너무 예뻐요."

"그럼 이 녀석으로 사줄게."

아이가 손을 휘저었다.

"싫어요, 아빠!"

나는 아이의 머리를 쓰다듬으며 말했다.

"뭐가 싫어? 걱정 마, 아빠 돈 있어."

그리고 집에 돌아왔다. 아이는 집에 들어서자마자 제 엄마에게 달려가 말했다.

"엄마! 아빠가 장난감 사줬어요."

큰아이가 신이 나서 말하니 아내도 기분이 좋아서 아이 머리를 쓰다듬었다.

"곰이 아주 예쁘구나."

큰아이는 곰 인형을 들고 둘째 옆에서 놀아주었다. 잠시 후 아기가 잠이 들자, 새로 산 곰 인형을 아가 옆에 놓아두고 원래 있던 낡은 곰 인형을 품에 안았다. 그러더니 나를 쳐다보며 말했다.

"아빠, 새 인형은 동생 줄래요. 난 이게 더 좋아요."

나는 그저 아이의 머리를 쓰다듬었다. 무슨 말이라도 하려고 했으나 입이 떨어지지 않았다.

# 6

3월이 되자 처형의 우유 배급소에 문제가 생겼다. 우유를 마신 고객들이 잇달아 배탈이 났는데 그중 한 사람이 신문사에 제보해서 신문에까지 보도되었다. 조사 결과 별일 아닌 것으로 판명이 나서 처형이 신문에 광고까지 냈지만, 우유 매출은 곤두박질쳤다. 게다가 시중에 우유 업체가 많아지면서 처형의 사업은 점점 힘들어졌다. 그는 인건비를 아끼기 위해 사람들을 내보냈는데, 남은 사람들도 한 달에 보름만 배달하게 되면서 수입이 절반으로 줄였다.

나는 슬슬 처형네 우유 배급소 일을 그만둘까 생각했다. 사실 그 생각을 한 지는 꽤 되었다. 나는 다른 사람보다 하는 일이 훨씬 많은데 그것이 마치 처형의 은혜를 입은 것처럼 분위기를 몰아갔기 때문이다. 아내는 그래도 친척인데 그만두는 것은 아닌 것 같다며 반대했다. 게다가 처형이 그동안 배려를 해주었는데 어려운 시기에 배신하면 되겠느냐고 했다. 아내가 그렇게 말하니 나도 어쩔 수 없이 일을 계속했다.

이날 오전에 아홍 아저씨한테서 연락이 왔다. 동료 스님의 절에서 불사가 진행되니 와서 공반해줄 수 있냐고 물었다. 아홍 아저씨가 아직도 나에게 이 일을 제안하다니 다소 의외였다. 아무것도 못 하는 내가 무엇을 할 수 있겠냐고 하자 아저씨는 염불을 외우지 못해도 상관없으니 그저 삭발하고 사람 수만 채우면 된다고 하였다.

"지난번에 우리 절에 와서 머리까지 깎았는데 돈도 안 주고 보내서 미안하구나. 이번에 일주일만 일해주면 지난번 것까지 쳐서 1,000위안을 주겠다. 생각해보고 할 거면 전화해다오."

사실 저번에 아홍 아저씨의 절에서 머리를 깎고 가짜 스님 노릇을 하려고 했을 때 마음이 영 편치 않았다. 그런데 도시에서 우유 배달을 하는 동안 절에서 돌아온 게 후회가 되었다. 그 느낌을 확실히 표현하기는 어렵지만 마음 깊은 곳에 미련이 남은 것은 사실이다.

나는 아홍 아저씨의 절을 떠날 당시 『능엄경』 한 권을 가지고 왔다. 평소 한가할 때마다 펼쳐보고 몇 마디는 외워보기도 했다. 심지어 언젠가 아홍 아저씨처럼 잘 외우게 되면 얼마나 좋을까 하는 생각까지 들었다. 그러나 여전히 망설여졌다. 이번에 가면 일주일이나 걸리는 일이다. 이쪽 일은 동료에게 부탁하면 되기에 걱정되진 않았다. 나처럼 밤에 일하는 사람은 대개 낮에 다른 일을 한다. 그래서 며칠 자리를 비울 일이 생기면 동료들이 서로 돕고 담배 몇 갑으로 사례하는 것이 당연한 분위기다. 그동안 내가 동료들을 많이 도와줬으니 이번에는 내가 도움을 받을 차례다. 걱정이 되는 것은 아내다. 나는 그동안 집을 떠나 본 적이 없다. 이번에는 일주일 정도 집을 비워야 하니 뭐라고 핑계를 댈지 걱정이다. 절대 사실대로 말할 수는 없다. 남편이 승려 노릇을 한다는데 찬성할 아내는 없을 것이다. 아내에게 핑곗거리를 찾느라 계속 머리를 쥐어짰다. 멀리 사는 친척이 돌아가셨다며 며칠 다녀오겠다고 둘러대야겠다. 이게 그럴듯한 이유가 되어줄 것이다. 그러나 그 친척이 너무 멀리 살아서는 안 된다. 내가 돌아왔을 때 아내가 그곳의 풍토나 상황을 물어보면 답변이 궁해진다. 그렇다고 너무 가까워서도 안 된다. 내 친척은 대부분 고향에 살고 있어서 가까이 살고 있는 그들 핑계를 대면 죽으라고 저주하는 것과 다름없으니 마음이 편치 않다.

고심 끝에 생각해낸 후보지는 저우산(舟山)이었다. 그곳은 멀지도 가깝지도 않으며, 아내가 물어보는 말에 당황하지 않고 둘러댈 수도 있다. 그곳 사정이라면 어느 정도는 알기 때문이다. 그리고 저우산에 사는 친척도 없으니 누가 돌아가셨다고 둘러대도 미안할 게 없다. 마침내 아내에게 말을 꺼냈다.

"여보, 나 어디 좀 다녀와야겠어. 일주일은 걸릴 거야."

"어디 가는데요?"

나는 마른 침을 꼴깍 삼켰다.

"저기…… 저우산에 당숙이 한 분 계셨는데 돌아가셨다고 연락이 왔네. 급히 가봐야 할 것 같아."

"저 우산에 친척이 있단 말은 금시초문인데요?"

아내의 의심 섞인 말에 나는 얼굴이 달아올랐다.

"내가 말 안 했어? 그럴 리가 없지. 말해줬는데 당신이 기억을 못 하는 거야. 우리 결혼식에도 오셨잖아. 내가 당신이랑 술까지 한 잔 따라드렸는데 무슨 소리야?"

이렇게 구체적으로 이야기하자 아내도 더는 말하지 않았다. 그녀는 잠자코 침대에 앉아 아기 옷을 개키고 있었다. 나의 외출에 동의한다는 건지 아닌지 알 수가 없었다. 나는 공연히 찔려서 아기 옆에 누워 작은 손을 잡아당겼다.

"얼난아. 엄마 말 잘 듣고 있어야 해. 아빠가 올 때 맛있는 것 사다 줄게."

"쓸데없이 뭘 사 온다고 그래요? 이렇게 어린아이가 뭘 먹는다고."

아내의 핀잔 섞인 말에 그제야 마음이 놓였다. 이것으로 아내의 관문은 통과한 셈이다.

출발을 앞두고 하는 골목 어귀 이발소에서 머리를 밀었다. 아흥 아저씨가 전화로 특별히 당부한 말이 생각나서다. 절에 가면 일이 많고 사람도 많아서 내 머리를 깎아줄 사람이 없을 것이니, 알아서 미리 깎고 가라고 하셨다.

집으로 돌아가니 큰아이가 입구에서 나를 낯선 사람 보듯 바라보았다.

"아빠 머리 깎은 거 멋있어?"

큰아이에게 물으니 그렇다고 한다. 그러더니 잠시 후에 한마디 덧붙였다.

"근데 스님 같아요."

아저씨가 일러준 절은 유엔사(油鹽寺)라는 곳으로, 내가 사는 데서 멀지 않은 곳에 있었다. 버스를 타고 이십 분쯤 가자 도착했다. 차에서 내리니 바로 그곳이 산자락이었다. 산으로 올라가는 길은 평평하고 넓은 시멘트 길이었다. 한쪽에는 삼륜차가 몇 대 서 있었는데, 암자 입구까지 간다고 했다. 하지만 나는 삼륜차를 타지 않고 걸어가기로 했다. 요금 10위안이 아까웠기 때문이다.

산길을 따라 올라가는데 머리를 민 사람을 태운 삼륜차들이 연달아 산으로 향한다. 그들도 유엔사의 수륙법회(水陸法會, 물과 육지를 떠도는 여러 망령들을 위로하기 위해 올리는 법회-역주)에 참가하러 가는 모양이다. 십여 분을 걸어 올라가자 갈림길이 나오고 유엔사로 가는 방향이 적힌 이정표가 보였다. 이정표를 따라 십여 분을 더 걷자 마침내 큰 사찰이 나타났다. 신기하게도 내가 사찰을 바라보는 순간, 해가 사찰 건물에 가리면서 황금빛이 건물 꼭대기에서부터 발산했다. 그 빛으로 인해 사찰의 거대하고 휘황한 분위기가 돋보였다. 순간 온몸에서 소름이 오싹 돋았다. 혹시 이것이 부처님의 빛일까, 이게 무슨 암시는 아닌가 하는 생각이 들었다.

나처럼 가짜 승려가 이렇게 으리으리한 사찰에 들어갈 자격이 있을까. 잠시 머뭇거리던 나는 부끄러움을 무릅쓰고 안으로 들어갔다. 문을 들어서니 승려 하나가 보였다. 그에게 장랴오(長了) 주지 스님을 뵈러 왔다고 말했다. 그는 안으로 더 들어가면 동쪽에 면한 선방에 계신다고 알려주었다. 나는 그 사람이 가르쳐준 대로 가서 선방을 찾았다.

장랴오 스님은 방 안에서 물건을 정리하고 있었다. 스님은 사십 대 정도로 보였으며, 다부진 풍채에 선한 인상이었다. 내가 온 용건을 말하자 그는 미소로 반겨주었다. 그리고 방수복을 가져왔냐고 물었다. 내가 멍하니 있자 수륙법회 때 입을 옷이라고 말했다. 이런 일이 처음이라 복장을 챙겨오지 않았다고 말하려고 했으나 입이 떨어지지 않았다. 그래서 그냥 깜박 잊고 왔다고 했다.

"그럼 한 벌 구입하세요. 지금 사는 것이 좋을 겁니다. 조금 있으면 사람들이 몰려와 복잡해질 테니."

장랴오 스님의 말에 나는 당황했다. 아직 행사를 시작하지도 않았는데 돈부터 내라니 말이 되는가 말이다.

"얼마입니까?"

"30위안입니다."

어쩔 수 없이 돈을 냈다. 그는 방 안으로 들어가서 승복 두 벌을 내왔다. 그중 얇은 소재로 된 옷을 건네면서 말했다.

"이 홍수의(紅水衣)는 누구나 구매하는 것이니 아깝다 생각하지 마세요. 앞으로 쓸 일이 많을 겁니다."

나는 황급히 부정했다.

"아깝다 생각하지 않습니다."

장랴오 스님은 껄껄 웃더니 이번엔 가사 한 벌을 내어주었다.

"서우위안(守元) 사형의 소개로 오신 분이니 이건 살 필요 없습니다. 여기 계신 동안 이걸 입고, 가실 때 반환하고 가시면 됩니다."

나는 고맙다고 말한 후 겉옷을 벗고 홍색 수의와 가사를 차례대로 입었다. 장랴오 스님이 나를 보더니 "그렇게 차려입으니 보기 좋습니다. 그런데 경은 읽을 줄 아십니까?"라고 물었다. 나는 뜨끔했지만 나도 모르게 "『능엄경』을 읽어봤습니다만 숙달된 정도는 아닙니다"라고 해버렸다. 그는 의외라는 듯 "대단하십니다"라고 답했다. 그리고 휴대 전화를 꺼내 들여다보더니 말했다.

"자, 그럼 대웅전에 미리 가서 대기하십시오. 조금 있으면 정단(淨壇)할 것입니다."

나는 대답한 후 선방을 나왔다. 대웅전 앞은 이미 수십 명의 사람들이 서 있었다. 하나같이 머리를 삭발하고 가사를 입었다. 사람들은 유쾌하게 웃고 떠들면서 곧 시작될 정단 의식을 기다렸다. 이들은 경험이 많은 사람들 같았다. 나처럼 정단이 뭔지도 모른 신출내기가 아니었다. 대웅전 앞 공터에 있으니 머리 속이 하얗게 되는 느낌이었다. 아훙 아저씨가 다른 사람의 동작을 따라만 하면 된다고 했으나 그래도 긴장되는 건 어쩔 수 없었다. 어쨌든 이곳은 신성한 사찰이고 지켜보는 눈도 많으니 신경 쓰지 않을 수 없었다.

잠시 후 젊은 승려 하나가 오더니 사람들에게 물통과 대나무 가지를 나눠주었다. 무엇에 쓰는 것인지 알 수 없었지만 사람들에게 물어볼 수도 없었다. 신출내기라는 사실을 남에게 들키기 싫었다. 비록 자신은 없지만 겉으로라도 경험이 많은 사람으로 보이고 싶었다.

물통과 대나무 가지를 받아들고 잠시 기다리니 장랴오 스님이 등장했다. 금빛 찬란한 가사를 입은 그는 엄숙한 표정으로 백자 항아리로 된 옥정병(玉淨瓶)을 두 손으로 받쳐 들고 있었다. 그가 움직일 때마다 가사의 금실이 햇빛을 받아 계속 반짝거렸다. 텔레비전에서 보던 삼장법사 같았다.

장랴오 스님이 도착하자 대웅전 앞에서 재잘재잘 떠들던 사람들이 갑자기 조용해졌다. 스님은 무심한 듯 사람들 곁을 지나서 앞줄에 섰다. 이어서 다른 승려들이 잘 훈련된 군인처럼 질서정연하게 그의 뒤에 늘어섰다. 모두 엄숙한 표정을 하고 있었으며 사방은 쥐죽은 듯 고요했다. 나는 맨 뒷줄에 서 있었다. 머리를 깎은 사람들에 가려져서 장랴오 스님은 보이지 않았지만 그의 낭랑한 목소리는 분명히 들렸다. 내 피부가 조금씩 수축이 되었다. 처음 보는 장중한 분위기에 압도되는 기분이었다.

장랴오 스님의 염불이 시작되자 그의 뒤에 선 스님들도 일제히 염불을 시작했고, 나머지 사람들도 따라서 외웠다. 그 소리가 무척 듣기 좋았다. 사람들은 천천히 걸으며 손에 든 대나무 가지에 병에 든 정수를 묻혀 사방에 조금씩 뿌렸다. 처음에는 나도 사람들을 따라 하느라 전전긍긍했다. 내가 이 사람들 사이에서 가장 신분이 불확실한 존재라는 생각이 들었다. 그러나 얼마 지나지 않아 나는 분위기에 완전히 적응했다. 어느새 정수를 뿌리면서 염불을 따라 외는 나를 발견했다. 심지어 입 모양까지 그대로 따라 하고 있었다. 귀에 들리는 염불 소리가 정말 내 입에서 나온 것이라고 착각할 정도였다.

정단 의식이 끝나고 참가자들은 식당에서 밥을 먹었다. 식당에는 긴 탁자가 놓여 있었다. 장랴오 스님이 가운데 앉고 나머지 사람들이 양쪽으로 갈라져서 앉았다. 식탁에는 그릇과 젓가락이 이미 놓여 있었다. 그 모습이 마치 병영과 같았다. 거사(居士)들이 식사를 날라 왔다. 모두 채소 반찬이었다. 고소한 유채 기름 냄새가 진동했다. 유채 기름으로 볶은 반찬을 언제 먹어 봤는지 기억도 나지 않았다.

저녁을 다 먹으니 젊은 승려들이 우리를 선방으로 안내하며 쉬라고 말했다. 선방에 들어가자 모두들 숲에 들어온 새처럼 갑자기 떠들기 시작했다. 선방 곳곳이 말소리로 가득 찼다. 목소리가 울려서 내 귓가에 한참 머물렀다. 나는 아는 사람이 없어서 적당한 자리를 찾아 혼자 누웠다. 잠깐 잠이 들었다 깼는데 더는 잠이 오지 않았다. 계속 뒤척이다가 어차피 할 일도 없으니 『능엄경』을 꺼내서 들여다보았다.

밤 여덟 시가 되자 젊은 승려가 들어와서 이만 소등하고 자라고 했다. 방 안의 불이 꺼지고 시끄럽던 소리도 조금씩 잦아들었다. 몇 사람이 말을 계속했으나 그 목소리도 짙은 정적에

곧 묻혀버렸다.

나는 평소에 일찍 자는 편이지만 오늘은 잠이 오지 않았다. 아내 곁을 떠나 자본 게 얼마만인지 알 수 없었다. 수십 명의 낯선 사람들 틈에서 자는 것은 영 적응이 되지 않았다. 한참을 뒤척였으나 여전히 잠을 잘 수 없었다. 아예 휴대 전화를 켜고 그 불빛에 의지해서 『능엄경』을 읽었다. 그러자 옆에 누운 사람이 휴대 전화 불빛이 밝아서 잠을 잘 수 없다며 투덜거렸다. 그는 내일 아침 일찍 일어나야 한다는 말까지 덧붙였다. 하는 수 없이 휴대 전화를 끄고 천장을 향해 누웠다. 사방이 컴컴한 어둠뿐이라 아무것도 보이지 않았다. 방 안에는 땀 냄새와 체취, 단향 냄새가 섞여 야릇한 냄새가 났다. 조금 있으니 깊은 잠에 빠진 한 사내가 잠꼬대를 시작했고, 코를 골거나 이를 가는 사람도 있었다. 어둠 속 공간에서는 여러 소리가 섞여 났다. 작은 소리도 넓은 선방에서는 크게 울렸다. 칠흑 같은 어둠 속에서 소리들이 각종 형상으로 변해서 사방을 떠다니는 것 같았다.

새벽 네 시가 되자 승려 하나가 와서 우리를 깨웠다. 잠든 지 얼마 지나지 않은 시간이었다. 눈꺼풀이 마치 돌문처럼 무겁고 피곤했다. 방 안 등이 켜지자 밝은 빛이 눈 속으로 파고들었다. 나는 몸을 옆으로 기울여 빛을 피했다. 그리고 왼손으로 오른손 엄지와 집게손가락 사이를 힘껏 눌러 잠에서 깨고자 했다. 사람들이 하나둘 일어나 옷을 입더니 하품을 하며 삼삼오오 문을 나섰다. 나도 벌떡 일어나 그들을 따라갔다.

눈도 제대로 못 뜨고 문을 나서는데 갑자기 차가운 바람이 불어왔다. 온몸이 쥐라도 난 것처럼 굳고 소름이 돋았지만 머리는 맑아졌다. 사람들을 따라 선방과 대웅전 사이에 난 캄캄하고 습한 돌길을 걸어서 대웅전 앞으로 갔다. 그곳에서 승려들은 줄을 서서 조용히 대웅전 안으로 들어갔다.

장랴오 스님은 눈을 감은 채 황금색 포단 위에 정좌하고 있었다. 그의 뒤에는 석가모니 부처상이 중생을 내려다보고 있었다. 이어서 사람들이 대웅전으로 들어와 장랴오 스님의 양쪽에 섰다. 장랴오 스님이 눈을 뜨고 양쪽을 번갈아 쳐다보더니 다시 눈을 감았다.

얼마 후 일반인 복장을 한 사람들이 대웅전 밖에서 들어왔다. 앞장선 사람의 손에는 향로가 들려 있었다. 그들은 공손히 바닥에 무릎을 꿇었다. 이후 한 승려가 법기를 한 번 치자, 장랴오 스님이 염불을 시작했다.

"나무능엄회상불보살, 묘담총지부동존.(南無楞嚴會上佛菩薩, 妙湛總持不動尊)"

내 귀가 쫑긋 섰다. 장랴오 스님이 읊은 것은 「능엄주」였다. 비록 속도가 빨라 전부 알아듣진 못했지만 처음 두 마디는 익숙했다. 장랴오 스님의 염불은 어제보다 좋았다. 목소리가 어제만큼 청아하지는 않았으나 대웅전 안의 울림 효과 덕분인지 장중함이 더해졌다.

그가 염불을 시작하자 대웅전의 분위기는 순식간에 얼어붙었다. 나는 눈을 감고 정신이 조금씩 맑아지는 것을 느꼈다. 네

시 반부터 시작하는 아침 불경은 한 시간 정도 계속되었다. 아침 불경을 마친 후엔 모두 식당에서 아침을 먹었다. 그리고 선방으로 돌아와 눈을 붙였다.

일곱 시 십오 분이 되자 준비를 알리는 예비 종이 울렸다. 일곱 시 반에는 불사의 시작을 알리는 북소리가 울렸다. 사람들은 다시 선방을 나가 대웅전으로 들어갔다. 새벽 불공 때와는 달리 낮에 올리는 불사에는 향을 피우러 오는 신도들이 많았다. 대략 수십 명은 되는 신도들로 법당 한쪽이 빼곡했다.

아침 불사 때는 『양황참(梁皇懺)』을 낭독했다. 제1절을 사십 분 동안 읽고 삼십 분을 쉰 다음 계속했다. 『양황참』은 처음 듣는 경이었다. 생소해서 그런지 사람들을 따라 하면서도 졸음이 쏟아져서 눈꺼풀이 저절로 감겼다.

어찌어찌 버티다 휴식 시간이 되었고 나는 급히 선방으로 돌아왔다. 잠시라도 눈을 붙일 심산이었다. 그러나 선방은 때마침 본격적으로 떠들썩해졌다. 누가 가져왔는지 카드 게임을 시작했고, 다른 무리는 소싸움이라고 부르는 돈내기 게임을 시작했다. 또 다른 무리 역시 떠드는 소리가 끊임없이 들렸다. 잠을 잘 수 없으니 짜증이 났다. 하는 수 없이 포기하고 일어나서 『능엄경』을 되는대로 펼쳐 읽었다.

언제부턴가 내 옆에 앉아 있던 사람이 내 손에 든 책을 쳐다보았다. 아침에 내 옆에 서 있던 사람이었다. 그는 나이가 많아 보였으며, 경을 아주 능숙하게 외웠다.

"뭘 그렇게 열심히 하시오? 대스님이라도 되려는 거요?"

그의 말에 나는 겸연쩍은 웃음을 보였다.

"그럴 리가 있나요. 제가 너무 못 읽으니 연습하려는 겁니다. 선생처럼만 잘하면 얼마나 좋겠습니까?"

내 말에 그는 피식 웃었다.

"내가 잘 읽는다고요?"

"그럼요. 아침에 선생 옆에 섰는데 경문을 아주 잘 읽으시던데요."

그가 또 웃었다.

"그 경을 한번 읽어보시오. 그리고 내 입을 봐요."

나는 그의 말이 무슨 뜻인지 모르면서도 경문을 읽으면서 그의 입을 뚫어지게 보았다. 내 목소리에 따라 그의 입술이 정확하게 움직이고 있었다. 경문이 시작되면 입술이 움직이고, 경문이 끝나면 입술도 닫혔다. 그의 입술은 매우 정교하게 움직였지만 자세히 보니 정확한 발성과는 차이가 나는 모양새였다.

"잘 봤죠? 허허허 나는 경을 전혀 못 읽는답니다. 이렇게 나이 들어서 경문을 잘 읽으면 이런 곳에서 공반이나 하고 있겠소? 나도 다른 사람을 따라서 입만 달싹이는 거라오. 공반으로 일하면서 경을 잘 읽을 필요는 없소. 물론 입을 달싹거리는 것도 아무렇게나 해서는 안 되고 기술이 있지요. 입을 벌리는 정도와 표정이 다 조화를 이루는 거라오."

그의 말에 나도 모르게 입을 달싹거려보았다. 목소리를 내지 않으니 실제 발성하는 것보다 더 어렵게 느껴졌다.

"쉽지 않죠? 비록 흉내만 내는 거지만 이것도 기술이 필요한 거라오. 공반할 때 움직이지 않고 한나절을 서 있으려면 집중력도 있어야 하고, 경문을 따라 입도 달싹거려야 하니 보통 일이겠소? 요즘 젊은 사람들은 공반하러 많이 와서는 그저 아무 생각 없이 입만 달싹거립디다. 하다가 지겨우면 입에 풀이라도 붙인 것처럼 닫아버리고. 그러면 되겠습니까? 최소한 입이라도 달싹여서 시늉이라도 하는 것이 예의지요. 젊은이는 그래도 싹수가 있는 것 같으니 내가 몇 마디 해준 거요. 공반이 밑바닥 일이기는 하지만 어쨌든 밥벌이는 되니, 기왕 하려면 제대로 해야 하지 않겠소? 아직 젊으니 기회는 많을 것이고, 언제 그만둘지는 모르지만 기왕 하려면 제대로 해야 합니다. 요즘 젊은 사람들 건들건들해서는 이런 일을 아주 부끄러워한다니까. 자기 직업을 소중하게 여기지 않은 사람이 잘될 리가 없지."

그의 말에 나는 연신 고개를 끄덕였다. 그의 말이 맞았다. 이왕 돈벌이를 하겠다고 왔으면 이것도 일이니 제대로 해야 한다. 그에게 공반을 잘하는 비결을 물어보려고 할 때, 다음 불사의 시작을 알리는 소리가 들렸다. 방 안에 있던 사람들이 순식간에 빠져나가 대웅전으로 향했다.

오전 불사는 총 3절로 나눠 진행되었다. 제2절 때 시간이 많이 걸려서인지 마지막 절은 급하게 진행되었다. 사찰의 규정에 따라 오전 불사는 무슨 일이 있어도 열 시 반 전에는 끝내야 한다. 승려들은 정오 이후에는 먹지 않는 습관이 있는데 오전 열한 시부터 정오로 치기 때문이다. 오후에도 할 일이 많으니 점심때를 놓치면 안 된다. 배가 고픈데 오후에 아무것도 안 먹고 버틸 수는 없지 않은가.

　점심을 먹고 나니 담배 생각이 간절했다. 이곳에 온 뒤로 담배를 한 대도 피지 않았다. 누가 볼까 봐 걱정되었기 때문이다. 나는 사원의 담 밖으로 나가 계수나무 가지를 하나 꺾어서 담배인 양 입에 물었다.
　나무 밑에 서 있으니 처마 끝에 걸린 풍경 소리가 청아하게 들렸다. 바람이 불어오더니 계수나무가 바스락 소리를 낸다. 계수나무에 기대 나뭇가지를 입에 물고 눈을 가늘게 뜬 채, 성냥갑만 한 집들과 푸른 바다를 내려다보았다. 마음이 그렇게 편안할 수가 없었다. 그 광경을 보면서 앞으로도 기회가 되면 공반 일을 자주 하리라 다짐했다.

# 7

점심때쯤 잠에서 깨니 아내가 침대 머리맡에 앉아 신문을 들여다보고 있었다. 나는 내 눈을 의심하며 눈을 힘껏 비볐다.

"지금 뭐 보고 있는 거야?"

"구인 구직란 보고 있어요. 나도 일을 좀 해볼까 해요."

순간 멍해졌다가 얼른 정신을 차렸다. 여름이 지나면 큰아이가 학교에 가야 한다. 우리는 도시 호적이 없기 때문에 이곳에서 학교에 가려면 8,000위안이나 되는 찬조금을 내야 한다. 우리 형편에 8,000위안은 정말 큰돈이다. 그래도 나는 아내가 나가서 일하는 것은 원치 않는다. 결혼할 때 평생 일하지 않게 해준다고 약속하지 않았던가. 나는 밖에서 돈을 벌어오고 아내는 집안일을 하면서 아이를 돌봐야 한다는 생각은 여전했다. 게다가 남자가 약속을 했으면 지켜야 했다. 그러나 아내는 내 약속 따위는 중요하게 생각하지 않는 것 같다. 젊을 때 한 말을 지금까지 지킬 필요도 없고, 당시 우리는 시골에 있었기 때문에 자신이 일할 필요가 없었다는 것이다.

"도시에서는 생활비가 많이 드는데 당신 혼자 벌어서는 어림도 없잖아요?"

나는 무슨 말이라도 하려 애썼으나 아내의 태도가 강경했다.

"아무 말도 하지 말아요. 난 이미 결심했어요. 어차피 낮에는 당신이 집에 있으니 아이들을 돌봐주면 되고, 큰아이가 학교에 다니면 힘도 덜 들 거예요."

나는 아무 말도 하지 못하고 그저 담배에 불을 붙였다. 아내가 물었다.

"당신 기분 상했어요?"

나는 고개를 저었다.

"전혀. 마누라를 돈 벌라고 내보내는 놈이 기분 나빠할 자격이나 있나?"

아내가 내 머리를 만져주며 웃었다.

"호호. 어쩜 그렇게 애들 같아요? 그만 마음 풀고 일자리 나온 거 없나 같이 찾아요. 오늘 아침에 나가서 사 온 신문이에요. 요즘은 사람 뽑는 것도 다 신문에다 올린다면서요."

순간 다시 멍해졌다. 아내는 그동안 말을 안 했을 뿐이지 오래전부터 일해야겠다고 생각한 모양이다. 아내가 신문을 들고 손가락으로 짚어 가며 구인 광고를 유심히 보았다.

"여기 봐요. 식당에서 설거지할 사람을 구한대요."

나는 눈을 흘기며 고개를 세차게 가로저었다.

"그런 일은 너무 고되어서 안 돼! 당신 고운 손이 거칠어질 거라고."

이번에는 파출부 일을 가리켰으나 나는 여전히 반대했다.

"그건 구시대에 계집종이나 하던 일인데 어떻게 당신에게 시키겠어? 안 돼!"

그러자 이번에는 낮에 다른 집 아기를 봐주는 일을 하고 싶다고 했다. 나는 이번에도 완강히 반대했다.

"그런 일이라면 더욱 반대야. 당신 자식을 둘이나 놔두고 다른 집 아기나 봐주다니, 그쪽에서 알면 우리를 어떻게 생각하겠어?"

계속되는 반대에 아내는 기분이 상했는지 신문을 한쪽으로 밀어버렸다.

"이것도 하지 말라, 저것도 안 된다. 대체 일을 하라는 거예요, 말라는 거예요? 같이 찾아볼 생각은 하지 않고 계속 반대만 해요?"

아내의 말에 내가 차분히 답했다.

"시장에서 찬거리 사는 것처럼 원하는 일이 뚝딱 하고 나타나 준데? 당신 찬거리 하나 살 때도 이것저것 고르잖아?"

아내의 얼굴이 굳어졌다.

"나는 경험도 없고 학벌도 없는데, 설마 사무실에 앉아서 하는 일을 하기를 바라는 거예요?"

말을 마친 아내는 나와 상대하기를 포기하고 이제 막 잠에서 깬 아기를 달랬다. 나는 신문을 펴서 아래쪽부터 차분히 보기 시작했다. 자세히 보니 한 슈퍼마켓에서 판매원을 찾는 광고가 있었다. 슈퍼마켓에서 일하면 실내에만 있으니 비바람 맞을 걱정은 없었다. 이런 일이라면 괜찮다는 생각이 들었다.

점심을 먹은 뒤 딸아이에게 말했다.

"아빠랑 시내 한 바퀴 돌고 오자."

다난은 기뻐서 어찌할 줄 몰라 하며 자전거 뒷자리에 올랐다. 함께 외출한 지도 꽤 오랜만인지라 흥분한 아이가 내 옷을 뒤로 잡아당기며 "이랴! 이랴!"를 연발했다. 나도 웃으면서 한마디 해줬다.

"아빠를 말이라고 막 부리는 딸이 어딨어?"

한 바퀴를 돌고 나서 신문에 난 슈퍼마켓으로 향했다. 아내의 결심이 확고하다는 것을 알기에 어차피 말릴 수 없다면 제대로 된 일자리를 찾아주고 싶었다. 처음으로 하는 일인데 신중하게 선택해서 아내의 고생을 면해주어야 한다. 자전거를 슈퍼마켓 앞에 대놓고 아이를 안아 내린 뒤 말했다.

"아빠랑 감자칩 사러가자."

아이가 활짝 웃으며 말했다.

"아빠, 오늘 왜 이렇게 인심이 좋아요?"

"아빠가 언제는 인색했어?"

내 말에 아이는 고개를 세차게 가로저었다.

슈퍼마켓을 둘러본 나는 그곳이 마음에 들었다. 비록 규모는 크지 않지만 내부는 상당히 짜임새를 갖춘 모습이었다. 상품 진열대가 가지런히 놓여 있고 대낮인데도 환하게 불을 밝힌 내부는 정갈했으며, 바닥에 깔린 노란 타일이 불빛에 반짝이며 투명하게 보였다. 직원은 두 명 있었는데 하얀 제복을 갖춰 입은 모습이 아주 활기차 보였다. 진열대 앞에 서서 나는 그 판매원들을 힐끔 훔쳐보았다. 만약 아내가 저들과 같은 흰색 제복을 입으면 그녀들보다 훨씬 예쁘고 멋질 것이다.

슈퍼마켓을 나와 딸아이에게 물었다.

"다난아, 앞으로 엄마가 여기서 일하면 어떻겠어?"

"좋아요! 그럼 감자칩을 맨날 먹을 수 있잖아요."

나는 웃으며 아이의 머리를 쓰다듬었다. 집에 돌아오니 아내가 아기에게 젖을 먹이고 있었다. 내가 옆에 앉아서 바라보니 아내는 얼굴이 빨개져서는 핀잔하는 투로 뭘 보느냐고 말했다. 나는 기분 좋게 웃었다.

"다른 게 아니라 당신이 일하면 아기 젖은 누가 먹이나 생각했어."

"그거야 문제없어요. 젖을 미리 짜서 우유병에 넣어두고 먹이면 돼요."

아내는 얼른 말투를 고쳐서 이어 말했다.

"젖 먹이는 게 편하면 뭐해요? 당신이 어차피 일도 못 하게 하는데."

그때 다난이 옆에서 끼어들며 말했다.

"엄마! 아빠랑 엄마 일할 데 갔다 왔어요."

아내가 어리둥절해서 나를 바라보았다.

"내가 일할 곳이라니요?"

"슈퍼마켓이야. 당신이 사 온 신문에 구인 광고가 났길래 가 봤지."

나는 신문을 펴서 아내에게 보여주었다. 아내가 보더니 자신 없다는 표정을 지었다.

"내가 할 수 있을까요?"

"안 될 게 뭐가 있어? 큰애한테 물어봐. 다난아, 슈퍼마켓에서 일하는 아줌마들이 엄마보다 예뻤어?"

아이는 고개를 끄덕였다가 얼른 옆으로 저었다.

"엄마가 더 예뻐요."

아이의 말에 아내도 웃었다.

"아빠가 그냥 하는 말이야."

아내가 웃는 모습을 보며 말했다.

"쇠뿔도 단김에 빼랬다고, 내가 그길로 가서 살펴봤지. 정말 괜찮은 곳이더군. 직원들도 흰 유니폼을 입고 깔끔하기가 이를 데 없었어. 깨끗하지 않은 곳에서 감히 흰 유니폼을 입을 생각이나 하겠어? 슈퍼마켓이 일하기도 수월하고 여러모로 좋을 것 같아. 특별히 사고 날 위험도 없고 실내에서만 일하니까 비바람 맞을 걱정도 없고, 햇빛을 받지 않으니 얼굴 탈 염려도 없고. 거의 간부급이지 뭐."

"당신 말처럼 그렇게 쉬울 리가 없어요. 그렇게 좋은 일자리라면 내가 할 수나 있겠어요?"

"안 될 건 또 뭐야? 기껏해야 가만히 앉아서 돈 받는 일일 뿐이잖아. 앉아 있다가 지겨우면 운동 삼아 매장이나 한 바퀴 돌아다니면 되지. 이렇게 쉬운 일인데 바보 천치라도 하겠다."

"당신이야말로 바보예요."

투덜거리던 아내가 조금 더 생각하더니 말했다.

"어쨌든 당신이 된다고 하니 한번 지원은 해볼래요."


면접이 있던 날 나는 아내와 함께 슈퍼마켓에 갔다. 면접 장소는 슈퍼마켓 이 층이었다. 면접을 보러 온 사람들이 예상 밖으로 많았다. 많은 사람이 좁은 복도에 몰려 있었다. 그 모습을 본 아내가 자신감을 잃고 목소리를 낮춰 말했다.

"그냥 가요. 아무래도 난 안 되겠어요."

"여기까지 와서 돌아갈 수는 없어. 그래봤자 판매원이라고. 무슨 비행기 조종사 시험도 아니고, 겁날 게 뭐 있어?"

내 말에 아내는 잠잠해졌으나 잠시 후 다시 돌아가겠다고 했다. 아이들만 집에 두고 와서 안심이 되지 않는다는 말까지 덧붙였다.

"걱정할 필요 없어. 큰애가 어련히 알아서 동생을 보살피고 있을 거야."

아내는 입을 다무는가 싶더니 이번에는 입술을 깨물며 손가락으로 옷자락만 잡아당겼다. 긴장을 좀처럼 늦추지 못하는 모양새였다. 나는 아내의 긴장을 풀어줄 방법을 생각했다.

"여보, 당신 숫자 읽을 줄 알지?"

아내가 나를 흘겨보더니 답했다.

"아니, 물어볼 걸 물어봐야지. 내가 설마 숫자도 못 읽을까 봐서요?"

"그러게 말이야. 숫자만 읽을 줄 알면 충분해. 판매원은 숫자만 알면 되는 일이잖아. 사람은 결국 다 똑같아. 그 사람이 능력이 있느냐 없느냐는 어떤 자리에 있느냐에 따라 결정된다고. 우리 마을에 초등학교도 안 나온 사람이 있었는데 그 사람이 우리 학교에 교사로 왔다는 이야기는 전에 내가 해줬지?"

아내가 피식 웃음을 터뜨렸다.

"어쩐지…… 그러니까 당신 같은 학생이 나왔죠."

나도 따라 웃었다.

"됐어. 이제 걱정하지 마. 당신은 충분히 합격하고도 남을 거야."

이런 이야기를 나누며 복도에서 삼십 분 정도 기다리니 마침내 아내 차례가 되었다. 그녀는 걱정스런 표정으로 나를 쳐다보았고, 나는 아내의 어깨를 두드려주며 응원해주었다.

"내가 있으니 아무 걱정하지 말고 다녀와."

아내가 사무실로 들어가고 나는 밖에서 기다렸다. 사실 떨리는 걸로 말하자면 내가 아내보다 더했다. 그녀가 면접에 통과할 수 있을지 걱정이 되어서가 아니라, 아내가 좌절을 겪을까 걱정이 되어서였다. 아내는 나와 결혼한 이후 줄곧 집에서 살림만 하느라 외출도 거의 하지 않았다. 처음으로 일자리를 찾는 아내에게 내가 그렇게 큰소리를 쳐놓았는데, 면접에서 떨어지면 충격이 클 것이다.

나는 불안한 마음으로 복도를 오가며 그녀를 기다렸다. 벽에 걸린 종업원들의 사진이 보였다. 슈퍼마켓 점장은 젊은 사람이었다. 외모가 홍콩의 유명한 가수를 많이 닮았다.

마침내 아내가 면접을 마치고 나왔다. 그녀의 얼굴은 붉게 상기되어 있었는데, 면접을 어떻게 보았는지 도통 알 수가 없었다. 나는 서둘러 그녀를 맞으며 어땠냐고 물었다. 아내는 기가 죽어 있었다. 면접관은 두 사람이었는데 둘 다 남자였다고 했다. 준비한 말은 하나도 생각나지 않았고, 떨려서 대답도 제대로 못 하고 나왔다고 한다.

"어차피 난 틀렸어요."

아내의 말에 나는 그저 위로할 수밖에 없었다.

"뭐가 틀려. 당신이 그렇게 긴장했다는 건 사람이 순박하다는 증거야. 요즘 그렇게 순박한 직원을 어디 가서 구해? 안심해. 그 사람들 눈에 들었을 거야."

"당신이 다른 사람들 말하는 걸 못 봐서 그래요. 그 사람들이 나보다 훨씬 나았을 거예요."

"당신이 어떻게 알아? 당신도 어차피 못 봤잖아. 다른 사람은 상관하지 말자. 내게 생각이 있으니 안심해."

아내는 고개를 푹 숙이고 말이 없었다.

집으로 오는 내내 아내의 기분이 좋지 않았다. 나는 그녀의 기분을 이해했다. 그동안 사회와 동떨어져 살아온 그녀다. 아내가 일을 하든 안 하든 나는 상관없다. 오히려 내가 좀 더 고생하더라도 아내를 일터로 내보내는 것은 원치 않았다. 아내가 밖에서 고생하고 상처받는 것이 싫기 때문이다. 밖에서 하는 돈벌이가 쉽지 않다는 것쯤은 나는 익히 알고 있었다.

집에 돌아온 후 아내는 아무 말도 없이 식사 준비를 했다. 나는 그녀를 바라보며 문 앞에 앉아 담배를 피웠다. 나 역시 마음이 복잡했다. 어떻게 하면 이 일을 성사시킬 수 있을까. 관자놀이를 힘껏 누르며 생각했다. 그때 큰아이가 바닥에 그려놓은 사각형이 눈에 들어왔다. 아이가 사방치기 놀이를 하느라 그려놓은 것이다. 사각형? 문뜩 어떤 생각이 뇌리를 스쳤다. 벌떡 일어나 아내에게 잠깐 나갔다 오겠다고 말하곤 집을 나섰다.

자전거를 타고 부근의 시장으로 가서 붉은색 플라스틱 통을 하나 샀다. 그리고는 수산 시장으로 가서 100위안을 주고 자라 한 마리를 사서 통에 넣었다. 자라가 든 통을 들고 집에 돌아오니 아내가 의아한 눈으로 바라보았다.

"밥도 안 먹고 그거 사러 간 거예요?"

나는 히죽 웃으며 말했다.

"슈퍼마켓 점장에게 줄 선물이야."

"뭐라고요? 말도 안 돼요. 플라스틱 통을 선물하는 사람이 어디 있어요?"

그때 다난이 통 옆으로 오더니 소리를 질렀다.

"엄마! 아빠가 거북이를 사 왔어요."

"이건 거북이가 아니라 자라란다. 아빠가 이 자라를 엄마 일자리하고 바꿔올 거다."

이렇게 말하면서 나는 작은 칼을 꺼내왔다. 바닥에 쪼그리고 앉아 플라스틱 통의 안쪽 벽을 따라 한 줄 한 줄 새겼다. 줄을 새긴 후 라이터 케이스를 이용해서 긁은 부분을 평평하게 갈 았다. 그리고는 마른 천으로 문질러 매끈하게 만들었다. 겉으로 봐서는 칼로 새긴 흔적을 알아볼 수 없게 되자 그제야 흡족해하며 작업을 끝냈다. 아내가 재미있는 구경거리라도 생긴 듯 바라보면서도 의아한 얼굴을 감추지 못했다.

"도대체 무슨 꿍꿍이가 있는 거예요?"

나는 그저 웃으며 대꾸했다.

"당신에게 말했잖아. 슈퍼마켓 점장한테 보낼 선물이야."

"자라를 선물한다고요?"

"물론이지."

아내는 더는 말하지 않았다. 아마도 내 머리가 이상해졌다고 생각하는 듯했다.

밥을 먹고 나서 친구 아량(阿良)에게 전화했다. 아량은 나와 페인트 일을 같이한 적이 있는데 지금은 도시에서 삼륜차를 몰고 있다. 나는 저녁에 삼륜차를 좀 빌릴 수 있느냐고 물었고, 그는 몇 시에 쓸 거냐고 물었다. 내가 아홉 시라고 하자 알았다고 하고 끊었다.

여덟 시 반쯤 집을 나섰다. 때마침 보슬비가 내리고 있었다. 하늘이 돕는구나 생각하며 속으로 쾌재를 불렀다.

둥먼암 입구에 도착해서 담배 한 개비를 다 피울 시간이 못 되었을 때, 아량이 삼륜차를 몰고 나타났다. 나는 그에게 담배를 건넸다.

"자네 일을 방해하는 건 아니지?"

나의 말에 아량은 전혀 아니라고 답했다. 우리는 그 자리에 서서 담배를 피웠다. 아량이 물었다.

"남는 삼륜차가 하나 있는데 혹시 필요해?"

"당연히 필요하지."

"잘됐네. 그럼 됐어."

아량을 먼저 보낸 뒤 나는 삼륜차를 몰고 그 슈퍼마켓으로 향했다. 입구에 세워놓고 점장이 나오기를 기다리다가 아홉 시 반쯤 되자, 그 젊은 점장이 안에서 나오는 것이 보였다. 내가 나서기도 전에 그가 손짓했다. 삼륜차를 타려고 한 것이다. 나는 얼른 그의 앞으로 삼륜차를 몰고 갔다. 점장의 집은 멀지 않은 곳에 있어서 오 분 만에 도착했다. 속으로 다행이다 싶었다. 비가 내리지 않았다면 그는 삼륜차를 타지 않았을 것이다. 그가 5위안을 요금으로 건넸다. 내가 웃으며 "돈은 필요 없습니다"라고 말하자 그는 의심이 가득한 얼굴로 나를 바라보았다.

"돈을 왜 안 받겠다는 거죠?"

"돈을 안 받을 뿐만 아니라 선물까지 드릴 겁니다."

연예인을 닮은 점장은 어리둥절하다가 곧 겁에 질린 모습을 했다.

"잠시만 기다리세요."

나는 몸을 일으켜 삼륜차의 인조가죽 좌석을 열고 안에서 자라가 든 통을 꺼냈다. 그리고 웃으면서 그에게 통을 내밀었다.

"사실은 제 아내가 오늘 슈퍼마켓 점원 면접을 봤습니다."

그제야 점장은 의문이 풀린 듯한 표정으로 허리를 숙여 내 손에 들린 통을 바라보았다. 조금 전의 당황스러움은 어느새 자취를 감췄다.

"무슨 뜻이죠? 내게 자라를 준다고요?"

나는 그의 마음을 대번에 알아차렸다. 고작 자라 한 마리를 뇌물로 삼는 것이 성에 차지 않는다는 의미다.

"자라 한 마리라고 우습게 보지 마십시오. 이게 보통 자라하고는 다릅니다."

"자라가 다 같은 자라지, 무슨 보통 자라가 있고 특별한 자라가 있습니까?"

"점장님이 잘 모르시나 본데 이건 우리 고향의 야생 자라로 아주 귀한 겁니다. 옛날 같았으면 황제께 바치는 조공품이었죠. 지금은 거의 멸종 위기라 1년에 몇 마리 안 잡힙니다. 시장에서는 아예 팔지도 않죠."

점장이 몸을 숙여서 자라를 다시 보더니 내 말에 반박했다.

"아무리 봐도 조공품 같지 않은데 날 놀리는 거 아닙니까?"

"제 집사람이 슈퍼마켓에서 일을 할 텐데 제가 어떻게 감히 속일 생각을 하겠습니까? 한번 보세요. 이건 플라스틱 통인데 내벽이 미끄럽죠? 보통 자라라면 이런 벽은 기어오르지 못합니다. 하지만 야생에서 자란 자라는 다르죠. 충분히 기어오를 수 있습니다."

그러자 점장이 흥미를 보이기 시작했다.

"그렇다면 기어오르는지 어디 봅시다."

나는 호주머니에서 생선 내장을 담은 비닐봉지를 꺼내서 손에 들고 자라의 머리 위에서 몇 번 흔들었다. 자라가 냄새를 맡더니 먹이를 먹으려고 머리를 내밀었다. 그때 생선 내장을 가장자리로 옮겨서 자라가 통 내벽을 타고 오르게 유도했다. 그리고 생선 내장을 좀 더 위로 올렸다. 자라는 먹이가 위로 움직이는 것을 보고 벽을 타고 오르려고 했다. 두세 번 미끄러지더니 금방 적응해서는 거의 수직으로 된 벽을 타고 기어올랐다. 가장자리까지 올라왔을 때 나는 통을 흔들어 자라를 안으로 떨어뜨렸다. 점장은 신기한 표정을 감추지 못했다.

"이런 자라는 생전 처음 보네요."

"이거 돈 많이 주고 구한 겁니다. 수컷이라 드시면 효과가 아주 좋을 겁니다."

"거짓말하시네. 자라가 암수가 어디 있어요?"

"당연히 있죠. 꼬리를 보세요. 이렇게 긴 것은 수컷이고 꼬리가 짧은 건 암컷입니다. 점장님 연세에 자라 수컷을 먹으면 정력이 왕성해질 것입니다."

점장은 통 안에 있는 자라를 다시 한번 보더니 말했다.

"좋아요. 정성을 봐서 받죠."

"그럼 저희 아내 일은……"

"연락드리죠."

말을 마친 점장은 통을 들고 집으로 들어가려고 했다. 나는 얼른 그를 막아섰다.

"참! 점장님 댁에 욕조 있죠?"

"있습니다."

"그럼 됐네요. 가지고 가서 욕조에다 풀어놓으세요. 야생 자라는 까다로워서 통 안에서 밤새도록 두면 죽어버려요. 죽으면 못 드십니다. 아, 그리고 이 통은 제가 가져가겠습니다. 어차피 댁에 두셔야 쓸모도 없을 테니까요."

점장이 반신반의한 얼굴로 나를 바라보았다.

"참 가리는 것도 많군요."

나는 웃으며 답했다.

"제가 가리는 것이 많은 게 아니라 자라가 가리는 게 많은 겁니다."

# 8

점심 무렵 아량이 전화를 걸어와 함께 점심을 먹자고 했다. 삼륜차도 이미 구해놓았다고 했다. 통화를 마치고 곧바로 식당으로 달려갔더니 아량이 먼저 와 있었다. 나는 급히 주문한 후 그에게 물었다.

"삼륜차는 어디서 난 거야?"

"내 거 가져왔어."

뜻밖의 대답에 순간 멍해졌다.

"삼륜차 운전 그만두려고?"

"인제 그만둘 거야. 일이 지겹던 참에 마침 란저우(蘭州)에서 아는 사람이 가구 공장을 차렸는데 칠할 사람이 필요하다고 하지 뭐야. 월급을 많이 준다니 어차피 하던 일이고 해서 가겠다고 했어."

"나도 란저우에서 가구 공장을 하면 돈을 많이 번다는 말을 들었어."

"돈이야 사장이 버는 거지. 나는 월급만 받을 뿐이야."

"그래도 잘됐군."

나는 그에게 술을 한 잔 권했다.

"이 다음에 돈 많이 벌었다고 날 모른 척하면 안 돼."

그가 웃으며 대꾸했다.

"내가 어떻게 큰돈을 벌겠어. 아무튼 자네도 생각 있으면 란 저우에 같이 가자고."

나는 쓴웃음을 지었다.

"마누라하고 자식들 놔두고 내가 어딜 가겠어."

우리는 술을 마시며 이런저런 이야기를 나눴다. 아량의 말에 따르면 삼륜차 면허에는 두 종류가 있다고 했다. 하나는 도시 면허증이고, 하나는 시골 면허증이다. 도시 면허는 임대료가 비싸고 임대하기도 힘들단다. 아량이 몰던 삼륜차는 시골 면허증인데 한 달 임대료가 500위안이다. 겉으로 봐서는 양쪽이 비슷하고 임대료도 절약할 수 있다. 다만 경찰에게 적발되면 삼륜차를 압류당하고 벌금까지 내야 하니 주의해야 한다. 아량의 삼륜차는 보름 정도 임대 기간이 남았으니 보름이 지나면 임대료를 내야 한다. 머리속으로 어림잡아 계산한 뒤에 300위안을 그에게 건넸다. 아량은 안 받겠다고 극구 사양했다. 그래서 음식 값을 계산할 때는 내가 서둘러서 냈다. 아량도 이번에는 내게 양보하고 문밖에 서서 기지개를 켰다. 내가 나가자 그는 건너편에 세워놓은 삼륜차를 가리켰다.

"저기 있으니 끌고 가. 단속반을 보면 재빨리 피해야 하네. 자칫하면 번 돈으로 벌금도 못 내는 일이 생기니 말이야."

말을 마친 그는 손을 흔들며 가버렸다. 아량이 간 후 나는 삼륜차의 인조가죽 좌석을 툭툭 치다가 신이 나서 집으로 향했다. 큰아이가 대문 앞에서 놀고 있다가 깜짝 놀라서 다가왔다.

"아빠 이 삼륜차 누구 거예요?"

"아빠 거란다! 어때?"

아이는 눈을 크게 떴다.

"거짓말 아니죠?"

"아빠가 왜 거짓말하겠니? 어서 들어가서 엄마하고 동생 데려와. 아빠랑 드라이브 가자."

큰아이가 재빨리 안으로 들어갔다. 잠시 후 아내가 아기를 안고 나왔다. 삼륜차를 본 아내는 잠시 멍해졌다.

"이건 어디서 났어요?"

"아량이 몰던 건데 물려받았어. 낮에는 할 일도 없으니 손님을 태워서 돈을 벌어야지."

"새벽에 신문 배달하고 낮에 삼륜차까지 몰면 힘들지 않겠어요?"

"하나도 안 들어. 배달하고 와서 오전에는 자고 오후에만 할 건데, 뭐. 젊은 나이에 넘치는 힘을 뒀다가 뭐하겠어. 쓰지 않으면 뼈도 녹슬지."

아내는 여전히 안심하지 못하겠단 눈치였지만, 더는 말하지 않았다. 그녀도 내가 돈을 더 벌려고 하는 것을 알았다.

삼륜차에 아내와 두 아이를 태우고 타오위안로(桃源路)를 타고 남쪽으로 갔다. 도시 남쪽의 강변도로를 돌아 중싱로(中興路), 톈서우로(天壽路)를 한 바퀴 돌았다. 오후 내내 도시의 구석구석을 누빈 셈이다. 아이들은 신이 나서 재잘거렸고 나는 계속 운전해도 피곤하기는커녕 오히려 힘이 솟았다.

집에 거의 도착했을 때 휴대 전화가 울렸다. 슈퍼마켓 점장이 걸어온 전화였다. 그는 아내가 면접에 통과했으니 내일부터 슈퍼마켓에 출근하라고 했다. 나는 연신 고맙다고 인사했다. 며칠 동안 기다렸는데 소식이 없기에 자라 값만 날렸나 생각하던 참이었다. 통화를 마칠 때쯤 점장이 말했다.

"아 참, 지난번에 주신 그 자라가 아주 효과가 좋아요. 마누라한테 칭찬을 들었지 뭡니까? 언제 또 한 마리 구해줄 수 있습니까?"

"그럼요. 꼭 구해드리겠습니다."

전화를 끊자마자 아내가 누구 전화냐고 물었다. 나는 곧바로 말해주지 않고 일부러 한숨 먼저 크게 쉬었다. 그리고 말없이 삼륜차를 몰았다. 아내는 내가 말해주지 않으니 궁금해서 어쩔 줄 몰라 하는 눈치였다.

"무슨 일인지 빨리 말해줘요."

아내의 다그침에 나는 짐짓 숙연한 표정을 짓고 말했다.

"어차피 당신도 들었으니 다 말해야겠네. 하지만 듣고 나서 흥분하지 않겠다고 약속해."

내가 장난치며 말하자 아내가 더 급해져서 다그쳤다.

"빨리 말해요."

나는 일부러 목소리를 낮춰 느릿느릿 말했다.

"사실은 방금 어떤 사람이 전화를 했는데, 당신더러 내일부터 슈퍼마켓에 출근하라는군."

아내는 그저 멍하니 있었다. 나의 낮은 목소리 때문에 알아듣지 못했나 하는 순간, 갑자기 손을 뻗어 내 허벅지를 힘껏 비틀었다.

"아야! 내가 말했잖아. 흥분하지 말라고! 이렇게 세게 꼬집으면 어쩌자는 거야!"

옆에 있던 두 아이가 깔깔 웃기 시작했다. 큰아이도 제 엄마를 도와 나를 꼬집었다. 환희의 순간도 잠시, 아내는 다시 걱정이 태산이었다.

"근데 내가 슈퍼마켓에 출근하고 당신은 삼륜차를 몰러 나가면 두 아이는 누가 돌보죠?"

"다난이는 다 컸으니 걱정하지 않아도 되고, 얼난이는 골목 어귀에 있는 탁아소에 맡기면 될 것 같아. 한 달에 200위안인가 300위안이면 충분하다고 들었어."

"아직 어린데 남의 손에 어떻게 맡겨요?"

"다른 집 애들도 맡기는데 뭐가 걱정이야. 당장은 다른 방법이 없으니 일단 그렇게 합시다. 열심히 일해서 돈이 더 모이면 우리 아이만 맡아주는 보모를 구해서 공주님처럼 보살피게 합시다."

아내는 고개를 숙인 채 말이 없었다. 이런저런 생각으로 머리가 복잡할 것이다. 나는 아내를 위로했다.

"외지 출신 여자들 좀 봐. 그렇게 많은 아이를 낳아서 하나는 안고 하나는 걸리고 하나는 업고도 일하러 다니잖아. 남들도 하는데 우리라고 못 하라는 법 있어?"

아내가 배시시 웃으며 큰아이를 자기 품으로 끌어당겼다.

아내는 매일 아침 여덟 시 삼십 분까지 슈퍼마켓에 일하러 가기 위해 나선다. 나는 그때까지 잠을 잔다. 먼저 눈을 뜬 아내는 시장에서 찬거리를 사다가 씻은 다음, 썰어서 한쪽에 가지런히 놓는다. 이렇게 하면 식사를 준비할 때 한결 수월하다. 밥을 해서 먹고 나면 둘째를 골목 어귀의 탁아소에 맡긴다. 그러고 나서 출근하면 밤 아홉 시나 되어야 퇴근한다.

나는 이런 생활에 종종 짜증이 나곤 했다. 마치 그녀가 밖에서 일하고 나는 집에서 노는 사람처럼 느껴졌기 때문이다. 그러나 적응하니 그럭저럭 견딜 만했다. 오히려 그전에 아내를 집에만 모셔놓으려던 나 자신을 이해할 수 없었다.

나는 아침에 잠이 들면 열 시나 되어야 눈을 뜬다. 일어나서 밥을 한다. 밥하는 것은 어렵지 않다. 쌀을 씻어 전기밥솥에 안치면 그만이다. 그리고 아내가 준비해놓은 재료를 프라이팬에 넣고 볶아서 큰아이하고 먹는다. 다 먹고 나면 탁아소에 가서 둘째가 잘 있나 살펴본다. 안으로 들어가지는 않고 문 뒤에 숨어서 몰래 보기만 한다. 나를 본 아이가 떨어지지 않으려고 떼를 쓰면 나도 마음이 약해져서 발걸음이 떨어지지 않을 테니 말이다.

  집에 돌아와서는 플라스틱 물병에 차를 가득 채운 다음 삼륜차를 몰고 거리로 나선다. 큰아이는 혼자 집을 지킨다. 큰딸은 얌전해서 종이 한 장과 연필만 있으면 오후 내내 그림을 그리며 논다.

  삼륜차 영업은 생각했던 것만큼 잘되지 않았다. 처음 시작했을 때만해도 괜찮았다. 그때는 날씨가 시원해서 삼륜차를 이용하는 손님이 많아서 매일 평균 100위안 정도 벌 수 있었다. 사람들은 삼륜차에 앉아 시원한 바람을 쐬며 운전사가 힘차게 페달을 밟는 모습을 지켜보는 것을 좋아했다.

  그러나 호시절은 길지 않았다. 올해는 날씨가 이상해서 입하가 지나자 갑자기 여름이 되었다. 어제까지 봄옷을 입었던 사람들이 하룻밤 사이에 반팔 반바지로 갈아입었다. 날이 더워지니 사람들이 삼륜차를 마다하고 택시를 탔다. 택시 안에는 에어컨이 있어 더위를 피할 수 있으니 훨씬 쾌적했다.

  장사가 안 되니 마음이 급해졌다. 아침에 잠을 좀 덜자고 시내를 돌아다니면 손님을 받을 수 있을 것이다. 급한 마음에 아침 식사를 준비해서 큰아이 혼자 먹으라고 하고 집을 나섰다. 점심에도 집으로 돌아가지 않았다. 시간이 남을 때 거리에서 빵 두어 개를 사서 시원한 곳에 앉아 끼니를 때우며 시간을 절약했다.

  집에 들어가면 편안히 쉬고 싶어서 나오기 싫다. 어느 날 점심에 집으로 돌아갔을 때 너무 피곤해서 잠깐 누운 적이 있었다. 옆으로 온 큰아이가 연필을 들고 내 얼굴을 그리겠다고 나섰다. 그래서 핑계 김에 계속 누워 있었다. 몇 번이나 나가야 한다는 생각을 했지만 일어났다가 다시 눕기를 반복했다. 조금만 더 누워 있으면 기운이 날 것 같았다. 잠시 후 큰아이가 그림을 다 그렸다고 말했을 때는 이미 잠이 들어서 일어날 수 없었다. 나는 의지력이 생각처럼 강한 인간이 아니므로 다시는 게으름을 피울 기회를 줘서는 안 된다.

날씨가 갈수록 더워져서 아스팔트 위는 펄펄 끓는 가마솥 같았다. 어떨 때는 눈뜨는 것도 힘들었다. 집을 나선 지 얼마 되지 않아 온몸이 소금기로 버석거렸다. 들고 나간 1리터짜리 물병은 금세 동이 났다. 때로는 내 몸에 구멍이 뚫려서 물이 어디로 새는 건가 의심할 정도였다.

물이 떨어지면 둥면암으로 가서 물을 받아온다. 그곳에는 마음씨 좋은 보살님들이 매일 더위를 무릅쓰고 뜨거운 물을 준비해서 무료로 나눠준다. 자주 가다 보니 보살님들과도 서로 얼굴이 익었다. 그분들은 내가 갈 때마다 나를 보고 웃어주며 말하곤 했다.

"그렇게 서두를 것 없어요. 날이 무척 더우니 여기 좀 앉아서 쉬다 가세요."

하지만 나는 그럴 여유가 없었다. 마음은 늘 불처럼 급했다. 뜨거운 파도가 시시각각 나를 일깨운다. 여름이 지나가면 시간이 별로 없다. 8월 15일까지 큰아이의 찬조금 8,000위안을 내야 한다. 계산해보니 아직 두 달 정도 남아 있다. 이 두 달 동안 보급소에서 받는 월급은 3,000위안이다. 아내는 4,000위안을 보낼 수 있을 것이다. 집세와 생활비를 제하면 4,000위안이 남는다. 그래도 부족한 4,000위안은 삼륜차를 몰아서 충당해야 한다. 지금 상황을 봐서는 두 달 동안 4,000위안을 번다는 보장이 없었다.

식사를 마치면 문 앞에 조용히 앉아 담배를 피운다. 하루 중 가장 여유 있는 시간이다. 내가 담배를 피울 때면 큰아이는 옆에 앉아서 내 눈썹 위로 하얀 담배 연기가 흩어지는 모습을 지켜보곤 한다. 아이는 나보다 더 만족하는 것 같은 얼굴로 늘 내게 묻는다.

"아빠, 담배는 왜 피우는 거예요? 담배를 피우면 어떤 기분이에요?"

"담배를 피우면 신선이 된 것처럼 기분이 좋아."

아이가 깔깔 웃으며 신선처럼 좋은 기분이 어떤 건지 묻는다. 나는 대답하지 않고 손을 뻗어서 아이를 쫓는다.

"아빠가 담배 피울 때 이렇게 가까이 있으면 안 된다."

아이는 멀찌감치 물러나지만 여전히 쪼그리고 앉아 나를 열심히 바라본다.

어느 날은 저녁 식사를 마치고 그릇을 정리하는데 아이가 갑자기 물었다.

"아빠, 담배 왜 안 피워요?"

나는 깜짝 놀랐다. 마음속 어디선가 슬픔이 몰려왔으나 그저 아이의 머리를 쓰다듬었다.

"아빤 이제 담배 좋아하지 않아. 담배 맛이 너무 쓰거든."

딸아이는 눈을 깜박이더니 "아빠 그전에는 담배 피면 신선 같다고 했잖아요?"라고 되물었다. 말문이 막혔다.

"내가 언제 그런 말을 했어? 기억나지 않는구나. 자, 저리 가서 놀아라. 아빤 설거지하게."

큰아이가 마지못해 물러났다. 작은 머리를 아무리 굴려도 제 아빠가 담배를 끊은 이유를 이해할 수 없을 것이다.

오후에 삼륜차를 타고 집으로 와서 밥을 했다. 반찬을 볶으려는데 마침 간장이 떨어졌기에 큰아이에게 심부름을 시켰다. 아이는 내가 준 5위안을 들고 신이 나서 뛰어나갔다.

잠시 후 간장을 사 온 아이의 눈이 빨갛게 충혈이 되었다. 나에게 간장을 건네면서 어깨까지 들썩이며 흐느꼈다.

"왜 그래? 무슨 일 있었니?"

아이가 눈을 깜빡이자 눈물이 주르륵 흘러내렸다. 나는 재빨리 눈물을 닦아주었다.

"아가, 울지 마. 뚝! 무슨 일인지 빨리 말해."

아이는 울먹이는 소리로 자초지종을 얘기해주었다. 간장을 사러갔는데 바닥에 담배 반 갑이 떨어져있어서 주웠다고 한다. 그런데 그것을 다른 사람이 보고 담배를 훔쳤다고, 도둑질을 했다면서 큰 소리로 욕을 했다는 것이다.

"아빠 난 절대로 훔치지 않았어요. 그냥 땅바닥에 있는 걸 주웠단 말이에요."

아이는 곧 더 크게 흐느꼈다. 내 코끝이 시큰해졌다. 다난이 담배를 훔치지 않았다는 말을 믿는다. 그리고 왜 그 담배를 주웠는지도 안다. 나는 손에 든 국자를 내려놓고 조심스레 아이의 눈물을 닦아주었다.

"얘야, 울지 마라. 아빠는 네가 주웠다는 걸 알아. 너처럼 착한 애가 남의 물건을 훔칠 리가 없지. 아빠는 너를 믿으니까 괜찮아. 뚝!"

나는 아이를 달래다가 다난이 울음을 그친 것을 보고 아이에게 말했다.

"내 정신 좀 봐. 식초도 떨어진 걸 깜박했네. 아빠가 얼른 가서 식초 사 올게."

"아빠, 내가 가서 사 올게요."

"그럴 필요 없다. 넌 집에서 동생 보고 있어. 아빠가 금방 사 올게."

집을 나서자마자 머리가 울리며 온몸의 뜨거운 피가 머리쪽으로 쏠리는 것을 느꼈다. 나는 한달음에 골목 어귀의 가게까지 뛰어갔다. 입구에서 보니 한 무리의 사람들이 안에서 마작을 하느라 시끌벅적했다.

"방금 내 딸한테 도둑년이라고 욕한 인간 누구요!"

입구에서부터 고함쳤지만 내부가 시끄러워서인지 내 말에 귀를 기울이는 사람은 없었다. 나는 계속 그 자리에 서서 큰 소리로 고함을 쳤다.

"방금 내 딸한테 도둑년이라고 욕한 인간 누구냐고!"

이번에는 내 목소리가 들렸는지 고개를 돌려 몇몇이 나를 바라보았다. 가게 주인은 상황이 심상찮다고 느꼈는지 황급히 뛰어나와 내 어깨를 두드렸다.

"오해가 있었네. 악의가 아니니 참게."

나는 그의 손을 뿌리쳤다.

"오해는 무슨 오해. 방금 내 딸한테 욕한 인간 빨리 나와!"

그때 머리가 횅한 중년 남자 하나가 일어섰다. 그는 약간 긴장하고 있는지 몸이 미세하게 떨렸다. 내 모습에 겁을 먹고 있는 게 틀림없었다. 나는 그자에게 돌진해서 그의 먹살을 움켜잡았다.

"당신이 욕했어? 당신이 빌어먹을 욕했냐고! 당신이 뭔데 우리 딸을 함부로 도둑으로 몰아! 배짱이 있으면 나한테도 그 욕해봐! 어서!"

나는 그의 먹살을 단단히 붙잡고 잡아당겼다. 번쩍 들린 그의 발이 바닥에서 떨어졌다. 그는 겁에 질려 어쩔 줄 몰라하며 아무 말도 하지 못하고 몸을 사시나무처럼 떨었다. 옆에서 보던 사람들이 내가 폭력을 쓰려는 것을 보자 몰려와서 만류했다.

"일부러 그렇게 말한 건 아니니 그만두게."

그러더니 그 사내에게도 한마디 했다.

"자네도 사내가 되어가지고 남의 집 귀한 자식한테 욕을 하면 쓰나!"

비록 많은 사람이 말렸지만 그를 놓아줄 생각은 없었다. 만약 내가 봉변을 당했다면 크게 상관없었다. 나는 날마다 밖에서 그런 일을 밥 먹듯이 당한다. 그러나 내 가족은 다르다. 두 딸은 물론이고 아내까지 누가 우리 식구를 무시하는 사람이 있다면 목숨 걸고 싸울 자신이 있었다. 나는 힘이라면 꽤나 쓰는 사람이다. 그 남자의 멱살을 다시 한번 힘껏 잡아당겼다.

바로 그때 딸아이의 모습이 보였다. 동생을 안고 가게 문 앞에 서서 겁에 질린 눈으로 나를 바라보고 있었다. 가슴이 쿵 하고 내려앉았다. 손에 힘을 빼고 그 자를 한 번 더 노려보았다. 그리고 고개를 돌려 큰아이를 보고 웃었다. 아이에게 가서 머리를 쓰다듬어주었다.

"괜찮아. 겁낼 것 없어."

그리고 두 아이의 손을 잡아 내 품에 안아 들고는 집으로 향했다. 목구멍에 뭐가 걸린 것처럼 답답해지면서 눈앞이 뿌옇게 흐려졌다. 나는 눈물을 흘리지 않으려고 고개를 들었다. 두 딸에게 우는 모습을 보일 수는 없었다.

저녁을 먹고 식탁 앞에 앉아서 두 아이를 보았다. 계속 집 안에서 앉아 있으니 좀이 쑤셔서 견딜 수 없었다.

밤은 낮보다 훨씬 시원하다. 삼륜차 영업도 낮보다는 훨씬 낫다. 그러나 두 아이를 어찌할까. 밤에는 절대 둘만 남기고 집을 떠난 적이 없었다. 아내는 슈퍼마켓에서 야근을 하느라 아홉 시가 되어야 돌아온다. 그녀는 나에게 밤에는 나가지 말라고 신신당부했다. 두 아이만 집에 남겨놓으면 안심할 수 없기 때문이다. 나라고 마음을 놓을 수 있을까. 그러나 돈을 많이 벌 수 있는 기회를 뒤로하고 집에만 있자니 좀이 쑤셔 견딜 수 없었다. 시계 초침 소리까지 귀에 들릴 지경이었다. 마침내 더는 참지 못하고 큰아이에게 물었다.

"아빠가 잠깐 나갔다 올 건데 그동안 동생 잘 볼 수 있지?"

큰아이가 나를 보면서 크게 고개를 끄덕인다.

"잘됐다. 아빠 잠깐만 나갔다 올게. 문을 잠그고 나갈 테니까 아무한테나 열어주면 안 된다. 알았지?"

아이가 또 힘껏 고개를 끄덕였다.

"아빠, 걱정하지 마세요. 동생 잘 보고 있을게요."

나는 첫째의 머리를 쓰다듬어주고 둘째를 바라보았다. 둘째 아이는 동그란 눈을 크게 뜨고 깜박거렸다. 마치 내 말을 알아들은 것 같은 아기의 모습에 눈앞이 또 흐려졌다.

재빨리 문을 잠그고 삼륜차를 몰아 거리로 나섰다. 예상했던 대로 낮보다 훨씬 벌이가 좋았다. 골목을 나가자마자 젊은 남녀 한 쌍이 공원으로 가자고 했다. 목적지에 도착해서 손님이 내리자마자 또 한 사람이 탔다. 사실 더운 날 삼륜차는 거의 저녁 장사로 돈을 벌었다. 사람들은 보통 더운 낮에는 에어컨을 틀고 집 안에만 있다가 저녁에 시원해지면 밖으로 나온다. 저녁을 먹고 시원하게 목욕한 다음 나와서 바람을 쐬는 것은 더할 나위 없는 호사다. 그러다 보니 저녁에는 계속해서 손님이 끊이지 않았고 장사는 이상하리만큼 잘됐다. 그러나 삼륜차를 몰수록 마음 한구석이 어쩐지 편치 않았다. 심지어 요금을 받으면서도 못 할 짓을 하는 느낌이었다.

집에 돌아와 보니 불이 환하게 켜져 있었다. 아내는 이미 돌아와 있었다. 그녀는 침대에 앉아서 고개를 푹 숙이고 있었고, 큰아이는 옆에 서서 마치 큰 잘못을 한 것처럼 고개를 숙이고 있었다. 방 안의 공기가 심상치 않았다. 나는 두근거리는 마음으로 방으로 들어가서는 짐짓 아무렇지도 않은 듯이 물었다.

"다들 뭐 해? 바닥에 뭐라도 떨어져 있어?"

아내가 고개를 들고 절망과 원한이 가득한 눈으로 나를 노려보았다. 이제껏 본 적 없는 눈빛이었다. 잠시 나를 쏘아보던 아내가 갑자기 소리를 질렀다.

"당신 정신이 있는 사람이에요, 없는 사람이에요? 어떻게 어린아이 둘만 놔두고 집을 이렇게 오래 비울 수가 있어요! 네? 그동안 무슨 일이라도 났으면 어쩔 뻔했느냐고요!"

아내의 말이 칼이 되어 내 심장을 난도질하는 것 같았다. 하지만 나는 그 상황에서도 웃는 얼굴을 하고 있었다.

"무슨 일이 왜 생겨? 우리 큰딸이 얼마나 야무진데."

그러자 다난이 제 엄마의 옷자락을 잡아당기며 말했다.

"엄마, 나는 하나도 안 무서웠어요. 동생도 잘 보살피고 있었어요."

아내가 고개를 숙이며 큰아이를 힘껏 끌어안았다. 그 모습을 보다 나도 잠을 자려고 침대에 누워서 아내를 안으려고 했다. 그녀의 기분을 풀어줄 심산이었다. 그러나 내 손이 몸에 닿자마자 아내는 세차게 뿌리치면서 고개를 돌려 사무적인 표정으로 나를 쳐다보았다. 나는 속으로 한숨을 쉬었다. 사실 나도 크게 후회하고 있었다. 아무 일이 없었기에 망정이지 생각만 해도 끔찍했다. 이곳 주민 중에는 온갖 사람이 다 있다. 만약 진짜로 사달이 났으면 어쩔 뻔했느냔 말이다. 아내 말이 전부 맞다. 내가 미쳤지, 내가 백 번 잘못한 일이다.

그러나 우리에게는 당장 돈이 필요하다. 다른 좋은 방법은 없는 걸까.

# 9

아침을 먹은 뒤 낮잠을 포기하고 삼륜차를 끌고 나왔다. 곧 태풍이 오려는지 날씨가 시원해졌다. 이런 날은 제법 손님이 있을 것이다.

내 예감대로 집을 나서자마자 연속 두 팀의 손님을 받았다. 타오위안로에서 한 손님이 손짓을 했다. 손님을 태우려는 순간, 갑자기 빈 삼륜차가 내 옆을 달려가면서 크게 소리쳤다.

"손님 태우지 말고 어서 달아나요! 경찰이 나타났어요!"

고개를 돌려보니 과연 경찰차 한 대가 이쪽을 향하고 있었다. 손님을 버려두고 차를 돌려 앞만 보고 죽어라 달렸다. 그러나 삼륜차가 경찰차의 속도를 어떻게 당해내겠는가. 경찰차는 금세 내 뒤꽁무니까지 바짝 쫓아왔다. 그들이 확성기에 대고 "앞에 삼륜차 멈춰서 조사에 응하시오!"라고 소리쳤다.

'조사에 응하라고? 웃기고 있네. 그러면 차고 돈이고 다 뺏

긴다. 멈추면 안 돼!'

바로 그때 옆에 골목이 하나 나타났고 나는 미친 듯이 방향을 틀어 그 골목으로 들어갔다. 경찰차가 그곳까지 쫓아올지 알 수 없었다. 그저 미친 듯이 달릴 뿐이었다. 이렇게 한참을 정신없이 달리다 보니 또 하나의 작은 샛길을 보지 못했다. 자전거 한 대가 갑자기 그 샛길에서 튀어나왔고 나는 본능적으로 방향을 틀어 브레이크를 밟았으나 이미 늦은 뒤였다. 삼륜차는 자전거와 세게 부딪친 후 길 옆의 벽을 받고서야 멈췄다. 자전거와 사람은 바닥에 나동그라졌고, 넘어진 남자는 계속 엉덩이를 문질렀다. 나는 삼륜차를 살필 새도 없이 내려서 그를 부축했다. 그는 몸을 일으키려 하지 않고 욕부터 했다.

"제기랄! 이렇게 좁은 골목에서 그렇게 속도를 내면 어쩌자는 거요? 페라리라도 몰고 다니는 줄 아나?"

나는 연신 미안하다고 사과했다.

"미안합니다. 미안합니다. 일부러 그런 건 아닙니다."

다시 손을 내밀어 그를 부축했으나 상대는 여전히 내 손을 거부했다.

"미리 말해두는데 나 귀찮게 하지 마슈. 빌어먹을! 온몸이 아픈 걸 보니 뼈가 부러졌나 보네. 괜히 부축한다고 완전히 부서지게 하지 말라고요."

아뿔싸. 만만치 않은 상대를 만났다.

"일단 일어나봅시다. 땅바닥에 앉아 있다고 일이 해결되는 것도 아니지 않습니까?"

그는 내 말에 아랑곳하지 않고 계속 엉덩이와 다리를 문질렀다. 나는 잠시 생각하다가 다시 말을 붙였다.

"일단 이를 악물고 일어나보세요. 병원에 같이 가서 검사합시다."

그러자 그는 앉은 채로 눈을 부릅떴다.

"지금 그게 무슨 소립니까? 아니 지금 내가 꾀병이라도 부린다는 겁니까?"

나는 황급히 손을 저었다.

"그런 뜻이 아닙니다."

"형씨도 나쁜 사람은 아닌 것 같군요. 그래요, 내가 재수 없어서 삼륜차와 부딪혔다고 칩시다. 나도 좋은 일하는 셈 치고 병원은 안 갈 테니 치료비나 알아서 줘요."

"얼마면 되겠습니까?"

나의 조심스러운 질문에 그는 한 손을 내밀더니 다섯 손가락을 펴서 흔들었다.

"바가지 씌울 수도 없으니 500위안만 줘요."

500위안이라니, 머리통이 띵했다. 주머니를 뒤져보니 겨우 20위안이 나왔다. 10위안짜리 1장과 5위안짜리 2장이었다. 10위안은 점심을 사 먹을 돈이고 남은 5위안 2장은 좀 전에 태운 손님들에게 각각 받은 것이었다. 그 돈을 내놓으며 말했다.

"가진 돈이 이것뿐입니다. 거짓말 아니에요."

그는 돈을 받지 않고 냉소를 짓더니 휴대 전화를 꺼내 어디론가 전화를 걸었다. 그러자 골목 안에서 기다렸다는 듯이 두 남자가 뛰어왔다. 한 사람은 머리가 벗겨진 중년이고, 또 한 사람은 몸에 딱 붙은 표범무늬 상의를 입은 젊은 남자였다. 딱 봐도 험상궂게 생겼다. 중년 남자가 다짜고짜 내 멱살부터 잡았다.

"감히 내 동생을 쳐놓고 뺑소니치려고?"

"아닙니다. 도망가려고 하지 않았어요. 가진 돈이 부족한 것뿐입니다."

"삼륜차 영업을 하면서 돈이 없다고?"

"정말 없어요. 아침에 나와서 여태 손님을 제대로 받지 못했습니다."

"돈이 없다면 저 삼륜차를 잡고 있을 테니 집에 가서 돈을 가져와!"

뭐라고 더 말하고 싶었지만 머리가 벗겨진 남자가 삿대질을 하면서 눈을 부라리는 모습에 가슴이 덜컹 내려앉아서 입을 다물었다. 어쨌든 사람을 치었으니 어쩔 수 없었다.

결국 나는 집에 있는 통장을 가져와 근처 은행에서 500위안을 인출했다. 빳빳한 새 지폐 5장을 바라보며 살이 에는 것처럼 마음이 아파왔다. 큰아이 찬조금으로 준비한 돈을 이렇게 써버리게 된 것이다.

돈을 가지고 골목으로 돌아오니 길바닥에 누워 있던 그 사람이 일어나서 옆에 있는 사람들과 담배를 피우고 있었다. 불편한 곳 하나 없이 멀쩡해 보였다. 내가 돈을 건네자 그는 내 앞에서 돈을 세며 확인했다. 그런데 옆에 있어야 할 삼륜차가 보이지 않았다.

"내 삼륜차는요?"

표범무늬 상의를 입은 남자가 고소하다는 듯이 말했다.

"아 그거? 조금 전에 경찰 두 명이 오더니 무허가라면서 끌고 갔네요."

갑자기 화가 치밀었다.

"당신들 어떻게 이럴 수 있어요? 이렇게 돈까지 받아가면서 그걸 끌고 가는 걸 보고만 있었단 말입니까?"

"제기랄, 어디다 화를 내는 거야? 경찰이 끌고 가겠다는데 우리라고 별 수 있어?"

귀에서 삐 소리가 나며 온몸의 화가 머리끝까지 치밀어 올랐다. 이렇게 된 마당에 뭘 따지겠는가. 나는 500위안을 다시 뺏으려고 몸을 날렸다. 돈을 세던 남자는 내가 달려드는 것을 보더니 잽싸게 몸을 피했다. 이어서 다른 남자가 내 뒤에서 몸을 안았고 표범무늬 상의의 젊은이가 내 정강이를 힘껏 걷어찼다.

다리에 힘이 빠지면서 주저앉았다. 그들은 나를 바닥에 내동댕이치더니 사정없이 주먹질과 발길질을 해댔다. 그렇게 나를 실컷 때려놓고는 쏜살같이 달아나버렸다. 나는 아픈 것을 참고 손바닥으로 땅바닥을 짚고 겨우 몸을 일으켜 앉았다. 온몸이 부서질 것처럼 아팠다. 그렇게 앉은 채로 숨을 골랐다.

한참 후에 겨우 몸을 일으켜서 전화번호가 가득 적힌 전신주에 기댔다. 머리가 너무나 어지럽고 구역질이 나왔다. 기침도 나기 시작했다. 기침을 어찌나 심하게 해대는지 온몸의 공기가 다 빠져나오는 것 같았다. 그러고 나니 눈앞이 온통 노랗게 보였고 가래와 침이 비린내를 풍기며 입가에 고였다.

애써 버티며 경찰서를 찾아갔다. 물어물어 마침내 피부가 까무잡잡한 경찰에게 내 삼륜차의 행방을 물었다.

"당신 삼륜차였군요. 검사에 응하지 않고 차를 버려두고 달아나면 어쩌자는 거요?"

"버린 건 아닙니다. 옆에 세워놓은 것뿐입니다."

"핑계 댈 것 없어요. 여기서는 사실만 중요합니다. 이 삼륜차로 도시에서 영업할 수 없다는 걸 알았습니까?"

"몰랐습니다. 그리고 영업한 것도 아니고 옆에 세워놓았지 않습니까?"

"또 둘러대는 겁니까? 여기서 그런 말이 통한다고 생각하는 모양인데 어림없습니다. 당신 차는 빌린 거니 차주와 직접 연락하면 됩니다."

경찰의 말에 나는 황급히 손을 가로저었다.

"그럴 필요 없습니다. 제가 책임지면 되니 차주까지 끌어들일 필요 없습니다."

경찰은 손에 든 연필을 내려놓았다.

"당신 같은 사람들에게는 계도 위주로 합니다만, 그건 태도 여하에 달려 있습니다. 태도가 좋으면 정황을 참작해서 가벼운 처벌을 내릴 것이고, 거짓말을 하면 중벌에 처할 겁니다."

나는 연신 고개를 끄덕였다.

"알겠습니다. 다시는 이런 짓을 하지 않겠습니다."

"좋습니다. 범칙금 300위안을 내면 됩니다."

또 돈을 내라는 말에 나는 경악했다. 이렇게 돈을 뜯기다가는 통장에 있는 돈이 한 푼도 남아나지 않을 판이다. 내가 멍해 있자 경찰이 물었다.

"왜 그래요?"

"아닙니다. 돈이 부족하니 얼른 은행에서 찾아오겠습니다."

경찰은 고개를 끄덕이더니 더는 나를 상대해주지 않았다.

나는 경찰서를 나와 급히 은행으로 달려갔다. 300위안을 인출해서 다시 경찰서로 가 벌금을 냈다. 경찰은 돈을 받더니 나를 살짝 흘겨보며 말했다.

"돈 없는 척하지 말아요. 당신네 삼륜차 모는 사람들에 대해 모르는 줄 알아요? 이 정도야 하루만 일하면 금방 벌 수 있잖아요?"

나는 쓴웃음을 지었다. 돈을 버는 게 그렇게 쉬우면 얼마나 좋겠는가! 경찰은 종이 한 장을 건네면서 말했다.

"뭐 당신이 얼마를 벌든 상관없으니 일단 여기다 서명이나 해요."

나는 볼펜을 집어 들고 서류에 서명했다.

"경찰관님, 제 삼륜차는 어디 있습니까?"

"뭐 하려고요?"

나는 최대한 그의 비위를 상하지 않으려고 노력하며 대답했다.

"이걸 들고 찾아가야죠."

"삼륜차를 찾아가다니요? 지금 발급한 서류를 자세히 보지도 않았나 보네요. 위에 적혀 있잖아요? 범칙금 300위안에 삼륜차는 보름 동안 압류입니다."

놀란 나는 그대로 얼어붙었다. 서명하는 데만 정신이 팔려 정작 내용을 살펴보지 않은 것이다.

"범칙금을 냈는데 삼륜차를 압류하다니요?"

"당연하죠. 범칙금만 내고 끝날 줄 알았어요? 돈은 별거 아닙니다. 가장 중요한 것은 당신에게 교훈을 주는 겁니다. 긴 말 않겠으니 15일 후에 와서 찾아가세요."

경찰은 이 말을 끝으로 몸을 돌렸고 다시 나를 외면했다. 나는 그를 보며 탄식했다. 내가 무슨 말을 더 할 수 있겠는가.

그길로 집에 돌아오니 큰아이가 놀라며 묻는다.

"아빠 오늘 왜 이렇게 일찍 왔어요?"

나는 애써 웃음을 지어보였다.

"우리 딸하고 놀아주려고 일찍 왔지."

아이는 내 말을 믿지 않는 눈치였다. 내 얼굴을 물끄러미 바라보던 아이가 뭔가를 발견했는지 놀라는 표정이 역력했다.

"왜 그렇게 아빠 얼굴을 쳐다봐?"

아이가 손가락으로 내 얼굴을 가리켰다. 가리키는 곳을 손으로 만지던 나는 아! 하고 비명을 질렀다. 조금 전에 얻어맞은 일을 잊고 있었는데 맞은 부분이 부어오른 것이다. 나는 짐짓 아무렇지도 않은 듯 웃었다.

"어? 이상하네. 아빠 얼굴이 갑자기 왜 살이 쪘지?"

나는 아이를 안아 들고 의자에 앉았다.

"아빠 얼굴이 왜 갑자기 살쪘는지 생각해봐야겠다."

아이는 고개를 들어 나를 바라보며 답을 기다리는 눈치였다.

"그렇구나. 날씨 때문이었어. 아빠 얼굴은 더우면 커지고 추우면 줄어들거든. 오늘 날씨가 더우니 커진 거야. 못 믿겠으면 날이 추워진 다음에 아빠 얼굴을 살펴봐. 그땐 틀림없이 줄어들 테니 말이다."

아이는 아무 말도 하지 않고 내 얼굴만 바라보았다. 이미 다 자란 아이가 말도 안 되는 내 변명을 믿을 리가 있겠는가. 나는 다난을 바닥에 내려주고 말했다.

"아빠 화장실 좀 다녀올게."

화장실로 몇 걸음 옮기는데 등 뒤에서 아이가 울먹이는 목소리로 말했다.

"아빠! 누구랑 싸운 거예요?"

"무슨 소리야. 아빠가 다른 사람이랑 왜 싸우겠어? 쓸데없는 생각하지 마."

나는 잰걸음으로 화장실로 들어섰다. 몸을 돌려 문에 기대서자마자 눈물이 주르륵 흘러내렸다. 오늘 나는 대체 무슨 짓을 하고 돌아다닌 건가. 몸을 천천히 움직여서 변기 위에 걸터앉으니 극도의 피로가 몰려왔다. 뼈가 으스러진 것 같기도 하고 맥이 빠져진 것 같기도 했다.

머리를 받치고 있으니 갑자기 담배 생각이 간절했다. 하지만 당장 담배가 어디 있단 말인가. 나는 온 힘을 다해 머리카락을 쥐어뜯었다. 그러다 담배를 끊을 때 남은 반 갑을 화장지를 두는 구두 상자 안에 놓아둔 것이 생각났다. 상자를 뒤져서 담배를 꺼낸 나는 입에 물고 깊게 한 모금 빨아들였다. 구두 상자에 오래 둔 담배는 이미 곰팡이가 슬었다. 역한 냄새가 목구멍을 자극해서 기침이 나왔다. 눈물이 흘러내렸다.

오늘은 재수가 극도로 나쁜 날이었다. 날씨가 좋아 손님을 많이 받을 줄 알았다가 겨우 10위안을 벌고는 800위안이 날아갔으니 기가 찰 노릇이다. 꼭 돈이 아까워서만은 아니다. 사람을 치었으니 배상하는 것은 당연하다. 무허가 삼륜차로 영업을 했으니 벌금을 내는 것 역시 당연하다. 그런데 하필이면 이렇게 중요한 시기에 그래야 했냐는 말이다. 큰딸 학교에 낼 찬조금을 다 낸 다음이라면 얼마든지 더 얹어줄 수 있다. 하지만 지금은 돈이 필요한 시기다. 돈이 없으면 딸아이는 이 도시에서 학교에 다닐 수 없다.

담배에 불을 붙였다. 연기가 자욱하다. 변기에 쭈그리고 앉아 담배 연기가 피어올라 허공에서 맴돌다가 어둠 속에서 이리저리 뒤얽히며 흩어지는 모습을 바라보았다. 문득 스치는 기억이 있었다. 서둘러 담배를 비벼 끄고 변기통 뚜껑을 열었다. 손을 뻗어 축축한 상자를 꺼냈다. 상자는 비닐봉지로 몇 겹이나 싸여 있었다. 조심스럽게 비닐봉지를 벗겨내고 상자를 열어보니 그 안에 750위안이 있었다. 이 돈은 지난번 공반 일을 하고 받아온 것이다. 돌아오자마자 여기 숨기고는 꺼내볼 생각조차 하지 않았다.

나는 흥분해서 그 돈을 몇 번이고 세어보았다. 그리고 다시 조심스럽게 포장해서 원래 있던 자리에 놓았다. 그제야 한숨을 길게 내쉬었다. 거울에 얼굴을 비춰보니 몇 군데가 벌겋게 부어올랐다. 옆에 있는 비누를 긁어 가루를 낸 후 붉어진 부분에 정성스럽게 발랐다. 다 바른 뒤 눈을 가늘게 뜨고 거울을 보니 훨씬 나아졌다. 이 정도라면 저녁에 귀가한 아내가 발견하지 못할 정도로 감쪽같았다.

# 10

 오천, 오천삼백, 오천삼백이십오, 육천칠십오. 나는 돈을 꼼꼼히 세어보았다. 다행이다. 마침내 필요한 금액이 맞춰진 것 같다. 오늘은 아내의 월급날이니 그 돈 2,200위안까지 더하면 딸아이의 찬조금은 그럭저럭 낼 수 있다. 아이가 옆에서 돈을 바라보며 헤헤 웃는다. 영민한 아이는 그 돈이 자기 입학과 관련된 것을 안다. 나는 다난의 머리를 쓰다듬었다.

"다난아, 아빠가 내일 새 책가방을 사주마. 입학하면 새 책가방 메고 학교 다닐 거지?"

아이가 힘차게 고개를 끄덕였다.

저녁이 되자 큰아이와 나는 돈을 한 장 한 장 침대 위에 펼쳐놓았다. 이따가 아내가 받아온 월급까지 함께 펼쳐놓으면 정말 안심이 될 것 같았다.

아내는 아홉 시가 좀 넘어서 귀가했다. 방에 들어와서 아이가 아직 잠이 들지 않은 것을 보고 놀라서 물었다.

"다난아, 이 시간까지 안 자고 뭐 해?"

"아빠랑 엄마 기다렸어요."

아내가 아이를 보고 한숨을 쉬더니 주머니에서 돈을 꺼내 내게 건넸다.

나는 냉큼 받아들고 돈을 세기 시작했다. 돈은 2,000위안뿐이었다.

"2,200위안이라고 하지 않았어?"

"말도 말아요. 슈퍼마켓에 새 규정이 생겼어요. 유통기한이 얼마 안 남은 상품을 직원들에게 반값에 판다네요. 복지 차원이라나 뭐라나. 한 번에 200위안씩 내야 해요."

그제야 아내 손에 든 흰 비닐봉지가 보였다. 안에 든 먹거리를 침대에 쏟았다. 포장지에 적힌 날짜를 보니 아직도 한 달은 남았다.

"괜찮네. 먹을 수 있으면 되는 거지."

아내는 기분이 별로 좋지 않은 것 같았다. 반강제로 쓴 200위안이 아까운 것이다. 나는 아내를 위로했다.

"아이들 군것질거리가 없었는데 잘됐네. 품질도 좋은데 반값이니 말이야. 이렇게 싸게 파는 곳이 어디 있어?"

"학교에 낼 돈은 충분해요?"

아내의 질문에 나는 돈을 들어 아내 앞에서 흔들었다.

"응. 아주 딱 맞췄어."

아내는 여전히 걱정스러운 얼굴이었다.

"찬조금을 내고 나면 남는 돈이 없잖아요. 이번 달 생활비는 어떻게 하죠?"

"괜찮아. 내일 경찰서에서 삼륜차를 찾아오는 날이잖아. 그걸로 시내 한 바퀴만 돌면 돈이 들어올 거야. 걱정하지 마, 내가 있잖아."

아내는 한숨을 내쉬더니 더는 말하지 않았다.

이튿날 아침 나는 큰아이의 학교로 달려가 학비를 냈다. 돈을 내고 나서 학교를 한 바퀴 돌아보았다. 솔직히 말해 나는 이 학교에 대단히 만족했다. 학교 건물과 운동장은 알록달록 예쁜 색으로 칠한 것이 그림책에 나오는 모습과 흡사했다. 그리고 찬조금을 받은 선생님들도 아이들을 아끼는 것 같아 기분이 좋았다. 8,000위안이란 큰돈을 허투루 쓴 것이 아니다. 딸아이도 틀림없이 이곳을 좋아할 것이다.

학교에서 나온 나는 그길로 경찰서를 찾아갔다. 피부가 까무잡잡한 그 경찰을 찾아서는 고지서를 그에게 제출했다.

"경찰관님, 안녕하십니까? 삼륜차를 찾으러 왔습니다."

그는 나를 곁눈질로 보더니 종이 한 장을 꺼내 뭔가를 쓴 후에 건네주었다.

"먼저 주차비부터 내고 오시죠."

"주차비라니, 무슨 말씀이십니까?"

어안이 벙벙한 내게 그가 귀찮다는 듯이 대꾸했다.

"삼륜차 주차비 말입니다. 여기 주차를 해놨으니 주차장 공간을 차지했잖아요? 게다가 우리가 없어지지 않게 보관했는데 주차비를 안 내면 쓰나요?"

"하지만 지난번에 범칙금을 내지 않았습니까?"

"범칙금은 범칙금이고 주차비는 주차비죠. 뻔히 알면서 어리숙한 척하시네."

나는 무기력하게 고지서를 받아들었다. 주차비 명세를 보니 나도 모르게 헛웃음이 나왔다. 참으려고 해도 자꾸만 웃음이 실실 나왔다. 그 모습에 경찰관은 자기 얼굴에 뭐라도 묻었나 싶어 제 얼굴을 한번 쓱 만져보았다.

"지금 뭐 하는 겁니까?"

그의 행동을 보니 웃음이 더 나왔다. 나는 손에 든 고지서를 흔들어 보이며 웃음을 꾹 참고 밖으로 나왔다. 입구까지 나오자 마침내 웃음이 터져 나왔다. 손에 든 고지서를 다시 읽어 보니 주차비가 하루에 5위안, 15일분 75위안이라고 쓰여 있었다. 정말 신기했다. 경찰이 내 호주머니에 얼마나 들어 있는지 알고 쓴 금액 같았다. 나는 주차비를 내지 않았다. 고지서를 발기발기 찢어 허공에 힘껏 뿌렸다. 산산조각이 난 종잇조각들이 공중에서 춤을 추며 떨어졌다. 빌어먹을! 이 75위안은 저들에게 내줄 수 없었다. 딸에게 책가방을 사주겠다고 약속했으니 아이를 실망하게 만들 수 없다.

경찰서를 나온 나는 서점으로 달려가 50위안을 주고 책가방을 샀다. 남은 25위안으로는 필통과 연필을 샀다. 그길로 집에 돌아오니 딸아이가 내 손에 든 책가방과 학용품을 보곤 뛸 듯이 좋아했다. 아이는 책가방을 어깨에 메고는 절대로 벗으려고 하지 않았다.

아내는 퇴근해서 집에 들어오자마자 내게 찬조금을 냈냐고 물었다.

"당연하지. 전부 순조로웠어. 학교도 너무 예쁘더라고. 당신도 같이 가서 봤다면 아마 8,000위안이 하나도 아깝지 않았을 거야."

아내가 안도의 한숨을 내쉬었다.

"나무아미타불. 마침내 한 고비를 넘겼네요."

아내는 자는 아이의 얼굴을 들여다보다가 이내 얼굴을 찌푸리며 말했다.

"등 밑에 불룩한 것은 뭐예요?"

얼른 살펴보니 누운 아이의 등 밑에 빨간색이 얼핏 보였다. 내가 사준 책가방이었다.

"아까 책가방을 사다 줬더니 맨 채로 잠들었네."

"쯧쯧. 이런 자세로 얼마나 불편할까?"

아내는 책가방을 조심스럽게 아이 몸에서 벗겨내 곁에 두었다. 나는 침대 끝에 앉아서 궁리하다 말했다.

"아무래도 다른 우유 배급소를 알아봐야겠어. 처형네는 거의 문을 닫은 상태거든."

아내는 난색을 표하며 말했다.

"조금만 더 기다려봐요. 어쨌든 친척이고, 이곳에 와서 우리가 의지를 많이 했는데 지금은 그쪽 사정이 딱하잖아요. 그리고 당신이 더 고생하는 것도 싫어요."

딱하다니 무슨 소리를 하는지 모르겠다. 아내는 자기 사촌언니가 어떤 사람인지 모른다. 그래도 친척인데 나도 더 고집을 내세울 수 없어서 아내 말을 듣기로 했다.

자리에 누워서 천장을 바라보니 만감이 교차했다. 뭔가 일이 잘못 돌아가고 있다는 느낌이 든다.

얼마 전까지만 해도 모든 일이 순조롭게 풀렸다. 나는 아내에게 우리가 이런 도시에 사는 맞벌이 부부가 되었다고 감격하며 말하기까지 했다. 그 말을 하고 이틀도 채 지나지 않았는데 갑자기 상황이 급변해버렸다.

그동안 나는 게으름 한 번 부린 적 없이 날마다 열심히 일했다. 사실 전보다 돈을 더 많이 번 것은 확실하다. 그러나 그 돈이 다 어디로 갔단 말인가. 바지 주머니에 든 동전 몇 개가 고작이다. 번 돈이 모두 아이 찬조금으로 들어갔을까? 그런 것 같기도 하고 아닌 것 같기도 하다. 정말 잘 모르겠다.

문득 앞으로의 삶이 절망적으로 느껴졌다. 내가 할 수 있는 모든 것을 다했다. 나처럼 일찍 일어나는 사람도 별로 없을 것이다. 나도 잠을 더 자고 싶고 게으름을 부리며 쉬고 싶을 때도 많다. 그러나 자신을 채찍질하며 소처럼 열심히 일했다. 그렇게 열심히 했는데 더 어떻게 하란 말인가? 다시 처음으로 돌아가 그 힘든 생활을 해야 한단 말인가? 그토록 고생한 결과가 겨우 이거란 말인가? 앞으로 무슨 좋은 세상을 보겠다고 웃으며 다른 사람에게 만두를 사다 바치고 무슨 좋은 결과를 얻겠다고 마누라를 속이고 남의 집 일까지 해줄 수 있을까. 무슨 기운으로 경찰에게 적발될까 봐 전전긍긍하며 거리를 누빌 수 있겠느냔 말이다. 나는 지금 내가 뭘 하는 건가 싶어서 아무리 생각해봐도 이해할 수 없었다.

천장을 뚫어지게 노려보다가 눈앞이 어지러워져서 옆으로 누웠다. 내 몸이 점점 작아져서 까만 점으로 변하는 것 같았다. 마치 한 점 먼지가 된 느낌이 들었다.

시간을 보니 아직 새벽 두 시밖에 되지 않았다. 하지만 더 누워 있기도 괴로웠다. 살며시 일어나 자전거를 타고 거리로 나섰다. 자전거를 타고 골목을 지나 대로변으로 나갔다. 이미 이 도시 지리는 완전히 익힌 터였다. 눈을 감고도 길을 잃지 않을 자신이 있다. 처음 왔을 때에 비하면 지금은 완전히 도시 사람이 다 되었다. 자전거를 타고 거리를 계속 돌아다녔다. 정처 없이 목적 없이 체력을 소모하고 있었다.

얼마나 그렇게 다녔을까, 둥먼암 입구에 다다르자 기진맥진해서 한 걸음도 나갈 수 없었다. 나는 자전거를 멈추고 고개를 들었다. 눈앞에는 둥먼암 법당이 있었다. 암자의 문은 굳게 잠겨 있었고 내부는 칠흑같이 어두웠다. 문 앞에 서니 그 문을 밀고 들어가고 싶은 충동이 생겼다. 보살님을 만나서 앞으로 어떻게 살아야 하느냐고 묻고 싶었다. 그러나 굳게 잠긴 문을 보니 보살님도 나를 만나기 싫다는 뜻으로 느껴졌다.

나는 암자 문 앞에 쪼그리고 앉아 무릎을 감싸 쥐었다. 문득 서러운 생각이 들어 울음이 터져 나왔다. 한 번 울음이 터지니

걷잡을 수 없었다. 소리 내서 울수록 마음이 아파왔고, 그럴수록 울음소리는 커졌다. 밤길을 가던 사람 하나가 내 곁을 지나가다가 놀라서 멈춰 섰다. 나를 한참 살펴보던 그는 조심스럽게 발길을 돌렸다.

한참을 그렇게 울고 나서는 그 자리에 멍하니 앉아 있었다. 마음이 텅 비어 견디기 힘들었다. 담배를 피워볼까 했지만 몸에 지니고 있지 않았다. 나는 한숨을 쉬며 자전거에서 망태기를 꺼내 병을 줍기 시작했다.

한 자루를 채워 집으로 돌아갔다가 마당에 쏟아놓고 다시 자전거를 타고 나와 줍기를 반복했다. 그러다 보니 어느새 네 시가 되었다. 기진맥진해서 집에 돌아왔을 때는 주워 모은 플라스틱병들이 마당에 수북이 쌓여 발 디딜 틈이 없을 정도였다. 나는 조심스럽게 병들 사이를 지나 계단에 앉았다. 병들은 달빛을 받아 부드럽게 빛났다. 밖에서 바람이 불어오자 병들이 미세하게 흔들거리며 서로 부딪쳐 소리를 냈다. 마치 파도소리 같았다.

그 광경을 보고 있노라니 문득 지난 시절이 떠올랐다. 나는 여름만 되면 바닷가 방파제로 나갔다. 방파제에는 늘 한두 척의 작은 목선이 묶여 있었다. 주머니에 누에콩과 해바라기씨를 잔뜩 넣고 그 배로 올라갔다. 옷을 다 벗고 혼탁한 바닷물로 뛰어들어 헤엄쳤다. 배가 고파지면 배 위로 올라가 누에콩과 해바라기씨를 먹었다. 그때는 아무 고민도 없었다. 뜨거운 여름햇빛에 살갗이 벗겨지게 내버려 두었다. 방파제에는 늘 나 혼자였다. 마치 드넓은 천지가 모두 내 것인 양 느껴졌다. 나는 언제나 배 위에 누워 눈을 살짝 뜨고 바닷물이 불어나는 것을 보고 있었다. 배는 가볍게 흔들리며 귓가에는 바닷물이 뱃전에 부딪치는 소리가 찰랑찰랑 들려왔다.

  오랫동안 그 순간을 잊고 살았다고 생각하니 가슴이 아파왔다. 그때가 마치 눈앞에 있는 듯했다. 당시에는 갑판에 누워 미래의 삶에 대해 막연하나마 상상의 나래를 폈다. 어떤 여자를 아내로 맞으며, 어떤 일을 하고 있을까. 그리고 나 자신은 어떤 사람이 되어 있을지도 상상했다. 그때 상상했던 미래가 지금 내 모습은 아닐 것이다. 그때의 내가 지금 내 모습을 본다면 틀림없이 크게 실망할 것이다.

# 11

 석양이 사찰의 금색 지붕 위에 내려와 늘 그랬던 것처럼 익숙한 광택을 발한다. 마음이 편해지는 빛이다. 매년 가을 추수 때면 벼를 베러 오던 타이저우 황옌 일꾼들이 생각난다. 그들은 밀짚모자에 배낭을 메고 우리 마을에 나타났다. 당시 살아계시던 아버지는 그들과 함께 낫을 들고 허리를 구부려서 잘 익은 벼를 벴다. 뜨거운 햇살 아래 바람이 불어오면 벼들이 물결치듯 이리저리 일렁거렸다. 나는 산언덕의 매실나무 위에서 그 광경을 바라보곤 했다. 나는 그 기억처럼 풍성한 가을의 수확 장면을 사랑했지만, 그게 이렇게 질퍽거리는 밭과 같으리라고는 생각지도 못했다.

 아훙 아저씨가 내 뒤에서 칼을 들고 삭발해주고 있었다. 칼이 머리카락과 접촉할 때마다 둔탁하면서도 탄력 있는 소리가 규칙적으로 났다. 아훙 아저씨는 내게 고개를 숙이라고 하더니 목 뒤에 난 머리카락을 깎기 시작했다. 고개를 숙이니 대웅전 앞 자갈이 깔린 마당이 시야에 들어왔다. 구름이 빠르게 움직이면서 마당의 그림자도 생겼다가 금세 없어지면서 기묘한 모양을 만들어냈다. 그 모습을 계속 지켜보고 있으니 내가 그 광경 속에 빠져드는 것 같았다. 그 순간 시간과 공간의 개념이 없어졌다. 모든 것이 빠르게 움직이고 있었다. 공기, 목소리, 빛, 심지어 사람과 집까지 빠르게 스쳐 가며 나 홀로 그곳에 앉아 꼼짝하지 않고 있었다. 나도 모르는 사이에 내가 입을 뗐다. 내 안 깊은 곳에서 목소리가 올라왔다.

"나무살달타. 소가다야. 아라가제. 삼막삼보타사. 나무살달타. 불타구지슬니삼. 나무살파. 발타발지. 살다비폐. 나무살다남. 삼막삼보타. 구지남.(南無薩怛他. 蘇伽多耶. 阿羅訶帝. 三藐三菩陀寫. 南無薩怛他. 佛陀俱胝瑟尼釤. 南無薩婆. 勃陀勃地. 薩多鞞弊. 南無薩多南. 三藐三菩陀. 俱知南)"

나는 한 자 한 자 토해내고 있었다.

처음에는 나도 내가 무슨 말을 하고 있는지 몰랐다. 익숙하면서도 무척이나 생소했다. 조금 뒤에야 내가 외우고 있는 것이 무엇인지 알았다. 나는 「능엄주」를 외우고 있었던 것이다. 정말 이상한 일이다. 평소에 『능엄경』을 자주 펴보고 몇 구절 읽어보기도 했지만 이렇게 완벽하게 외워본 적은 없었다. 그런데 입을 열자 마치 온몸이 그것을 기억하고 있다는 듯이 처음부터 끝까지 한 자도 빠짐없이 낭송한 것이다.

아홍 아저씨가 놀라는 기척이 느껴졌다. 내가 첫 구절을 낭송하자 그의 손이 떨리기 시작했다. 하마터면 내 두피를 벨 뻔했다. 그는 머리를 깎던 동작을 멈추고 얼어붙었다. 내가 낭송을 끝낸 후에도 한참을 그대로 있더니 이윽고 정신을 가다듬었다. 그리고 칼을 다시 들고 내 머리를 다 깎아주었다.

이튿날 점심을 먹고 나니 외부에서 수륙법회에 참가하는 승려들이 하나둘 절에 도착했다. 두 시쯤 되었을 때 승려들은 정단 의식을 시작했다. 정단이란 법당을 청소하는 작업이다. 불사에서 승려들이 하는 경참(經懺, 불경을 읽어 죄와 업장을 참회함-역주)은 부처님을 향한 것이다. 따라서 법당에는 이와 무관한 물건은 모두 정리해서 치워야 했다. 간단히 말해 상부에서 간부가 시찰을 나온다고 하면 도시 관리 담당자가 사전에 노점상을 단속해서 눈에 띄지 않게 하는 행위와 같았다.

아훙 아저씨는 새로 마련한 가사를 입었다. 새 가사는 아저씨의 흰 피부를 돋보이게 해주었다. 사실 젊을 때 아훙 아저씨는 잘생긴 편이었다. 가늘고 긴 눈썹에 갸름한 얼굴형의 소유자였다. 그는 월극(越劇)을 즐겨 불렀다. 「쌍원방처(雙園訪妻)」나 「오녀배수(伍女拜壽)」같은 작품의 많은 부분을 능숙하게 외웠다. 그가 월극을 부를 때는 난화지(蘭花指, 엄지와 중지를 안으로 구부리고 나머지 손가락은 위로 치켜드는 손놀림-역주) 동작까지 완벽하게 구사하는 것이 매력 만점이었다.

아훙 아저씨는 승려로서 타고난 장점을 갖고 있었다. 신도들에게 승려는 스타와 같은 존재였다. 그들은 잘생긴 승려에 열광했으며, 그의 절에 기꺼이 많은 돈을 시주했다.

정단을 마치고 하룻밤이 지났다. 이날 새벽 네 시가 되자 잠을 깨우는 알람이 울렸다. 나는 승복을 정리하고 다른 승려들과 함께 대웅전으로 나갔다. 아홍 아저씨는 벌써 대웅전에 나와 있었다. 그는 부처님 앞에 서서 눈을 내리깔고 대웅전으로 들어오는 사람들을 차가운 눈으로 바라보았다.

비록 아저씨가 이번 불사는 규모가 커서 참가하는 사람들도 전과는 다를 것이라고 일러둔 바 있지만 여전히 마음의 준비를 할 수 없었다. 대웅전에 들어선 순간부터 가슴이 두근거렸다. 안에는 오십여 명의 승려들이 열을 지어 서서 엄숙한 분위기를 자아내고 있었다. 지금껏 이렇게 많은 승려가 서 있는 모습을 본 적이 없었다. 사람이 많아서인지 대웅전 내에서 웅웅 울리는 목소리가 귓전에서 계속 울렸다. 그곳에 서 있는 것이 몹시 불편하고 부자연스러웠다. 순간 내 마음에서 뜻 모를 자괴감이 올라왔다. 유일하게 나만 이 대웅전에서 혼자라는 생각이 밀려왔다.

나는 고개를 돌려 아홍 아저씨를 바라보았다. 그에게서 뭔가 격려를 받을 작정이었다. 아저씨도 마침 내 쪽을 바라보았다. 나는 그와 눈을 마주치며 웃어보였다. 그러나 실망스럽게도 아저씨는 나를 아랑곳하지 않았다. 차가운 눈길로 힐끗 보더니 시선을 얼른 다른 곳으로 돌려버렸다. 마치 나와는 전혀 모르는 사람처럼 말이다. 실망이 이만저만이 아니었다.

아홍 아저씨는 이번 불사의 유나(維那)를 맡았다. 사찰에는 세 명의 위치가 가장 중요하다고 들었다. 주지 방장(方丈), 증치

(增値), 유나가 그들이다. 주지 방장은 따로 강조할 필요도 없이 사찰의 가장 높은 자리에 있으며 모든 일을 관장한다. 증치와 유나는 방장의 왼팔과 오른팔과 같은 직책인데, 그중 증치는 승려들의 생활과 언행 규범을 관장하기 때문에 마치 학교의 학생주임과 유사하다. 유나는 총괄 지휘를 하는 직책으로, 그 권한이 증치보다 훨씬 위에 있다. 사찰의 수입과 지출, 불교 행사의 염불, 악기 등은 모두 유나가 관장한다. 물론 이는 옛 규범이며, 오늘날 사찰에서는 까다로운 규정이 자취를 감췄다. 아훙 아저씨처럼 평소에는 주지였다가 불사가 있을 때는 유나까지 겸하는 것이 보통이다.

아훙 아저씨는 유나에도 최적화된 사람이었다. 목소리가 좋고 외모도 잘 어울렸다. 불사에서 유나는 합창단의 메인 솔로와 같다. 그는 홀로 많은 승려 앞에 서서 독경을 시작하며 내부의 분위기를 장악할 수 있다. 불당에서는 승려들이 중구난방으로 불경을 읊다가도 유나가 무거운 어조로 불경을 읊기 시작하면 단번에 정리가 되었다. 가끔 틀리게 읊는 소리도 그 소리에 묻힐 뿐 아니라 좌중의 주의력을 집중시키는 효과도 있었다. 그러니 불사할 때는 유나가 제대로 해야 전반적인 행사가 순조롭게 치러진다. 마치 공연할 때 무대 위의 배우가 아름다운 용모와 목소리로 분위기를 장악하듯이 유나가 제 역할을 잘해주면 신도들은 불사가 성공했다고 여기고 기꺼이 더 많은 돈을 시주할 것이다.

승려들이 모두 도착하자 십여 명의 재가(齋家)들이 대웅전 안으로 들어왔다. 일행을 이끄는 재가는 용머리가 새겨진 향로를 받쳐 들고 엄숙한 태도로 바닥에 꿇어앉았다. 아무리 돈을 내고 참가한 사람들이라고 해도 누구에게나 향로를 들 자격이 주어지지는 않는다. 이렇게 큰 행사에서는 일반적으로 돈을 가장 많이 낸 사람이 향로를 든다. 그 옆에 서 있는 사람은 향정(香丁)이라고 한다. 향정은 행사 경험이 많은 사람으로 재가들에게 불교 의식을 어떻게 진행하고, 어떻게 향을 올리는지 알려주며 이끌어준다.

재가들이 들어오자 대웅전 안은 다시 정적이 흘렀다. 수십 명이 한 공간에 있으면서 아무 소리도 내지 않았다. 마치 음 소거 장치라도 달아놓은 듯 너무 조용한 분위기는 불안한 느낌을 자아냈다. 갑자기 거대한 무언가가 나를 압박해오는 것을 느꼈다. 숨을 쉬기 어려웠다. 나는 추위를 느끼기 시작했다. 처음에는 발이 춥더니 몸 전체로 한기가 퍼져 머리끝까지 오한이 왔다. 나는 얼어붙은 것처럼 움직일 수가 없었다. 그러나 그것도 잠시, 갑작스럽게 찾아온 오한이 순식간에 물러가고 이번에는 뜨거운 열기가 휘몰아쳤다. 발에서 시작한 열이 퍼져 온몸이 땀투성이로 변했다. 나는 호흡을 조절하려고 애썼다. 무슨 소리라도 나서 이 정적을 깨주기를 고대했다. 지나치게 장중하고 무거운 분위기에 어지럼증을 느꼈다.

얼마나 지났을까, 마침내 북소리가 울리기 시작했다. 대웅전 내부의 어떤 견고함이 북소리에 산산이 깨지는 모습이 보이는 듯했다. 알 수 없는 곳에서 신선한 공기가 밀려들어 와서 안을 한 바퀴 돌고 지나갔다. 나는 참지 못하고 몸을 부르르 떨고는 길게 숨을 내쉬었다. 넓은 옷소매로 이마의 땀을 닦았다. 큰 병을 앓다가 나은 것처럼 허약한 상태가 되었는데도 이상하게 편안했다.

북소리에 이어서 불경을 읽을 차례였다. 나는 두 손을 합장하고 장중하고도 아름다운 염불 소리가 시작되기를 기다렸다.

"멈춰!"

바로 그때 누군가 소리를 질렀다. 그 소리는 천둥소리처럼 귓전을 울렸다. 나는 놀라서 고개를 들고는 그 소리가 어디서 나는지 두리번거렸다. 소리의 주인공은 아훙 아저씨였다. 대웅전 안의 사람들은 무슨 일인지 영문을 몰라 어찌할 바를 모르고 아훙 아저씨만 바라보았다. 아저씨는 이마를 찌푸리고 북을 치던 사람을 손을 뻗어 가리켰다.

"당신 지금 뭐 하는 거요?"

북을 담당한 승려는 예상치 못한 상황에 당황해서 쩔쩔맸다. 북채를 쥔 채 한동안 아무 말도 못 했다.

"자네 아버지가 쇠뿔에 받혀 돌아가셨나?"

아훙 아저씨의 채근에 그 승려는 황망히 고개를 가로저었다.

"아버지가 쇠뿔에 받혀 돌아가신 것도 아닌데 북을 어찌 그렇게 세게 치는가?"

나는 그제야 아훙 아저씨의 말이 무엇을 의미하는지 깨달았다. 북을 너무 세게 쳐서 나무라는 것이었다.

"내가 몇 번이나 말했어? 강약을 조절하라고 하지 않았나?

그런데 어찌 그 모양인가? 염송할 때는 강약이 맞아야 하거늘 제멋대로 그렇게 쳐대면 불경을 어떻게 외우란 말인가?"

북 치는 승려는 그 자리에 얼어붙어 아무런 대답도 하지 못했다. 북채를 든 손이 바르르 떨리고 얼굴은 온통 벌겋게 달아올랐다.

"처음부터 다시 하게. 이번에도 제대로 하지 않으면 다른 사람으로 교체하겠네."

아훙 아저씨의 엄중한 질책이 끝나고 북소리가 다시 울려 퍼졌다. 이번에는 신중하게 움직여서 강약을 조절하는 데 성공했다. 마침내 북소리를 배경으로 아훙 아저씨가 염불을 시작했고, 사람들의 염불 소리가 뒤따랐다. 대웅전 안에 불경 소리는 합창으로 계속되었다. 나는 사람들 속에서 정신을 집중할 수 없었다. 긴장되면서도 반응이 느렸다. 불경을 따라 읽을 때도 틀린 부분이 속출했다. 미약한 내 목소리는 사람들 속에 묻혔지만, 나도 북 치는 승려처럼 지적을 당해서 창피를 당할까 봐 두려웠다. 이렇게 조마조마한 느낌은 어쩐지 익숙했다. 거리에서 삼륜차를 몰고 다니면서 경찰이 갑자기 튀어나와 차와 돈을 다 빼앗길까 봐 전전긍긍하던 내 모습과 흡사했다.

지금 이 사람들 속에 있으니 그런 게 다 무슨 소용인가 싶었다. 나는 지금 무엇을 하는 건가. 무엇 때문에 여기 서서 이런 괴로움을 당하고 있는가. 여기 온 것은 세상살이의 압박감을 떨치려던 것이 아니었던가. 사찰의 조용한 분위기에서 모두 잊으려고 와놓고도 어느덧 밖에서와 같은 압박감을 느끼고 있었다. 그동안 나는 날마다 힘든 생활을 하면서도 웃음을 잃지 않았다. 마치 머리 위에 물그릇을 얹어놓은 것처럼 그것이 떨어질세라 조심하며 살았다. 이제 이런 생활은 지긋지긋하다. 굳이 여기까지 와서 공밥을 하면서 전과 같은 스트레스를 느낄 필요가 있을까. 그 순간 여기는 내가 있을 곳이 아니니 집으로 돌아가야겠다는 결심이 들었다.

아침 불경이 끝난 후 아저씨를 찾아가 내 결심을 얘기했다. 아홍 아저씨는 참을성 있게 내 말을 경청했다. 그 순간 그의 얼굴은 그렇게 온화하고 겸손할 수가 없었다. 불당에서와는 사뭇 다른 사람이었다. 내 말을 다 듣고 난 아저씨가 입을 열었다.

"내가 너무 심하게 대했니?"

나는 말없이 고개를 저었다.

"그래, 내가 너무 인정머리 없다고 느꼈다는 걸 안다. 하지만 여기는 온갖 사람이 모인 곳이고 그들은 진짜 승려가 아니다. 내가 조금이라도 위엄을 잃고 친한 사람을 챙기면 불사를 제대로 할 수 있겠니? 불사에 드는 돈은 모두 재가들이 보시한 거다. 대웅전에서 재가들이 뭘 하는지 아니? 자기들이 낸 돈이 제대로 불사에 쓰이는지 감독하고 있단다. 나는 이 절의 주지이니 불사를 제대로 하지 않으면 저들에게 할 말이 없지 않겠니?"

나는 고개를 숙이고 느릿느릿 말했다.

"그런 것쯤은 저도 알아요. 사실은 그것 때문이 아니에요.

요즘 제가 얼마나 엉망인지 모르실 거예요. 마누라와 두 아이를 고생시키지 않으려고 안간힘을 쓰는데 그게 잘 안돼서 큰일이에요. 날마다 새벽 네 시에 일어나서 남들 잘 시간에 일하러 나가야 하는데 하루도 빠지지 않았고, 한 번도 게으름 핀 적이 없이 최선을 다했어요. 그런데 돈이 벌리지 않아요. 가족들을 돌보기에도 벅찹니다. 이런 느낌을 확실히 표현하기는 어려운데, 마치 큰 국자가 있고, 내 수중에 돈이 조금이라도 모이면 그 큰 국자가 다 긁어가는 기분이에요. 사는 게 이렇게 힘든 일인지 몰랐어요."

내 말을 들은 아훙 아저씨가 갑자기 뜬금없이 물었다.

"꽝취안아,「능엄주」가 어디서 비롯된 건지 아니?"

나는 영문을 몰라 고개를 저었다.

"그러면「능엄주」의 유래를 알려주마. 어느 날 아난존자(阿難尊者)가 외지에 탁발을 갔다가 묘령의 여인에게 유혹을 당해 곧 파계를 당할 지경이 되었단다. 부처님이 그 일을 알고 문수보살을 보내 도우라고 했지. 결국 문수보살이 신기한 주문을 이용해서 아난을 구했다. 이 신기한 주문이 바로「능엄주」란다. 불가의 주문 중 가장 긴 주문이고, 주문의 왕이라고도 하지. 능엄의 난이도는 총 427구절이고 2,620자나 되는 길이에서 비롯된단다.「능엄주」는 원래 범어로 되었는데 요즘 출가하는 승려들은 범어를 잘 몰라. 그래서 서로 연관도 없고 논리로 연결되지도 않는 2,620자를 한 자 한 자 무조건 외울 수밖에 없단다. 또 능엄의 어려움은 발음에서도 찾아볼 수 있단다. 입에 붙지 않는 생경한 발음을 반복해서 해야 하니, 그중 한 글자만 틀려도 전체가 흐트러지는 결과를 가져오지. 승려들이 능엄을 두려워하고 도사들은 보암을 두려워한다는 말이 괜히 있는 게 아니란다. 열 명 중 아홉 명은 능엄을 외우지 못한다. 팡취안, 네가 내 말을 믿는다면 틀림없이 이 업계에서 밥을 먹고 살 수 있을 것이다. 장담하건대 불사에 참가하는 승려들 중에 너보다 나은 사람을 찾기 어려울 거야. 네가 이쪽에 이왕 뛰어들었으면 제대로 해야지. 『능엄경』을 잘 외우는 걸로는 부족하다. 너는 인내를 배워야 한단다. 네가 갖고 있는 게 절대 시시한 것이 아니라 금으로 된 밥그릇이라는 것을 명심해라. 그 밥그릇에 든 밥은 너 자신은 물론이고 네 아내와 아이들의 것이기도 하니 온갖 방법을 동원해서 그 밥그릇을 지켜내야 한다."

아훙 아저씨는 나를 슬쩍 보더니 말을 이어갔다.

"물론 결정권은 네 손에 있다. 가든지 남든지 네가 결정해라. 지금은 마음을 잡기 어렵겠지. 지금 결정하면 잘못된 판단을 할 수도 있으니 당장 가지 말고 이틀만 더 있다가 결정해라. 그때도 가야 한다면 붙잡지 않으마."

나는 잠시 생각한 끝에 그러마 하고 대답했다. 그리곤 온종일 불사에 참가하지 않고 선방에 누워 있었다. 정신이 멍해서 종일 잠만 잤다. 얼마나 잤는지 모른다. 점심도 먹지 않고 저녁도 걸렀다. 그러나 조금도 배가 고프지 않았다.

눈을 떠보니 이미 날이 어두워졌다. 잠을 너무 많이 자서 그런지 온몸이 불편했다. 나는 겨우 몸을 일으켜 선방 안을 서성

댔다. 그래도 불편함이 가시지 않았다. 방 안의 공기가 너무 갑갑했다.

선방을 나와 사찰 밖으로 나가 울타리 밖에 서 있었다. 산에서 불어오는 바람에 몸을 맡기고 서 있노라니 마침내 몸이 조금 편안해졌다. 나는 힘을 주어 기지개를 켰다. 그때 어디선가 불경을 읽는 소리가 들려왔다. 이토록 크고 성스러우며, 밝고 낭랑한 목소리를 들어본 적이 없었다.

한참을 듣다가 결국 참지 못하고 목소리가 나는 방향으로 가 보았다. 울타리 안으로 들어가 좀 더 걸어서 편전을 지나 돌계단을 올랐다. 절반쯤 올랐을 때 등불 아래 빛나는 높은 단이 보였다. 그 앞에 공양용 과일과 향을 태우는 제단이 놓여 있었다. 그 앞에는 승려들과 재가들이 나란히 열을 지어 있었다. 그들은 고개를 푹 숙이고 합장한 채 엄숙한 분위기를 자아냈다.

높은 단상에 앉아 있는 사람은 아홍 아저씨였다. 그는 금빛으로 빛나는 가사를 입고 머리에는 오산모(伍山帽)를 쓰고 있었다. 두 눈을 아래로 내리깔고 양손은 깍지를 낀 채로 「보암주」를 낭송했다. 날이 어두워선지 순간 눈앞의 광경이 현실처럼 느껴지지 않았다. 심지어 내가 본 사람이 아홍 아저씨가 아니라 부처님은 아닌지 의심스러웠다. 돌계단을 더 올라가지 않고 그 자리에 서서 그 광경을 뚫어지게 바라보았다. 눈 한 번 깜박이지 않고 응시하고 있으니 내 머리에는 다른 장면들이 겹쳐서 나타났다. 단상에 앉은 사람은 아홍 아저씨가 아니라 나 자신이었다. 많은 승려와 신도들은 높은 단 앞에 서서 온화하고 존경스러운 눈으로 나를 바라보고 있었다. 나 역시 그들처럼 온화하고 자비로운 표정으로 단상에 편안히 앉아 있었다. 엷으면서도 휘황찬란한 빛이 온몸을 감싸고 있었다. 바로 그 순간 내 마음이 갑자기 밝아지기 시작했다.

# 12

아내는 침대에 누워 몸을 내 쪽으로 향했다. 나를 한참 바라보던 그녀는 손을 뻗어 내 머리를 쓰다듬었다.

"왜 머리는 또 삭발했어요?"

나는 그냥 웃었다.

"이게 편하잖아. 이발소에 가면 10위안 이상이 들어가는데 직접 깎으니 돈도 시간도 절약 되고 좋아."

"그렇다고 얼마나 절약이 된다고 그래요."

"꼭 돈 때문만은 아니야. 이발소에 있는 여자 말이야. 날마다 짧은 치마를 입고 얼마나 요염하게 단장하고 있는지 봤지? 당신 남편이 이렇게 잘생겼는데 그 여자가 유혹해서 뺏어갈까봐 겁나지 않아?"

나는 애써 농담을 했지만 아내는 웃지 않았다. 그녀는 몸을 바로 하더니 말없이 천장을 응시했다. 어지러운 마음을 숨기고 있는 듯했다. 나는 걱정이 되어 물었다.

"무슨 일 있어? 왜 그래?"

"당신한테 아들을 낳아주고 싶어요."

갑자기 아내가 중얼거렸다. 생각지도 못한 말에 나는 어리둥절했다.

"갑자기 왜 그런 말을 하는 거야?"

"당신은 아들 싫어요?"

나는 입술을 한 번 축였다. 이럴 때는 뭐라고 대답해야 하는지 모르겠다. 가만히 아내의 저의를 짐작해보았다.

"당신이 줄곧 아들을 원하는 걸 알고 있었어요. 다른 건 몰라도 아들은 꼭 낳아주고 싶어요."

"왜 갑자기 그렇게 말해? 마치 우리가 부부가 아니라 남 같잖아?"

"여보, 나는 진심으로 말하는 거예요. 당신한테 아들을 낳아주고 싶어요. 지금 낳지 않으면 나이 들어서 낳을 수 없을까 봐 걱정되거든요."

아내의 말을 듣는데 까닭 모를 서글픔이 몰려왔다. 말문이 막혔다. 무슨 말을 해야 하는지 몰라서 그저 힘껏 그녀를 안아주었다.

아침이 되고 나는 삼륜차를 끌고 큰아이를 학교에 데려다주고 난 뒤 둘째도 골목 어귀의 탁아소에 데려다주었다. 아이들을 다 데려다준 후 삼륜차를 운전해서 훙펑로(紅楓路)의 가구 시장으로 갔다. 그곳에서 1,000위안을 주고 2인용 시몬스 매트리스를 샀다.

어젯밤 나는 밤새 한숨도 자지 못했다. 아내가 아들을 낳겠다고 하니 처음에는 혼란스러웠다. 아내의 말에 다른 의도가 숨어 있는 건 아닌지 의심이 갔다. 그러나 그녀의 말이 진심이라는 것을 확인한 나는 흥분을 금치 못했다. 솔직히 아들이 있었으면 하는 갈망이야 늘 있었다. 그러나 아내가 상처를 받을까 봐 입 밖으로 꺼낼 수 없었다.

곰곰이 생각하니 아들을 낳으려면 지금의 거주 환경부터 개선해야 했다. 아들을 낳는 데 침대가 매우 중요하기 때문이다. 그동안 딸만 내리 낳은 데는 오랫동안 딱딱한 침대를 사용한 것도 이유로 작용했으리라. 아들을 낳는 중차대한 임무를 밀짚으로 속을 채운 싸구려 침대에서 대충 치를 수는 없다. 그래서 큰맘 먹고 무려 시몬스 매트리스를 장만한 것이다. 거기에 200위안을 주고 이층 침대도 하나 샀다. 위층에는 큰아이를, 아래층에는 작은아이를 재울 것이다. 하루가 다르게 자라나는 두 아이를 더는 부모와 한 침대에서 재울 수 없다. 아이들도 제 침대가 있어야 한다. 게다가 두 아이를 데리고 자면 언제 아들을 만들 수 있을지 알 수 없다.

오후가 되자 학교에서 돌아온 큰아이가 달라진 방 안을 보고 깜짝 놀랐다. 아이는 제 침대가 생겼다며 흥분을 감추지 못했다. 책가방도 내려놓지 않고 침대를 오르내렸다. 마치 침대가 아니라 큰 장난감이 생긴 듯했다. 둘째는 아래층에서 제 언니가 올라갔다 내려갔다 하는 모습을 바라보며 즐거워했다. 나는 커버를 찾아내서 아이들의 매트에 각각 씌웠다. 그리고 커튼으로 칸막이를 만들었다.

"어떠냐? 이제 여기 방이 하나 생겼지?"

아이들은 크게 환호했다.

큰아이는 입학한 이후로 성숙해졌다. 자기 방이 필요한 나이가 된 것이다. 큰아이가 커튼을 들더니 내 목을 붙잡고는 뽀뽀해주었다. 나는 입에 묻은 아이의 침을 닦아냈다. 속으로는 부끄럽단 생각이 들었다. 이렇게 작은 방 하나에 저렇게 기뻐하다니……. 사실 커튼만 달렸지 제대로 된 방도 아니었다. 어쨌든 이제 커튼을 달았으니 아이들이 밤중에 깨어나도 봐서는 안 될 장면을 목격할 일은 없을 것이다.

아내 역시 슈퍼마켓에서 야근을 마치고 돌아왔을 때, 방 한쪽에 새로 들여놓은 침대를 보더니 깜짝 놀랐다.

"좁은 방에 침대는 왜 또 들여놨어요?"

"아들을 낳기 위한 준비가 아니겠어?"

내가 웃으며 말하자 아내는 눈을 흘겼다.

"애들 듣겠어요."

"모두 잠들었는데 뭐 어때?"

나는 매트리스를 툭툭 치며 말했다.

"어서 여기 누워봐."

아내는 한 번 더 나를 흘겨보더니 낮은 소리로 말했다.

"이제 막 퇴근했단 말이에요."

나는 음흉한 목소리로 아내를 놀렸다.

"오해하지 마. 그냥 누워보라는 것뿐이니까."

아내는 반신반의하는 눈길로 침대에 눕자마자 감전이라도 된 듯 벌떡 일어나 앉았다. 그러더니 손을 뻗어 매트리스를 눌러보았다.

"아니 왜 이렇게 부드러워요?"

"그렇지? 새로 산 시몬스 매트리스라서 그래."

내 말에 아내가 다시 누워보았다.

"편안하지?"

아내가 고개를 끄덕였다. 바로 그때 큰아이가 커튼 사이로 고개를 내밀었다.

"엄마 아빠, 우리 동생 만들어주시면 안 돼요?"

아내와 나는 너무 놀라 서로 민망하게 바라보았다. 둘 다 무슨 말을 해야 할지 몰라 입만 벙긋거렸다.

그날 밤 아내는 늦게까지 잠을 이루지 못하고 뒤척였다.

"당신 왜 아직도 안 자?"

"잠이 안 와요. 이 매트리스가 너무 부드러워요."

나는 웃으며 말했다.

"당신도 나처럼 고생만 해서 이렇게 고급 침대는 익숙하지 않은 거야."

"어릴 때부터 짚으로 속을 채운 침대만 써봐서 그런지 이렇게 부드러운 침대는 적응이 안 되네요. 몸을 의지할 곳이 없이 자꾸만 쑥 들어가는 것 같아요."

아내가 적응이 안 된다는 데 어쩌겠는가. 하는 수 없이 딱딱

한 골판지를 가져다가 침대에 깔았다. 아내는 그 위에 눕더니 그제야 길게 한숨을 내쉬었다.

"이렇게 하니 훨씬 편하네요."

"시몬스가 훨씬 편하지 무슨 소리야? 지금은 처음이라 불편해도 계속 쓰다 보면 적응될 거야."

매트리스를 바꾼 그날부터 우리 부부는 오로지 아들을 낳겠다는 일념으로 거의 매일 잠자리를 했다. 그러나 이런 일일수록 마음먹은 대로 할 수 없는 노릇이었다. 마치 먼 곳에 사는 친척이 원치 않을 때는 갑자기 방문하더니 이제나 저제나 기다릴 때는 얼굴도 보여주지 않는 것과 같다.

그렇게 시간이 흘렀지만 아내의 몸에 아이가 들어서지 않았다. 나는 조금씩 조급해졌다. 조급해질수록 관계를 가질 때 집중이 되지 않아서 며칠 연속 성공하지 못했다.

나는 몹시 기가 죽었다. 그런 내 심정을 아내도 간파했는지 어느 날 나직한 소리로 물었다.

"요즘 일이 너무 힘든 것 아니에요?"

"그럴 리가 없어. 특별히 무리한 일도 없는데."

아내는 내 얼굴을 바라보며 위로했다.

"조급하게 생각하지 말아요. 아이가 하루 이틀에 들어서는 건 아니니 힘들면 며칠 쉬었다가 해요. 메인 요리는 원래 늦게 나오는 거잖아요."

나는 속으로 한숨을 쉬었다. 아내 말이 맞았다. 메인 요리는 늦게 나온다. 하지만 아무리 맛있는 음식도 그냥 두고 먹지 않으면 언젠가 상해버린다. 아들 낳는 게 이렇게도 어려운 일이었던가.

그렇게 또 며칠이 흘러갔다. 어느 날 밤, 어찌된 영문인지 새벽 두 시가 되자 갑자기 눈이 떠졌다. 곁에 누워 있어야 할 아내가 보이지 않았다. 무슨 일이라도 있나 싶어 걱정하려는 차에 화장실에서 인기척이 들렸다. 아내가 화장실에 있나 보다 하고 마음을 놓고 잠을 청했다. 그런데 이상한 사실을 깨달았다. 화장실의 인기척을 들은 후 몸이 반응한 것이다. 내 마음이 동하는 것을 느낀 나는 그 마음이 식을까 걱정되어서 벌떡 일어나 살금살금 화장실로 향했다.

문 앞에 서서 아내의 이름을 나지막하게 불렀다. 아내가 문을 열고 나오자마자 그녀의 앞을 막아서고 의미심장하게 웃었다. 아내도 금세 내 의도를 알아차렸다. 그녀는 부끄러워하면서도 나를 따라 다시 안으로 들어갔다. 화장실에 들어간 나는 문을 잠그는 것을 잊지 않았다. 협소한 공간 안에는 이것저것 물건이 많았다. 이 건물은 방음 상태가 좋지 않았다. 위층에 세든 사람들에게 들리지 않게, 아이들이 듣지 않게 조심하느라 우리는 필사적으로 각자 목소리를 줄였다. 이렇게 아슬아슬한 상황은 우리를 불편하게 만들지 않았을 뿐만 아니라 오히려 서로의 흥분 강도를 높여주었다. 나는 몹시 흥분했고, 아내의 흥분이 내게도 전해졌다. 그녀는 나를 꼭 안았다. 마치 급류에 떠내려가지 않으려고 나무 그루터기를 잡고 버티는 것 같았다.

그녀의 양팔에 그렇게 힘이 들어가는 건 처음 보았다.

모든 것이 끝났을 때 우리 둘 다 기진맥진했다. 나는 피곤하게 화장실 뚜껑에 걸터앉아 있었고, 아내는 내 다리 위에 앉아서 두 팔을 힘없이 내 목에 걸치고 있었다. 두 사람이 바짝 붙어서 거친 숨을 몰아쉬니 파도가 치듯 같은 리듬으로 움직였다. 이번에는 틀림없이 성공할 거라는 확신이 들었다. 두 아이가 잉태될 때도 이런 느낌이었다. 아내가 입을 열었다.

"괜찮아요. 좋은 건 늦게 오는 거잖아요. 나는 조급하지 않아요."

아내는 머리를 내 가슴에 댄 채 말을 이었다.

"그래도 안심해요. 나는 꼭 당신 아들을 낳을 거니까요."

우리는 그렇게 화장실에서 대화를 나누다가 발끝을 세우고 살금살금 나왔다. 방 안으로 돌아와 누워서 생각해보니까 이렇게 만족한 것도 참으로 오랜만이었다. 인간은 정말 이상한 동물이다. 편한 고급 매트리스를 놔두고 불편하고 지저분한 화장실에서 관계를 가지는 것을 보면 말이다.

한 달 후 아내는 과연 임신에 성공했다. 아내가 보여준 임신 측정기를 앞에 두고도 나는 내 눈을 의심했다. 설명서와 대조하며 몇 번이고 확인했다. 아내가 옆에서 그런 나를 보면서 웃었다.

"틀림없으니 안심해요."

나는 너무 기뻐서 아내를 안고 방 안을 몇 바퀴나 돌았다. 그러다 아내를 내려놓은 순간, 내 얼굴이 굳어졌다.

"큰일 났다!"

"왜 그래요?"

아내가 어리둥절해서 묻는 말에는 대답하지 않고 연신 큰일 났다를 반복했더니 아내의 얼굴에는 초조한 기색이 역력한 게 보였다.

"대체 왜 그러는 거예요? 뭐가 큰일이라는 거죠?"

그제야 나는 정색하며 말했다.

"여보. 우리가 화장실에서 아이를 만들었으니 나중에 아이를 낳았을 때 화장실 냄새가 나면 어쩌지?"

아내는 잠시 멈칫하더니 바로 반응을 해왔다. 내 팔꿈치를 힘주어 꼬집었다.

"어휴, 싱겁기는!"

# 13

어느 날 밤에 아내가 전화번호가 적힌 쪽지를 하나 가져왔다. 초음파 검사를 해주는 곳인데 직장 동료가 소개해줬다고 했다. 아내는 이번에는 아들인지 딸인지 미리 알아야겠다고 했다. 생각해보니 지금 4개월에 들어서서 병원에서 초음파 검사를 할 수 있었다. 그러나 병원에는 아는 사람이 없고, 셋째 아이라서 만약 사람들에게 알려지면 강제로 낙태해버릴 가능성도 있었다. 나는 휴대 전화를 들어 종이에 적힌 전화번호를 눌렀다. 벨이 네다섯 번 울리자 마침내 남자 목소리가 들렸다.

"거기가 초음파 검사해주는 곳이죠?"

상대는 대답은 하지 않고 전화번호를 어디서 구했느냐고만 물었다. 친구 소개로 전화했다고 말했더니 잠시 머뭇거리더니 언제 검사할 거냐고 물었다. 나는 일단 아내와 의논해서 다시 연락하겠다고 했다.

"그럼 의논해서 전화해주세요. 다른 전화번호를 알려드릴 테니 다음에는 이 번호로 전화하세요."

나는 서둘러 볼펜을 꺼내 그가 알려주는 번호를 적었다. 전화를 끊고 나니 이상하게도 가슴이 두근거렸다. 흡사 드라마의 스파이들이 접선하는 것 같다. 아내가 옆에서 물었다.

"저쪽에서 뭐라고 했어요?"

"특별한 말은 없었어. 시간을 정해서 다시 전화하래. 근데 개인이 하는 거라 그런지 꺼림칙하긴 하네."

"우리도 어쩔 수 없잖아요. 또 딸을 낳으면 어떻게 해요? 게다가 수술하는 것도 아니고 초음파 검사만 하는데 걱정할 필요가 있나요?"

아내 말도 일리가 있었다. 우리에게는 다른 방법이 없다. 결국 이틀 후 아내가 쉬는 날에 맞춰 가기로 했다.


마침내 아내의 휴일이 찾아왔고, 우리는 버스를 타고 닝보(寧波)로 향했다. 상대방의 지시에 따라 차에서 내려서는 알려준 번호로 전화했다. 신호가 가자마자 전화를 끊더니 잠시 후 다른 번호로 내게 전화를 걸어왔다.

"북쪽으로 200미터 걸으면 버스 정류장이 있습니다. 그곳에서 115번 버스를 타고 한 정류장 뒤인 중산공원(中山公園)에서 내리세요. 그곳에서 기다리면 됩니다. 다른 곳으로 가면 안 되고 전화를 해도 안 됩니다."

상대는 자기 말만 하더니 전화를 끊어버렸다. 알려준 절차를 속으로 되새겨보았다. 잊어버릴까 걱정이 되었기 때문이다. 왜 이렇게 복잡하게 가르쳐주는 걸까. 기껏해야 초음파 검사 아닌가. 머릿속이 복잡해졌다. 그러나 내 생각을 이야기했다가 아내의 기분을 망치면 안 된다. 나는 아내를 데리고 남자가 알려준 대로 버스 정류장으로 갔다. 115번 버스는 금방 왔고, 그 버스를 타고 한 정류장을 가서 중산공원에서 내렸다. 버스 정류장에는 네다섯 명의 사람들이 버스를 기다리고 있었다. 남자도 있고 여자도 있었으며 각자 표정과 자세가 제각각이었다. 나는 한쪽에 서서 눈치채지 않게 그들을 관찰했다. 혹시 저 사람들 중에 전화한 사람이 있을지도 모른다. 아내는 기다리다가 조급해진 것 같았다.

"장소를 잘못 알고 있는 거 아니에요? 왜 여태 사람이 안 나타나죠?"

나는 아내를 안심시켰다.

"장소는 맞으니까 조금만 기다려봅시다. 틀림없이 올 거야."

아내는 이마의 땀을 닦아내고 더는 묻지 않았다. 아내가 힘들어해서 한쪽에 있는 의자에 앉혔다. 그리고 옆에 서서 여전히 사람들을 보았다. 저 사람들 사이에 섞여 있을 수도 있다. 그리고 우리의 대화를 들었을 수도 있다. 빌어먹을! 우리 두 사람이 경찰로 보인단 말인가. 그러나 아무리 뜯어봐도 그럴 만한 사람은 없었다. 나는 초조해져서 연신 휴대 전화를 보며 혹시 놓친 전화가 있는지 확인했다. 내 쪽에서 전화를 걸 수는 없었다. 상대방이 전화는 받기만 하라고 요구했기 때문이다. 나는 짜증이 솟구쳐서 휴대 전화를 바지 주머니에 쑤셔 넣었다. 속으로 욕이 나왔다.

전화가 울린 것은 바로 그때였다. 나는 감전이라도 된 듯 황급히 전화기를 꺼냈다.

"중산공원에 도착했습니까?"

"진작부터 와 있습니다."

"어떤 옷을 입었습니까?"

"저는 회색 셔츠를 입었습니다."

내 몸을 한 번 더 쳐다보고는 급히 덧붙였다.

"줄무늬가 있습니다."

"옆에 빨간색 옷 입은 분이 부인이에요?"

"네, 맞습니다."

상대는 전화를 끊었다. 곧바로 낡은 흰색 승합차가 빠르게 다가왔다. 내 앞에서 끽 소리를 내며 급정거를 하더니 차 문이 열렸다. 선글라스를 쓴 남자가 문밖으로 몸을 내밀고 어서 타라고 손짓했다. 나는 황급히 아내의 손을 잡고 갔다. 차에 막 오르려는데 남자가 나를 가리키며 말했다.

"여자분만 타고 남자분은 여기서 기다리세요."

아내와 나는 당황했다. 예상치 못한 말에 어떻게 해야 할지 몰랐다. 남자가 재촉했다.

"어서 타세요. 여긴 정차가 금지된 곳이라고요."

갑작스러운 상황에 나는 잠시 멍해졌다. 먼저 정신을 차린 것은 아내였다.

"나 혼자 다녀올 테니 여기서 기다려요."

내가 고개를 끄덕이기도 전에 아내는 차에 올랐다. 곧바로 차 문이 닫히더니 승합차가 쏜살같이 달려갔다. 머릿속이 아직도 혼란스러웠다. 큰길가에 서서 두 눈을 부릅뜨고 멀어져가는 승합차만 보고 있었다.

모퉁이를 돌아 차가 사라지는 순간, 갑자기 정신이 번뜩 들었다. 큰일 났다. 생각해보니 승합차는 번호판도 달리지 않았다. 귀에서 갑자기 윙윙 소리가 나면서 영화에서 본 납치 장면이 떠올랐다. 아내가 납치된 것은 아닐까. 그러고 보니 그자들의 수법은 영화에서 본 것과 비슷했다. 그런데 왜 하필이면 돈 많은 사람들 다 놔두고 우리를 택했을까. 하긴 집을 나설 때 가져온 돈 2,000위안은 아내가 가지고 있다. 그들이 그 돈을 본 순간 검은 마수를 뻗치면 어떻게 하나. 나는 내리쬐는 태양 아래 주먹을 불끈 쥐고 내 머리를 힘껏 때렸다. 어쩌면 이렇게 바보 같을까! 처음 보는 사람들에게 마누라를 그렇게 쉽게 내주다니, 게다가 임신까지 한 여자를. 내가 무슨 짓을 한 거지? 아들 하나 보겠다고 마누라까지 위험에 빠지게 했다.

거의 정신이 붕괴되기 직전이었다. 버스 정류장 표지판에 기대섰다. 다리와 배가 힘없이 자꾸만 풀렸다. 나는 더 버티지 못하고 땅바닥에 주저앉았다. 옆에 있던 사람들은 내 모습에 깜짝 놀라서 옆으로 피했다. 나는 여전히 그곳에 앉아 있었고, 눈물이 하염없이 흘러내렸다.

얼마나 앉아 있었을까. 갑자기 역광 속에서 희미한 그림자가 나타났다. 내 곁으로 걸어오는 사람은 아내였다. 나는 믿을 수 없어 눈을 비빈 후 다시 쳐다보았다. 아내가 틀림없었다. 나는 벌떡 일어나 아내의 어깨를 붙잡고 위아래를 살폈다. 오히려 놀란 건 아내였다.

"당신 뭐 하는 거예요?"

나는 마음을 애써 가다듬고 물었다.

"검사는 했어?"

아내가 고개를 끄덕였다. 그제야 아내 얼굴에서 엷은 미소를 발견할 수 있었다.

"설마?"

나는 가슴이 벅차서 더 묻지도 못했다. 몸 안의 피가 순간 머리 위로 솟구치는 것 같았다. 아내도 내가 묻는 의도를 알고 미소로 고개를 끄덕였다. 갑자기 밀려오는 행복감에 어지럼증을 느끼며 몸이 휘청했다. 하마터면 넘어질 뻔했다.

아내가 다녀온 이야기를 해주었다. 차를 탄 아내도 마음이 불안했다. 자신을 어디로 데려가는지 궁금하지만 물어볼 수도 없었다. 마침내 차는 나무가 무성한 곳에서 멈췄다. 창문 사이로 그녀는 또 한 대의 차가 서 있는 것을 봤다. 그것도 승합차였다. 그녀가 타고 간 차보다는 조금 더 컸다. 선글라스를 쓴 사내의 말을 들으니 초음파 검사는 바로 그 차 안에서 진행한다고 했다. 검사 결과 아들이면 600위안을 받고 딸일 경우 300위안만 받는단다. 아내는 그의 말을 듣고도 반신반의했다고 한다.

"아들인지 딸인지는 댁들이 말하는 거잖아요. 아들 검사비가 딸의 배나 비싸니까 아들이라고 말하는 거 아니에요?"

"그건 걱정하지 마세요. 그렇게 했다가는 큰일 납니다. 아주머니 한 사람한테만 장사하고 말 것도 아니고요."

아내는 그의 말에 일리가 있다고 생각했다. 게다가 어차피 그곳까지 갔는데 돌아갈 방법도 없었다. 그래서 아내는 검사하는 차에 올라탔다.

"초음파 검사는 정확한지 물어봤어?"

내 물음에 아내가 웃었다.

"그거야 물어볼 필요도 없죠. 누가 정확하지 않다고 대답하겠어요? 하지만 물어보긴 했죠. 벌써 세 번째 아기니 이번에는 잘못되면 안 된다고 도와달라고 했어요. 그랬더니 걱정하지 말라고 하면서 그곳에 오는 사람들은 모두 첫애가 아니라고 하더군요. 100퍼센트 장담할 수는 없지만 80퍼센트는 정확하다고 했어요."

여기까지 들은 나는 안도의 한숨을 길게 내쉬었다. 나도 80퍼센트라는 확률의 의미 정도는 알고 있었다. 학교에 다닐 때 선생님은 우리에게 사사오입을 가르쳐주었다. 80퍼센트를 사사오입하면 100퍼센트라는 이야기다. 이마의 땀을 닦고 있는데 별안간 무엇인가 생각이 났다.

"검사하는 사람이 여자였어, 남자였어?"

내 물음에 아내는 영문을 몰라 잠시 멍하니 있었다. 그러나 금세 내 질문의 의도를 알아챘다. 그녀는 입을 삐죽거리며 웃기 시작했다. 나도 내 질문이 웃겨서 같이 웃었다. 두 사람이 깔깔 웃으니 옆에 있던 사람들이 멍하니 우리를 바라보았다. 그러나 그들의 반응 따위는 우리에게 중요하지 않았다. 그렇게 통쾌하게 웃어 본 것이 얼마나 오랜만인지 모른다.

# 14

10월 말, 처형은 우유 공장의 경영 상태를 개선하는 데 실패하고 자취를 감춰버렸다. 어디로 갔는지 알 수 없었다. 그리고 그것은 중요하지도 않았다. 그녀에 대한 기대를 버린 지는 오래되었다. 하지만 떠나기 전 내게 귀띔이라도 해줄 줄 알았다. 나는 대가를 바라지 않고 개인적으로 요구하는 허드렛일을 많이 해주었다. 한 번도 돈을 요구한 적이 없었으니 이제 와서 그 돈을 받을 생각도 없다. 그저 한 가지 묻고 싶을 뿐이다. 우리는 친척이라면서 꼭 그렇게 속여야 했냐고 말이다. 다른 직원들에게도 주는 우유를 마치 나만을 위한 특혜인 것처럼 굴었던 그녀다.

우유 배급소가 문을 닫은 마당에 아내도 내가 다른 배급소에 일을 알아보는 것을 말리지 않았다. 그래서 나도 다른 우유 배급소를 알아보았다. 이 회사는 채용 조건이 간단했다. 100병의 우유를 주문하면 되는 것이었다. 나는 기존의 고객들을 찾아가 부탁해서 50병을 소화했다. 그리고 새 물통과 자라 한 마리를 사서 순조롭게 일을 처리했다. 골치 아픈 것은 삼륜차였다. 날씨는 점점 서늘해지는데 삼륜차 영업은 좋아질 기색이 없었다.

언제부턴가 도시에는 외지 사람들이 몰려왔다. 그들은 형형색색의 삼륜차를 운영하였으며, 샘솟는 힘이 느껴졌다. 그런데 삼륜차가 많아지니 경찰들도 단속의 강도를 높였다. 요즘은 가장 두려운 상대가 경찰이다. 때로는 내가 살인범보다 경찰을 더 두려워하는 것을 느낀다. 아무리 조심해도 일단 적발되면 범칙금 300위안을 내야 한다. 차는 보름 동안 압류되며, 찾아올 때는 주차비까지 내야 한다. 이렇게 말하고 나니 정말 불공평하다. 차를 강제로 끌어가놓고 주차비까지 받는다니, 아무리 생각해도 억울한 일이다. 하지만 찾아오지 않을 수도 없다. 어찌되었든 삼륜차 영업은 계속해야 한다. 아내와 두 딸, 곧 태어날 아들을 생각하면 돈을 벌어야 한다. 나는 그들에게 좀 더 윤택한 생활을 제공해야 한다.

이전에는 손님을 태우려고 경쟁하는 외지 사람이 있으면 내가 양보했다. 그러나 지금은 다르다. 마치 전쟁에 나가는 영웅처럼 앞으로 나서며, 경쟁자가 있든, 짐이 있든 상관하지 않는다. 돈을 벌 수 있는 일이라면 아무것도 가리지 않았다. 요즘은 밤낮도 가리지 않고 영업한다.

어느 날은 큰아이가 물었다.

"아빠, 밤에는 삼륜차 영업 안 한다고 했잖아요? 동생이 나올 거라 돈이 많이 필요한 거예요?"

 순간 허를 찔린 기분이었다. 조금 더 자란 아이를 보다 기특한 마음에 머리를 쓰다듬었다.

 "아빠가 돈 벌어서 아기도 보살피고 너희들도 키워야 하니 어차피 같은 거란다."

 "그럼 나하고 얼난이가 있는데 왜 아기를 더 낳으려고 하는 거예요?"

 나는 말문이 막혀서 억지로 둘러댔다.

 "형제가 많으면 집이 왁자지껄하고 좋지 않겠니? 그리고 나중에 동생이 자라면 너를 많이 도와줄 수도 있고 말이야."

 아이는 잠시 생각하더니 알쏭달쏭한 표정을 지었다. 알겠다는 것 같기도 하고 모르는 것 같기도 했다. 아이의 표정을 보고 있으려니 부끄럽단 생각이 들었다. 아직 태어나지도 않은 아이를 위해 아직도 어린 두 아이를 집에 두고 나가야만 했다. 아이들이 자라서 이렇게 모진 아버지를 기억하고 미워하지나 않을지 모르겠다.

 오후 다섯 시 전에 일을 마치고 슈퍼마켓에 가서 아내를 기다렸다. 출산 예정일까지는 일주일 정도 남아 있었다. 이제 그녀에게 야간 근무는 무리라고 했지만 아내는 내 말에 동의하지 않았다. 점장이 싫어할 거란다.

 "상관없어. 자라 한 마리 또 선물하면 될 일이야. 우리 아들은 무엇과도 바꿀 수 없는 보물 같은 존재라고."

 나는 아내를 데리고 시장으로 갔다. 먹고 싶은 것이 있냐고 묻자 아내는 입맛이 없다며 싫다고 했다.

"당신은 홀몸이 아니야. 아기를 위해서라도 많이 먹어야지."

아내에게 권하는데 아내가 갑자기 악! 하고 비명을 질렀다. 나는 깜짝 놀라 삼륜차를 길 옆에 세웠다.

"왜 그래?"

아내는 내 말에 대답하지 않았다. 걱정스러운 표정으로 고개를 숙여 앉은 자리를 내려다보았다. 그녀의 시선을 따라가 보니 빨간색 인조가죽 좌석이 축축하게 젖어 있었다.

"오줌 지렸어?"

아내의 얼굴이 빨개졌다.

"그게 아니라 양수예요."

"양수? 양수가 터진 거야?"

나도 덩달아 당황했다. 두 아이를 낳을 때 이런 적이 없었다. 무슨 탈이라도 난 걸까? 나는 서둘러 아내를 데리고 병원으로 갔다. 의사는 검사를 하더니 걱정할 것 없다고 했다. 하지만 당장 입원하는 게 좋겠다고도 했다.

"집에 아이들이 기다리고 있으니 오늘은 이만 가고 내일 다시 오면 안 될까요?"

아내의 말에 의사는 그러라고 했다. 내게는 잘 지켜보다가 상황이 여의찮으면 즉시 병원에 데려오라는 말을 덧붙였다.

집에 돌아오니 두 아이가 쫄쫄 굶고 있었다. 나는 서둘러 밥을 해서 아이들에게 먹였다. 밥을 다 먹고 나니 한밤중이었다. 아이들을 재운 후 아내와 침대에 누웠다. 우리 두 사람은 거의 한 마디도 하지 않았다. 아내도 나와 마찬가지로 걱정하고 있다는 사실을 안다. 밤새 그녀는 내 손을 꼭 붙잡고 놓지 않았다. 그녀의 손바닥에서 계속 땀이 나서 축축했다. 이윽고 우리 둘 다 잠이 들었다.

꿈속에서 아내가 아들을 낳았다. 피부가 하얗고 오동통했다. 나는 아기를 안고 마당에 앉아 있었다. 갑자기 낯선 사람 몇 명이 들어오더니 아기를 빼앗아갔다. 쫓아가려 했지만 의자에서 손이 나와서는 마치 칡넝쿨처럼 내 몸을 칭칭 감는 바람에 꼼짝도 할 수 없었다. 나는 빠져나오려고 안간힘을 썼는데 그 순간 눈이 번쩍 떠졌다.

아내는 여전히 내 손을 잡고 있었다. 마치 끈을 쥐고 있는 듯했다. 나는 그대로 누워서 어스름하게 보이는 천장을 바라보았다. 마음을 안정시키려고 애를 썼다. 그러나 소용이 없었다. 꿈속에서 느낀 공포와 초조함이 넝쿨처럼 악착같이 내 몸을 조여오는 느낌에 숨을 쉴 수 없었다. 나는 잠시 머뭇거리다가 손을 뻗어 아내의 손을 살며시 뺐다. 그리고 조심스럽게 침대에서 내려와 화장실로 향했다.

변기 위에 앉아 있어도 몸이 편하지 않았다. 가슴이 답답하고 사지의 힘이 모두 풀렸다. 식은땀이 몸속 깊은 곳에서부터 솟아 나왔다. 중병에 걸린 것이 아닌지 의심이 되었다. 이런 느낌은 처음이었다. 고독하고 당황스러우며 초조했다. 강렬하고도 거대한 힘이 내 몸에 부딪어 왔다. 아무리 저항하려고 해도 막을 수 없었다.

화장실에서 불도 켜지 않았는데 어지러우면서도 어스름한 빛이 공기 속을 떠다니는 것을 볼 수 있었다. 그것들은 공기 속에서 각종 화면을 그려내는 것처럼 시시각각 요동치며 나를 비웃었다. 짜증이 났다. 손을 뻗어 그것들을 쥐어 흐트러뜨리려고 하다가 다시 가부좌를 하고 눈을 감았다. 이 빛들로부터 도망가서 검은 어둠 속에 숨고 싶었다. 그러나 소용이 없었다. 그 빛들은 여전히 나의 얇은 눈꺼풀을 뚫고 마치 번개가 치는 것처럼 눈알 위에서 춤을 췄다. 나는 「능엄주」를 작게 외기 시작했다.

"나무살달타. 소가다야. 아라가제. 삼막삼보타사. 나무살달타. 불타구지슬니삼. 나무살파. 발타발지. 살다비폐."

계속 낭송하다가 다 끝나면 처음부터 다시 했다. 이렇게 반복하다 보니 다섯 번째에는 완전히 평정을 되찾았다. 마치 무언가가 내 몸속에서 빠져나가는 것 같았다. 멈추지 않고 계속하다 보니 목소리까지 달라졌다. 나 혼자서 낭송하는 것이 아니라 많은 사람이 내 앞에 겹겹이 서서 함께 노래하는 것처럼 낮으면서도 장중한 목소리로 읊었다. 어느새 나는 향내를 맡았다. 진하고도 맑은 향이 코로 들어와 온몸으로 퍼졌다. 몸속 곳곳을 돌아다닌 향내는 다시 돌아서 나갔다. 이런 과정을 되풀이하면서 내 몸은 점점 가벼워졌다. 마침내 나는 내 몸의 무게를 전혀 느끼지 못하고 완전한 자유를 찾았다. 심지어 몸이 천천히 떠오르는 것을 느꼈다.

나는 두 눈을 질끈 감았다. 순간 광활하고 조용한 수면이 뚜

렷하게 보였다. 수면에는 극히 부드러운 빛이 한 줄기 비치고 있었다. 그 빛은 마치 물속에서 위로 뚫고 나온 것 같았다. 빛은 물을 비추고 물은 빛을 반사했다. 어느새 모든 곳이 물이요, 모든 곳이 빛이 되어 끝없는 장면을 연출했다. 나는 빛을 향해 몸을 뻗으려고 했다. 그 빛의 중심으로 가고 싶었다. 그러나 내 힘이 미치지 못했다. 내 몸은 무게가 다 빠져나가 떠 있었기 때문에 조금도 움직일 수 없었다.

화장실에서 나올 때는 의식이 몽롱했다. 내가 화장실이 아니라 다른 세계에서 걸어 나오는 느낌이었다. 이곳과 다른 세계가 정말 존재하는 것 같았다. 두 세계는 극과 극의 방향에 있어서 존재하되 결코 접근할 수 없는 세계였다.

자리에 돌아와 누우니 눈물이 양 볼을 타고 흘러 베개를 적셨다. 나는 아내의 손을 살며시 잡아 내 가슴 위에 올려놓았다. 그 순간 나는 다짐했다. 이번에 정말 아들을 낳는다면 남은 생은 불교에 귀의하겠다고 약속했다.

나는 두 아이를 맡겨놓고 아내를 병원에 입원시켰다. 병상을 정리하고 아내를 눕혔다. 침대 위에는 별로 깨끗해 보이지 않은 흰색 커버가 덮여 있었다. 그 위에 누운 아내는 긴장한 기색이 역력했다. 나는 그녀의 손을 잡고 웃어보였다. 안심할 수 있도록 해주고 싶었으나 무슨 말을 해야 할지 모르겠다. 그렇게 두 사람은 서로의 손만 붙잡고 아무도 입을 열지 않았다. 병실의 분위기는 마치 의식을 진행하는 것처럼 엄숙했다.

병실에는 계속 사람들이 드나들었다. 옆 침대의 임신부는 곧 출산이 임박해서인지 처절한 울음과 비명을 수시로 질러댔다. 그래서 병실 분위기는 더욱 무거워졌다. 그녀가 비명을 지를 때마다 아내의 몸이 파르르 떨렸다. 이미 세 번째 출산이지만 아내는 첫애를 낳을 때보다 더 떨고 있었다. 양수가 부족하기 때문에 아내는 미리 분만해야 했다. 몇 가지 검사를 거쳐 오후에 수술하기로 되어 있었다.

시간이 되자 나는 아내와 함께 수술실로 들어가려 했다. 그러나 의사가 밖에서 기다리라고 저지했다. 하는 수 없이 흰색 커버를 씌운 들것에 누워서 수술실로 들어가는 아내의 뒷모습을 바라보았다.

수술실의 문이 닫히고 빨간 램프가 켜졌다. 입구에 서 있었더니 몽롱한 기분이 들었다. 아내가 실려 간 들것이 번호판이 달리지 않은 승합차로 변하는 것 같았다. 그 승합차가 내 시야에서 사라질 때 아내를 영원히 잃어버릴 것 같았다. 수술이 진행되는 동안 나는 앉지도 못하고 동상처럼 한 자리에 서서 수술실 문만 쳐다봤다. 그 위의 붉은 램프를 바라보며 연신 침을 삼켰다. 목구멍이 건조했다. 목이 마른 것이 아니라 그저 건조했다. 계속 수술실 문을 뚫어져라 쳐다보았다. 마치 다른 세계가 그 뒤에 숨겨진 것처럼 말이다. 나는 시간이 고속열차처럼 빨리 흐르기를 갈망했다. 그래야 결과를 알 수 있기 때문이다. 그러나 한편으로는 시간이 더디 흐르기를 바라고 있었다. 진한 설탕을 넣은 물처럼 천천히 녹았으면 좋겠다. 그러면 두려운 결과를 보는 시간을 늦출 수 있었을 테니 말이다.

  온갖 생각을 하느라 수술실 문 위의 램프가 꺼진지도 몰랐다. 계속 보고 있으면서도 인식하지 못한 것이다. 불이 꺼지고 얼마 지나지 않아 문이 열렸다. 흰 커버로 덮은 철제 침대를 사람들이 밀고 나왔다. 내 쪽으로 가까이 다가온 침대 위에 누운 아내의 얼굴이 보였다. 아내는 힘이 하나도 없었고 안색도 창백했다. 나는 그녀에게 다가가려고 했으나 다리가 풀려서 움직이지 않았다. 아내도 나를 보았다. 남은 힘을 다해 내게 미소를 보여줬다. 그 미소에 나도 힘이 났다. 마침내 그녀의 곁으로 걸어갔다. 그때 아내의 옆에 노란색 포대기가 보였다. 작은 포대기 안에는 면으로 된 속싸개가 있었다. 떨리는 손으로 조심스럽게 속싸개를 여니 그 안에 아기가 있었다. 부드러운 눈빛이 나를 향하고 있었다. 맑기 그지없는 눈이었다.

"아들이에요."

아내가 힘없이 말했다. 나는 고개를 끄덕였다.

"알아."

"안아봐요."

아내의 말에 나는 고개를 저었다.

"지금은 힘이 없어서 못 하겠어."

아내가 웃었다. 그녀의 눈에도 눈물방울이 맺혔다.

# 15

아내가 갓 태어난 아이의 이름을 지어야 한다고 했다.

"이름이야 진작 생각해뒀지."

나는 종이를 꺼내 팡창(方長)이라고 썼다. 아내가 고개를 갸우뚱했다.

"팡창? 뭔가 스님 이름 같지 않아요?"

"뭐가 스님 같애? 앞길이 창창하단 의미야. 아들을 낳았으니 앞으로 우리에게도 좋은 날이 많을 거야."

아내가 못마땅한 듯이 말했다.

"그래도 뭔가 이상해요."

"중학교만 나온 내가 그 정도 이름을 지은 것도 대단한 거지. 정 마음에 들지 않으면 호적에 올릴 때 좋은 이름을 지어줍시다."

아들은 나는 전혀 닮지 않고 아내를 닮았다. 그런데도 아내는 굳이 나를 닮았다고 한다. 아무리 봐도 나를 닮은 구석이 없는데 말이다. 내가 얼마나 아들을 원했는지 알고 있기 때문에 내 기분이 좋아지라고 하는 말일 것이다. 이다. 정작 나는 우리 아들이 누굴 닮았는지는 조금도 중요하지 않다. 어차피 내 아들이며, 세상에서 가장 소중한 존재이기 때문이다.

나는 아내에게 팡창을 낳았으니 이제 슈퍼마켓 일을 그만두는 것이 어떠냐고 물었다. 내가 세 가지 일을 하고 있으니 생활비는 충분했다. 그러니 아내가 더 고생하지 않아도 된다. 그러나 아내는 그만두지 않겠다고 했다. 가까스로 구한 일인데 그만두기는 아깝다는 것이다. 아기는 어린이집에 맡기면 되고, 앞으로 야근만 하지 않으면 살림에 지장이 없다고 했다. 나도 포기하지 않고 아내를 설득했다.

"아이가 셋이나 있는데 일까지 하면 어떻게 견디려고 그래? 당신이 일하러 가고 나도 밖에 있으면 세 아이는 누가 돌보겠어? 다른 사람 손에 맡기고 마음이 놓일 것 같아? 우리가 고생하는 게 다 누구 때문인데? 아이들 때문이잖아."

아내는 내 말에 대꾸도 하지 않고 고개를 돌려 팡창을 바라보며 말했다.

"네 아빠가 이제 갑부가 되었나 보다. 그치? 엄마가 벌어온 돈은 이제 아무것도 아닌가 보다."

아내의 말을 듣고 있던 팡창이 마치 다 알아들었다는 듯이 까르르 웃었다. 나는 팡창의 코를 가볍게 만져주었다.

"우리 아들이 벌써부터 말을 알아듣네. 아빠는 네가 있으니 세상에서 제일 가는 부자란다."

아내도 웃었다. 그러나 금세 표정이 어두워졌다.

"만약에 내가 진짜로 일을 그만두면 당신이 더 고생할 텐데 어떡해요?"

나는 그저 웃었다.

"그럴 리 없어. 내가 새벽부터 산에 가서 나무를 해오는 것도 아니고 광산에서 석탄을 캐는 것도 아니잖아. 집에 먹고 마실 게 다 있는데 고생은 무슨 고생이야? 삼륜차에 손님 태우고, 우유하고 신문 배달만 하면 되잖아? 번듯한 직장은 아니지만 난 내 직업이 자랑스러워. 당신도 봤지? 도시 사람들이 아이 하나만으로도 힘들어하는 걸 말이야. 나는 삼륜차 운전해서 세 아이를 키울 수 있으니 자랑스러운 게 당연하지. 여보, 아이가 셋이 되니까 말이야 판자를 댄 것처럼 등이 쭉 펴지지 뭐야? 얼마 전에 길에서 우연히 아는 사람을 만났는데 내 키가 자랐다고 하더군. 처음에는 무슨 말인지 몰랐는데 나중에 생각해보니 세 아이 아빠가 된 후에 매일 고개 들고 가슴 펴고 다녀서 키가 자랐나 봐."

아내가 웃음을 참지 못하고 깔깔댔다.

"잘난 척하는 것 좀 보라지."

사실 내가 잘난 척하는 이유는 따로 있었다. 오늘 월급을 받았는데 모두 합하니 통장에 4만 위안이 꽉 찼다. 이 숫자를 보는 순간 나는 돈을 은행에서 모두 인출해서 침대 위에 한 장 한 장 펼쳐보고 싶었다.

역시 도시가 돈을 벌기는 쉽다. 시골에 있었으면 1,000위안도 모으기 어려웠을 것이다. 도시에서 나는 삼륜차를 몰고 우유를 배달하며 신문을 배달한다. 가끔은 아훙 아저씨 소개로 불사 진행을 도와주고 가욋돈도 챙긴다. 여기다 아내가 슈퍼마켓에서 일해서 벌어오는 돈까지 합하니 어느새 목돈이 되었다. 이사온 지 1년도 안 되어서 이렇게 많이 모았으니 1년을 채우면 5만 위안은 문제없다. 1년에 5만 위안이면 10년이면 50만 위안, 20년이면 100만 위안이다. 광창이 한 살이니 아이가 스무 살이 되면 100만 위안이나 줄 수 있게 된다. 이렇게 계산하다 보니 저절로 힘이 났다. 방 안 이곳저곳을 바라보며 생각했다. 100만 위안을 1위안짜리 동전으로 바꾸면 이 방에 가득 찰까?

드디어 아내가 슈퍼마켓에 사직서를 제출하러 가기로 했다. 아침에 집을 나서면서 오늘은 삼륜차 영업을 나가지 말라고 당부했다. 슈퍼마켓에서 사표 처리만 마치면 곧바로 돌아온다는 것이다. 내가 같이 가려고 했으나 아내는 그럴 필요 없으니 집에서 아이들이나 돌봐주라고 했다.

오후가 되자 아내가 전화해서 이미 처리는 끝났고 내일부터는 출근할 필요가 없다고 했다. 그러나 동료들이 송별회를 해준다고 해서 저녁을 먹고 올 테니까 기다리지 말라고 덧붙였다. 나는 집에서 둘째와 셋째를 돌보다가 첫째가 학교에서 돌아왔을 때 큰아이에게 두 동생을 보라고 당부하고 나가서 반찬거리를 사서는 밥을 해서 먹였다.

밥을 다 먹고 나자 큰아이는 숙제를 하기 시작했다. 나는 얼난과 함께 팡창을 데리고 놀았다. 날이 금세 어두워졌다. 팡창이 배가 고파 칭얼대기 시작했다. 제 엄마가 짜놓은 젖은 이미 다 먹고 없었다. 팡창은 화가 나서 요란하게 울기 시작했다. 나도 짜증이 나서 시계를 봤다. 거의 여덟 시가 다 되었는데 아내는 아직까지 소식이 없다. 전화를 해보니 꺼져 있었다. 이상한 일이다. 갑자기 걱정되기 시작했다. 잠시 더 앉아 있다가 결국 참지 못하고 일어섰다.

"다난아, 엄마 마중 나갔다 올 테니 집에서 동생들 잘 데리고 있어."

다난이 고개를 끄덕였다.

"아빠, 다녀오세요."

나는 잠시 생각하다 안심이 되지 않아 다시 당부했다.

"문 꼭 잠그고 있어야 해. 엄마 아빠가 아니면 절대로 열어줘서는 안 돼, 알았지?"

아이가 다시 고개를 끄덕였다. 그래도 안심이 되지 않아서 혹시 더 일러줄 말이 없나 생각했다. 그 모습을 모던 아이가 나를 독촉했다.

"얼른 가서 엄마나 데려와요. 나 이제 다 컸단 말이에요."

그제야 나는 자전거를 몰고 집을 나섰다. 아내가 일하는 슈퍼마켓은 아직 문을 닫지 않았다. 살집이 있는 계산원에게 물었다.

"슈전 아직 있나요?"

"벌써 퇴근했어요. 아이 젖 먹여야 한다면서 일곱 시에 갔는걸요."

내가 집에서 나올 때 이미 여덟 시였다. 아내는 전동 자전거를 타고 다녀서 여기서 집까지 아무리 천천히 가도 한 시간도 걸리지 않는다. 정말 이상한 일이었다. 다른 곳에 들르기라도 했나. 불길한 예감이 들었다.

슈퍼마켓에서 나온 나는 황급히 집으로 갔다. 이미 도착했을지도 모른다며 자신을 위로했다. 마당에 들어서니 팡창의 울음소리가 들린다. 다시 불안감이 엄습했다. 문을 열고 들어서니 아내는 돌아오지 않았다. 다난이 의아한 표정으로 나를 바라보았다.

"엄마는요?"

나는 급한 대로 둘러댔다.

"엄마는 일이 있어서 아빠 먼저 왔어. 동생들 보고 있으면 아빠가 다시 가서 엄마 데리고 올게. 절대로 다른 사람한테는 문 열어주면 안 된다, 알겠지?"

다난은 반신반의한 표정으로 나를 쳐다보며 고개를 끄덕였다. 나는 다시 삼륜차를 타고 나가서 평소에 아내가 다니던 길을 따라 천천히 가며 아내를 찾았다. 도대체 어디로 갔단 말인가. 도중에 응급차와 경찰차가 지나가며 날카로운 사이렌 소리를 냈다. 그 소리를 들으니 마음이 더 조급해지면서 불길한 예감이 계속 스쳤다. 나는 머리를 흔들어 나쁜 생각을 떨쳐버리려고 했다.

　삼륜차를 몰고 난먼(南門)의 으슥한 언덕까지 올라갔다. 눈으로 사방을 끊임없이 둘러보면서 운전했다. 잠시 후 어딘가에서 내 이름을 부르는 소리를 얼핏 들은 것 같았다. 목소리가 아주 미약해서 거의 들리지 않았다. 나는 차를 멈추고 조심스럽게 그 소리를 찾아내려고 귀를 기울였다. 아내의 목소리였다. 금방에서 아내 목소리가 나는 곳을 찾아다닌 끝에 마침내 아내를 찾아냈다. 그녀는 길가의 오동나무 아래 앉아 있었다. 전동자전거는 한쪽에 나동그라져 있었는데 어두운 탓에 발견하지 못했던 것이다.
　"아니 당신 이게 어떻게 된 거야?"
　아내는 나를 보더니 미소를 지으려고 했으나 눈물이 먼저 흘러내렸다. 그렇게 주저앉아 한 시간이 지나도록 아무도 그녀를 발견하지 못했다. 내가 찾으러 나서지 않았더라면 정말 큰일 날 뻔했다.
　이 길은 평소에 아무 문제가 없었던 길이었다. 그런데 언제부터인지 통신 케이블을 묻기 위해 땅을 파헤쳐놓았다. 그 기간에 아내는 산후 조리를 하고 있었으니 길이 이런 상태인지 알 리가 없었다. 밤에 송별회를 마치고 집으로 오는 길에 자전거를 타고 언덕길을 내려오다가 사고가 났다고 했다. 정면에서 자동차가 올라오며 헤드라이트를 깜박이자 순간 앞이 보이지 않았다고 한다. 그 바람에 자전거가 휘청하면서 시멘트 사이에 박히고 사람도 같이 고꾸라진 것이었다.

"나도 그렇게 넘어질 줄은 몰랐어요. 왼손이 너무 아픈데 자리를 뜰 수가 없었어요. 전동 자전거를 두고 갔다가 누가 가져 가버리면 어떻게 해요. 그래서 당신에게 전화를 걸려고 했는데 휴대 전화도 넘어질 때 망가져버렸어요. 하는 수 없이 여기 앉아서 당신을 기다렸죠. 당신이 반드시 나를 찾으러 올 줄 알고 있었어요."

나는 코끝이 찡해져서 괜히 소리쳤다.

"어쩌면 그렇게 바보 같아? 저까짓 헐어빠진 전동 자전거가 무슨 소용이야? 내가 안 왔으면 밤새 이렇게 있으려고 했어?"

"그럴 리가 없죠. 누군가 지나는 사람이 있었을 거예요. 하지만 당신이 이렇게 왔잖아요?"

나는 아내를 부축해서 일으켜 세웠다. 그녀는 일어날 수는 있는데 발이 저리다고 했다.

"어서 병원으로 갑시다. 뼈가 부러지지 않았어야 할 텐데 걱정이야."

나는 조심스럽게 아내를 부축해서 삼륜차에 태우고 전동 자전거를 페달 앞쪽에 매달았다. 이 부근에서 정형외과를 본 기억이 나서 서둘러 그곳으로 향했다.

응급실로 가니 당직 의사가 아내 손의 엑스레이를 찍었다. 결과는 바로 나왔다. 의사는 사진을 환한 불빛이 있는 판에 끼우고 바라보더니 이마를 찌푸렸다. 표정이 심각했다.

"이것 잘 보이시나요?"

나는 눈을 크게 뜨고 봤지만 알아볼 수 없었다. 의사는 손으로 특정 부위를 가리켰다.

"여기 까맣게 보이는 것이 환자분 뼛속에 자란 것입니다."

"어떻게 뼛속에 뭐가 자랄 수 있죠?"

"확실히 단정할 수는 없지만 낭종으로 의심됩니다."

"낭종이요? 뼛속에 낭종이 자란다는 말은 금시초문입니다."

그러자 의사가 설명을 덧붙였다.

"사람의 뼈는 우리 몸의 다른 부분과 같아서 모두 살아 있습니다. 살아 있는 건 낭종이 생길 수 있어요. 환자분 뼈를 보면 여기는 검고 여기는 밝죠? 검은 부분이 낭종이고 밝은 부분이 빈 곳입니다. 정상적인 뼈는 골수로 채워져 있습니다. 환자분의 뼈 안은 이미 골수가 없는 상태입니다. 모두 낭종에 먹혀버린 거죠. 마치 대나무처럼 안이 비어 있어 약합니다. 낭종이 생긴 지 한참 지났다는 의미입니다."

"그러면 어떻게 해야 합니까?"

내가 초조하게 물으니 의사가 대답했다.

"서둘러 큰 병원에 가셔야 합니다. 이렇게 작은 병원에서는 치료할 수 없는 병입니다. 항저우에 있는 병원에 제가 연락해두겠습니다. 한시가 급합니다."

내가 응급실에서 어떻게 걸어 나왔는지조차 생각이 나지 않았다. 정신이 하나도 없었다. 이 상황이 마치 내가 쌓아놓은 각목과 같다는 생각이 들었다. 정성껏 쌓아놓은 각목이 한순간에 중심을 잃고 바닥으로 흩어져버렸다.

응급실에서 나와 입구까지 터덜터덜 걸었다. 바깥은 아직도 깜깜하고 가로등은 빛을 잃었다. 어쩌다 병원 쪽으로 오는 자동차 불빛만 어둠 속에서 몇 번인가 흔들렸다.

다리에 힘이 풀려서 응급실 입구의 시멘트 계단에 앉았다. 너무 괴로웠다. 이 느낌은 설명할 방법이 없다. 내가 계단에 앉아 있는 것이 아니라 깎아지른 벼랑 끝에 앉아 있는 기분이었다. 고개를 숙였다. 그러자 마치 밀물처럼 괴로움이 몰려왔다. 목구멍이 아파져 왔다. 무겁고도 격렬한 아픔이 목구멍을 가로막고 있었다. 눈물이 주르륵 흘러내렸다. 눈앞의 공터가 완전히 젖어버린 것 같았다. 마침내 나는 무릎을 감싸고 목 놓아 울기 시작했다. 무엇 때문에 그렇게 울음이 나오는지 나도 알 수 없었다. 그저 목 놓아 울고 싶을 뿐이었다. 그렇게 울어본 것이 얼마만인지 기억도 나지 않는다.

잠시 후 응급실에서 한 사람이 총총걸음으로 나왔다. 나는 얼른 소매로 눈을 문질렀다. 그 사람은 내 옆에 주저앉더니 담배를 한 대 피웠다. 그러더니 휴대 전화를 열어 게임을 하기 시작했다. 나는 무료하게 번쩍번쩍 움직이는 화면을 바라보았다. 게임은 해본 적이 없지만 보고 있으니 나도 모르게 빠져들었다. 그 남자는 게임을 한 단계 한 단계 넘기며 계속했다. 나는 옆에서 눈도 돌리지 않고 보고 있었다. 갑자기 나의 삶이 게임과 같다는 생각이 들었다. 한 단계를 통과하면 즉시 다음 단계로 넘어간다. 단계가 올라갈수록 게임의 난이도도 올라가며 끝이 없이 계속된다.

퍼뜩 떠오르는 기억이 하나 있었다. 아내가 팡창을 낳기 전날 밤 아내의 손을 잡고 했던 맹세였다. 어쩌면 아내의 병은 내가 그날의 약속을 지키지 않아서 생긴 것일지도 몰랐다. 하지만 불교는 자비의 종교 아니었던가. 어떻게 아내에게 이렇게 모질게 대할까. 벌을 내리려면 나한테 내려야 하는 거 아닌가. 불교가 이토록 악독한 징벌의 종교라면 과연 귀의할 가치가 있단 말인가.

곧 항저우의 병원과 연락이 닿아서 아내를 먼저 보내고 곧바로 나도 그쪽으로 가기로 했다. 그러나 우리는 집에 있는 아이들 때문에 마음을 놓을 수 없었다. 항저우에 데리고 갈 수도 없는 노릇이었다. 아내가 어떻게 될지 모르는 상황에서 나도 어찌해야 좋을지 모르겠다. 아이들을 데리고 간다고 해도 내가 보살필 틈이 없을 것이다. 고민 끝에 골목 어귀의 어린이집에 부탁해서 아주머니 한 분을 소개받았다. 그분께 사정을 이야기하고 며칠 동안 우리 집에서 지내며 아이들을 보살펴달라고 했다.

아주머니는 좋은 분이었다. 산후 도우미를 한 적이 있고, 시골 출신이었다. 넓적한 얼굴형이 성실하게 보였다. 아주머니는 내게 아이들을 잘 보살필 테니 걱정하지 말고 다녀오라고 했다. 나는 감사를 표하고 아주머니를 집으로 모시고 갔다.

아이들에게 아주머니를 소개했다.

"아빠랑 엄마는 며칠 어디 좀 다녀올 테니까 아주머니 말씀 잘 듣고 있어야 한다. 특히 다난은 동생들 잘 보살펴야 해, 알겠지?"

 내 말에도 큰아이는 입술을 깨물고 아무 말도 하지 않았다. 큰아이는 영리해서 집안에 큰일이 생겼음을 직감했을 것이다. 그래도 철이 들어서 내가 무슨 말을 하지 않아도 다 알고 보채지 않는다. 세 아이를 번갈아 쳐다보니 마음이 아팠다. 만일 아내가 잘못되기라도 하면 이 아이들을 어떻게 볼 수 있을까.

 떠날 때 다시 다난에게 몇 마디 당부했다.

 "동생들 잘 보살피고 무슨 일이 있으면 아주머니께 전화해달라고 해, 알겠지? 착하구나, 우리 딸."

 다난은 힘껏 고개를 끄덕였다. 아주머니는 곁에서 미소를 띠고 다난에게 말했다.

 "다난은 착해서 잘할 거예요. 또 이 아줌마가 있잖아요. 그렇지?"

 나는 다시 아이들의 머리를 차례차례 쓰다듬어주고는 집을 나섰다. 그리고 가능한 한 빨리 걸었다. 아이들을 생각하니 마음이 약해져서 더 지체하다가는 발걸음이 떨어지지 않을 것 같았다.

 버스 정류장에서 차를 기다리고 있는데 갑자기 나를 부르는 소리가 들렸다.

 "아빠!"

 돌아보니 놀랍게도 다난이 골목에서 뛰어오고 있었다. 아이는 내 옆으로 오더니 내 다리를 붙잡으며 울음을 터뜨렸다.

 "다난아, 왜 우니?"

다난은 아무 말 없이 그저 울기만 했다. 작은 어깨를 들썩이며 그렇게 서럽게 울 수가 없었다. 나는 어떻게 아이를 달래야 할지 몰라서 그저 어깨를 토닥거릴 뿐이었다. 입을 열 수가 없었다. 말을 했다가는 나도 울음이 터질 것 같았다.

얼마 후 버스가 오는 것이 보였다.

"다난아, 차 왔어. 아빠 가야겠다."

아이는 그제야 내 다리에서 손을 떼고 눈물을 훔쳤다. 그리고 세수와 면도 용품이 든 가방을 들어주겠다고 나섰다. 나는 가방을 빼앗듯이 다시 가져와서 다난을 보며 말했다.

"이건 아빠가 들게. 네가 들기엔 너무 무거워."

하지만 아이는 한사코 제가 들겠다고 우겼다. 차가 멈추고 문이 열렸다.

"이제 아빠 줘. 아빠 차에 타야 한다."

다난은 그제야 가방을 내게 건넸다.

"다난아, 이제 집으로 돌아가. 아주머니 말씀 잘 듣고 동생들 잘 보살펴야 한다."

다난이 힘차게 고개를 끄덕였다. 차에 올라 창가에 자리를 잡았다. 다난이 나를 보더니 갑자기 큰 소리로 말했다.

"아빠! 엄마 돌아오겠죠?"

가슴이 쿵 하고 내려앉았다. 그래도 힘을 주어 고개를 끄덕였다.

"걱정하지 말아라. 아빠가 반드시 엄마 데리고 올게."

차가 움직이기 시작했다. 다난이 버스 정류장에 서 있다가 몸을 돌려 골목으로 들어가는 모습이 보이지 않을 때까지 지켜보았다. 작은 몸뚱이는 연약하고 외로워 보였다. 아이 앞에 놓인 좁은 골목이 그날따라 황량하고 커 보일 수 없었다. 결국 눈물이 뚝뚝 떨어졌다. 나는 눈을 힘껏 문질렀다. 계속 닦아서 눈가가 아플 정도로 눈물을 닦았다.

# 16

 아내는 병원에 입원한 후 MRI를 찍었다. 검사 결과 낭종은 다행히 음성으로 판명났다. 나는 안도의 한숨을 길게 내쉬었다. 가장 우려했던 일은 그래도 면한 셈이다. 모든 게 상상했던 것만큼 엉망은 아니다. 이제 남은 것은 수술이다. 아내의 수술을 담당하는 의사는 저우(周)라는 성씨의 젊은 의사였다. 안경을 쓰고 점잖게 생긴 그는 손등의 뼈를 열어 그 안에 있는 낭종을 제거한 다음, 철심을 박는 것이라고 설명했다. 이 말을 할 때 표정이 하도 태연해서 나도 모르게 눈을 질끈 감았다. 마치 내 눈앞에 살을 찢고 뼈를 자르는 피투성이 장면이 보이는 것 같아서 똑바로 볼 수 없었다.

 어릴 때 만화책을 보면 관공(關公)이 뼈를 깎는 치료를 받는 장면을 본 적이 있다. 화타(華佗)라는 용한 의사가 관공의 뼈를 가르고 안에 박힌 화살 독을 빼내는 데 관공은 아프다는 소리한 번 하지 않고 태연하게 바둑을 두었다. 솔직히 말해 나는 이 이야기를 믿진 않는다. 신선이 아닌 살아 있는 사람이 어떻게 뼈를 칼로 깎는 아픔을 참을 수 있단 말인가. 그런데 지금은 내 아내가 그런 수술을 받아야 한다. 게다가 관공의 수술보다 더 심각한 수술이다. 깎아내는 데 그치지 않고 뼛속을 열어서 깎는다고 한다.

병실에 돌아와 나는 아내에게 수술에 관해 어떻게 말을 꺼낼까 고심했다. 그녀가 물으면 어떤 대답을 할지도 막막했다. 아내가 무서워할까 봐 겁이 났다. 아내는 관공만큼 강한 여자가 아니기 때문이다. 그러나 예상과는 달리 병실에 돌아오니 그녀는 나에게 한마디도 묻지 않고 집에 있는 아이들 걱정만 했다. 나는 아내를 위로했다.

"걱정하지 마. 아주머니가 다들 잘 봐주고 있잖아. 집에 전화해볼까?"

아내가 그러자고 해서 아주머니 휴대 전화로 연락해보았다. 아내는 전화기를 들고 이야기를 나누며 웃기도 하고 울기도 했다. 곁에서 그 모습을 보고 있노라니 심란했다. 귓전에 쓱쓱 소리가 들리는 듯했다. 처음에는 무슨 소리인지 몰랐는데 잠시 후 칼이 뼈와 마찰하는 소리라는 것을 깨달았다. 살을 잘라내고 뼈를 깎는 수술이 아닌가! 산 사람의 몸에 어떻게 그런 짓을 할 수 있을까. 아무래도 그 의사를 믿을 수 없었다. 사람에게 하는 수술이 아니라 돼지고기를 파는 사람이 칼을 들어도 손 한 번 삐끗하면 조금 더 자르거나 덜 자르는 것이 예삿일이다.

그 의사는 자기 가족이나 친척한테 수술하는 게 아니니 그렇게 정성을 들이지 않을 것이다. 그가 수술을 제대로 하지 않으면 어떻게 될지 알 수 없는 노릇이다.

나는 걱정이 되어 병원 건물 밖으로 나왔다. 마침 옆에 매점이 보이기에 들어가서 담배 한 갑을 샀다. 매점 안에서 담배에 불을 붙이고 피우기 시작했다.

"가족이 아파서 온 거예요?"

매점 주인이 말을 걸어왔다. 나는 고개를 끄덕였다.

"척 보면 안다니까. 처음 온 거죠?"

"네. 저희 아내가 수술을 받아야 하는데 걱정이 되어서 말입니다."

"뭘 걱정해요? 의사한테 돈 봉투를 주면 해결될 텐데요."

나는 어리둥절해서 물었다.

"돈 봉투라니요?"

"요즘 병원에서 의사한테 돈 봉투 안 주는 사람이 어디 있답니까?"

갑자기 한 대 얻어맞는 느낌이었다. 일리가 있는 말이었다. 어째서 나는 하나는 알고 둘은 몰랐을까. 그동안 내 일자리와 아내의 슈퍼마켓 일자리 구하는 것도 뇌물을 줘서 해결되지 않았던가. 그런 내가 병원에 와서는 왜 그럴 생각을 못했을까. 그 때 매점 주인이 서랍에서 카드를 한 장 꺼내서 내밀었다.

"이게 뭡니까? 공중전화 카드인가요?"

"그게 아니라 슈퍼마켓 선불카드예요."

매점 주인은 건너편을 손가락으로 가리켰다.

"저기 보면 슈퍼마켓이 있죠? 이게 저 슈퍼마켓에서 물건을 살 수 있는 카드예요."

나는 그 슈퍼마켓과 카드를 번갈아 보다가 반신반의하며 물었다.

"이 카드를 어떻게 사용하죠?"

"돈이랑 똑같이 사용할 수 있어요. 이 카드만 있으면 뭐든 다 살 수 있으니 요즘 의사들은 이걸 좋아해요. 돈 봉투는 너무 노골적이라서 아무래도 꺼리죠."

"이거 한 장에 얼맙니까?"

"금액별로 다 있어요. 얼마짜리를 선물할 건지에 따라 달라지죠."

나는 잠시 생각한 후 물었다.

"2,000위안짜리 있어요?"

매점 주인은 한참을 뒤지더니 카드 한 장을 꺼냈다.

"이게 2,000위안짜리입니다. 2,100위안 주시면 돼요. 수수료가 100위안이니까요."

나는 그 카드를 들고 저우 의사의 사무실로 찾아갔다. 운이 좋았는지 때마침 그가 있었다. 무슨 일 때문에 왔냐고 묻는 그에게 내가 답했다.

"곧 수술할 거라고 해서 이것저것 여쭈려고 왔습니다. 수술 전에는 뭘 주의해야 합니까?"

"특별히 주의할 건 없습니다. 환자분 곁을 지키면서 긴장을 풀어주는 게 좋겠지요. 병이란 어차피 피할 수 없는 거니까요. 그리고 음식에 신경을 써서 영양 보충을 해주시면 됩니다. 수술을 받으려면 체력이 좋아야 하니까요."

나는 진지한 태도로 그의 말을 경청하며 연신 고개를 끄덕였다. 손을 주머니에 넣고 있어서 슈퍼마켓 카드에 땀이 찰 정도였다. 의사 선생은 몇 마디 더 말하더니 내가 물러날 기미가 없자 물었다.

"궁금한 것이 더 있습니까?"

나는 화들짝 놀라 고개를 가로저었다.

"없습니다."

"그럼 이만 실례하겠습니다. 저도 일이 있어서요."

나는 황급히 일어났다.

"그럼 저도 가보겠습니다."

이렇게 말하며 얼른 주머니에서 카드를 꺼내 책상 위에 던져놓고 몸을 돌려 나가려고 했다. 그러나 뜻밖에도 의사 선생의 동작이 나보다 빨랐다. 그는 내 팔을 붙잡았다.

"이게 무슨 뜻입니까?"

팔이 붙잡혀 있으니 빠져나올 수 없었다. 그저 난감하게 서 있을 수밖에 없었다.

"수술하려면 영양을 보충해야 한다고 하셨지 않습니까? 움직이지 않고 누워만 있는 사람도 영양을 보충해야 하는데, 하물며 의사 선생님은 서서 수술을 하시니 영양 보충이 더 필요할 것 같습니다. 그래서 뭐라도 사서 드시라고……."

내 말이 우스웠는지 의사가 웃었다. 의사가 웃자 용기가 생겼다.

"선생님, 영양 보충을 하시고 나면 수술도 더 잘하시겠죠?"

의사가 나를 한번 쳐다보더니 이마를 찌푸렸다. 한숨까지 내쉬었다. 할 말이 있는 것 같았지만 그만두었다. 그는 카드를 내 주머니에 찔러 넣고는 밖으로 나가버렸다. 나는 당황하며 그의 뒤를 바짝 따라갔다. 솔직히 말해서 나도 내가 무슨 짓을 하는지 알 수 없었다. 그저 습관처럼 따라간 것뿐이다. 앞에서 걷던 의사가 멈춰서더니 고개를 돌려 나를 쳐다보았다.

"왜 따라오시는 거죠?"

나는 어색한 웃음을 지었다.

"그냥 저도 방향이 같아서요."

의사의 표정이 어두워졌다. 그는 엘리베이터로 가더니 버튼을 눌렀다. 엘리베이터 문이 열리고 그가 타자 나도 얼른 따라 들어갔다. 의사는 내 쪽으로 눈길도 두지 않았다. 별로 기분이 좋아 보이지 않았다. 나는 그의 옆에 서서 속으로 궁리했다. 무슨 일이 있어도 이 카드를 그에게 건네야 한다. 그렇게 또 한 층을 내려가니 드디어 두 사람만 남게 되었다. 나는 쾌재를 불렀다. 마침내 기회가 온 것이다. 이번에는 절대로 놓치면 안 된다. 나는 재빨리 카드를 빼서 그의 가운 주머니에 직접 찔러 넣었다. 내 갑작스런 행동에 의사는 경악했다.

"지금 뭐 하는 겁니까?"

그는 주머니에 든 카드를 꺼내려고 했다. 그러나 나는 힘을 주어 그의 손을 눌렀다. 의사의 얼굴을 애원하는 눈빛으로 바라보았다.

"선생님, 제발 받아주십시오. 다른 뜻은 없습니다. 그저 저희 아내 수술 좀 잘해달라고 부탁하는 겁니다."

의사는 내 손을 세차게 뿌리쳤다.

"이러시면 안 됩니다. 제 목이 달아납니다."

나는 의사의 손을 힘껏 눌러 주머니에서 꺼내지 못하게 했다.

"저도 눈치는 있습니다. 절대로 이 사실을 발설하지 않을 테니 안심하십시오."

의사는 나와 한참 실랑이 끝에 겨우 나머지 한 손을 빼내서 엘리베이터 한쪽 귀퉁이를 가리켰다. 고개를 들어 쳐다보니 카메라가 있었다. 순간 나는 화들짝 놀라 의사의 가운 주머니에 든 손을 빼냈다. 물론 카드도 같이 뺐다. 엘리베이터 구석에 서서 어찌할 바를 몰랐다. 낭패도 그런 낭패가 없었다. 의사는 여전히 그 자리에 서서 자신의 손목을 계속 주물렀다. 그러더니 갑자기 피식 웃음을 터뜨렸다. 문이 열리고 그는 밖으로 나갔고, 나도 무의식적으로 따라 내렸다. 의사가 몸을 돌려 부드러운 표정으로 말했다.

"이제 그만 따라오시죠."

나는 엘리베이터 앞에 서서 그를 바라보았다. 눈물이 흘러내렸다. 고개를 숙이고 옷소매로 눈물을 닦았다. 그 순간 내가 아무짝에 쓸모없다는 사실과 얼마나 우스운 꼴이 되었는지 깨달았다. 나는 한없이 작아지는 것을 느꼈다. 이런 느낌은 그의 거절 때문만은 아니었다. 그것이 어디서 비롯되는지 확실하지는 않지만 가슴 깊은 곳에서 솟구쳤다. 의사는 내가 눈물을 흘리자 미안한 마음이 들었는지 내 쪽으로 다가와 어깨를 몇 번 두드려주었다.

"걱정하지 마십시오. 다른 사람이 뭐라고 하든 그런 말에 흔들리지도 마세요. 정말 걱정하지 마십시오. 저는 의사입니다. 선물 같은 거 받지 않아도 최선을 다할 겁니다."

일주일 후 아내는 수술을 받았다. 손등의 살을 째고 마작 패 크기의 뼈를 꺼냈다. 그 안에 있던 낭종을 제거한 뒤 인조 뼈로 채우고 마지막에 철심을 박아 고정했다. 의사는 허튼소리를 하지 않았다. 수술은 매우 성공적이었다. 이제 새살이 자라기만 하면 된다고 했다. 흉터가 남는 것 말고는 아무 일도 없을 거라고 했다.

일주일만 더 있으면 아내가 퇴원한다. 나는 아주머니에게 전화해서 다난을 바꿔달라고 했다. 큰아이에게 가장 먼저 엄마를 데리고 간다는 소식을 알리고 싶었다. 전화기 너머로 아이가 환호하는 소리가 들렸다. 그때 내 머릿속에서 한 가지 생각이 스쳤다. 어릴 때부터 지금까지 아이들이 한 번도 제대로 된 외출을 해본 적이 없다는 것이었다. 이 기회에 아이들을 항저우에 데려와서 구경하게 해줘야겠다는 생각이 들었다. 나한테는 슈퍼마켓 카드값도 있었다. 집에 가져가 봐야 쓸 수도 없는 카드는 매점을 찾아가 물렸다. 그는 1,500위안만 돌려주었다. 알고 보니 그는 원래 없는 수수료 100위안을 받아먹었다. 슈퍼마켓에서도 2,000위안이면 살 수 있는 것을 100원이나 더 주고 산 것이다. 결국 총 600위안을 손해보았다. 하지만 이왕 이렇게 된 거 아이들을 항저우에 불러와 남은 1,500위안을 다 써버릴 참이었다. 나는 아주머니에게 고생스럽겠지만 아이들을 데리고 항저우에 와줄 수 있냐고 물었다. 아주머니는 흔쾌히 그러겠다고 했다.

이틀 후 세 아이가 항저우에 도착했다. 다난과 얼난은 제 엄마가 손에 붕대를 칭칭 감은 모습을 보더니 금방이라도 울음을 터뜨리려고 했다. 팡창도 뭘 알아서인지 손가락을 물고 이상한 눈빛으로 엄마를 바라보았다. 아내는 나를 쳐다보았다. 나는 그녀의 의도를 알아차렸다. 아내는 아이들이 어렵게 항저우까지 와서 엄마 때문에 쳐진 기분으로 지내는 것은 원치 않았다. 나는 두 딸의 머리를 쓰다듬으며 말했다.

"아빠랑 마트 가자."

팡창을 안고 두 딸을 데리고 병원 근처의 마트로 갔다. 그리고 문 앞에서 호기롭게 외쳤다.

"애들아! 오늘은 갖고 싶은 거 마음껏 골라라. 아빠 돈 많이 있단다."

다난이 의아한 표정으로 나를 쳐다보았다.

"아빠, 돈 많이 벌었어요?"

"그럼 아빠 이제 부자란다. 어서 들어가자."

다난은 얼난의 손을 잡고 신이 나서 마트 안으로 뛰어갔다.

아이들의 모습을 보고 있으니 또 마음 한구석이 짠해졌다. 정말 착한 아이들이다. 특히 큰아이는 돈을 허투루 쓰지 않는다. 친구들이 새 옷을 입고 새 학용품을 사면 부러워하면서도 한 번도 사달라고 조른 적이 없다. 이 착한 아이가 가장 행복할 때는 엄마가 슈퍼마켓에서 가져오는 식품을 받을 때였다.

나는 팡창의 이마에 내 이마를 갖다 대고 가볍게 비볐다. 그리고 작은 소리로 말했다.

"팡창아, 너 자라면 아빠가 매일 이렇게 돈 쓰게 해줄게."

팡창이 눈을 깜박이며 제 손가락을 입에 갖다 대더니 까르르 웃기 시작했다.

# 17

수술비와 입원비, 약값, 잡다한 비용을 다 합하니 5만 위안 이상을 썼다. 의료보험이 되는 줄 알았는데 아내가 사용한 약은 대부분 수입 약품이라 보험 처리가 힘들다고 했다. 도무지 이해할 수 없었다. 국산은 보험이 되고 수입은 안 된다는 게 말이 되는가. 어떤 병에 수입 약품만 사용해야 한다면 의료보험을 들 필요가 없지 않은가. 나의 불만에 의료센터의 뚱뚱한 중년 여직원이 코웃음을 쳤다.

"그것은 내 소관이 아니니 위생부장한테나 따져요."

그녀의 태도가 무척 못마땅했다. 내가 어디 가서 위생부장을 찾겠는가? 심지어 이름도 모르는데 말이다. 얼마 전까지만 해도 나는 신이 났다. 매년 5만 위안을 저축하면 막내가 스무 살이 되었을 때 집 사고 결혼하는 데 100만 위안은 보탤 수 있으리라 생각하며 기뻐했다. 그런데 이제 그 돈이 95만 위안으로 줄었다. 그때가 되면 나는 팡창에게 말해줄 것이다. 줄어든 5만 위안은 빌어먹을 이름도 모르는 위생부장에게 빼앗겼다고 말이다.

나는 아훙 아저씨에게 전화를 걸어 불사 일을 더 소개해달라고 했다. 아저씨는 호기롭게 말했다.

"걱정하지 마라. 내가 말했잖니. 네가 그만두지만 않으면 일은 얼마든지 있다. 그때가 되면 네가 돈을 찾아다니는 것이 아니라 돈이 너를 찾아올 거린다."

아훙 아저씨의 말은 나를 위로하기 위한 것으로 들렸다. 아저씨는 좋은 사람이다. 그래도 이제는 돈이 나를 찾아온다는 말은 믿지 않는다. 돈이 무엇 때문에 나를 찾아오겠는가. 내 친척도 아니고 말이다. 도시에 오고 꽤 많은 시간이 흐를 동안 아침 일찍부터 밤까지 그렇게 열심히 살아도 벌지 못한 돈인데, 이제 와서 그게 나를 찾아올 리가 없다.

아훙 아저씨는 약속을 지켰다. 한동안 정말 많은 일을 소개해주었다. 그런데 다 한번 나가면 며칠씩 걸리는 일이었다. 배달하는 곳에는 대비책을 마련해두었으니 상관없었다. 담배 몇 갑 사주고 싸구려 밥 한 끼만 사면 동료들이 기꺼이 도와주었다. 문제는 아내였다. 이번 일은 닷새는 걸리는 일정이니 또 친척이 돌아가셨다고 할 수는 없는 일이다. 그런 핑계는 기껏해야 몇 번이면 동이 난다.

화장실에서 거울을 보며 면도칼로 머리를 깎았다. 사실 머리를 완전히 삭발한 지는 오래되었다. 두피를 만져보니 약간 쓰라렸다. 거울로 양쪽을 보면서 두상을 살펴보았다. 속으로는 어떤 핑계를 댈까 궁리했다. 이번에는 그냥 사실대로 말할까 싶었다.

언젠가는 아내도 전부 알게 될 일이다. 그녀도 귀머거리 장님이 아닌데 평생을 속일 수는 없는 일 아닌가. 하지만 수술한 지 얼마 되지 않아 약해진 그녀가 충격을 받을까 봐 걱정되었다. 어쨌든 승려 노릇이 떳떳한 일은 아니다. 묘안이 떠오르지 않아 난감해하고 있는데 아내가 부르는 소리가 들렸다.

"안에서 뭘 하느라 한나절이나 걸려요?"

나는 서둘러 물건을 정리했다.

"다 했어. 지금 나가."

이제는 어쩔 수 없다. 그냥 사실대로 말하고 아내를 달래기로 했다. 문을 밀고 나오니 아내가 입구에 서 있다가 삭발한 내 머리를 보며 춥지 않으냐고 물었다. 아내가 손을 내민다. 그제야 아내 손에 들린 것이 갈색 털모자라는 것을 알았다. 아내는 모자를 내 머리 위에 씌워주고 한 걸음 뒤로 물러나 진지하게 살펴보았다.

"아주 보기 좋네요."

"그게 무슨 뜻이야? 이거 나 주는 거야?"

아내가 실을 사 오던 모습이 떠올랐다. 팡창의 옷을 뜨려고 사 온 줄 알았다. 손 수술한 지 얼마 되지 않은 사람이 힘을 주면 어떡하느냐고, 필요하면 돈 주고 기성품을 사지 그러냐고 잔소리를 했던 기억이 난다. 당시 아내는 웃기만 하고 아무 말도 하지 않았다. 그런데 뜻밖에도 내 모자를 떠준 것이다.

"여보. 저기 말이야……."

"알아요."

아내가 내 말을 잘랐다. 나는 영문을 몰라 되물었다.

"뭘 안다는 거야?"

그러자 아내가 웃었다.

"여보. 나는 당신이 밖에서 무슨 일을 하든 상관없어요. 이해하니까 걱정하지 말아요. 어쨌든 당신은 가족을 위해서 하는 일이잖아요. 당신 마음에 나하고 아이들이 있으면 그것으로 충분해요."

아내의 말에 내 마음이 따뜻해졌다. 코끝이 시큰해졌다. 그렇다. 아내는 바보가 아니었다. 내가 늘 머리를 삭발하고 『능엄경』을 들여다보는데 아내라고 눈치채지 못했겠는가. 모른 척해주었을 뿐이다. 아내는 그런 여자다. 늘 운이 나쁘다고 투덜거렸는데 알고 보면 나는 참 운 좋은 놈이다. 저렇게 사려 깊은 여자를 아내로 맞았으니 말이다.


불사는 산수이촌(山水村)의 암자에서 진행되었다. 몽산(蒙山)을 놓아주는 행사였다. 몽산은 방염구(放焰口, 사람이 죽은 지 사흘째 되는 날 밤에 스님이나 도사를 불러 독경하며 명복을 비는 일-역주)와 같은 것이다. 시골에서는 집안에 누가 아프거나 변괴가 생겼을 때 악귀가 재주를 부리는 것이라고 여겨서 돈을 모아 승려를 모셔다가 방염구를 한다. 악귀가 그곳에서 더는 문제를 일으키지 않게 하려는 것이다. 종교에 따라 부르는 이름만 다를 뿐이다. 그러나 그것도 옛날 풍습이고 지금은 종교와 상관없이 도교와 불교가 서로 섞여서 특별히 규칙을 따지지 않는다. 염구든 몽산이든 출가인이라면 모두 가능하다. 몽산은 밤에 진행하며 단을 세우는데, 중간에 주단(主壇)이 있고 양쪽에 배단(陪壇)이 있다. 주단에는 법사가 앉는다. 안에는 황색 승복을 입고 밖에 가사를 두르며, 머리에는 비로모(毗盧帽)를 쓴다. 나머지 승려들은 배단에 앉는다.

나는 이미 악중이 되어 목어(木魚)를 두드리는 일을 맡았다. 아훙 아저씨의 눈은 정확했다. 나는 이 계통의 일과 제법 어울린다. 인경(引磬), 목어, 요발(鐃鈸), 소고(小鼓) 모두 한번 해보면 쉽게 익혔다. 가령 목어의 경우 제대로 두드리는 사람들이 많지 않다. 간단한 것 같지만 막상 해보면 요령을 익히기가 어렵다. 대부분 손등의 힘을 이용해서 두들기게 되는데 그렇게 하면 강약을 조절하기가 어려울 뿐 아니라 오래 치기도 어렵다. 손등이 금방 아파오기 때문이다. 나는 손목의 스냅을 이용해서 두들기기 때문에 나무 스틱이 목어에서 튕겨져 나오는 힘을 이용할 수 있다. 그러면 힘 조절하기도 쉬워서 손도 덜 아프다.

방염구에 비해 몽산의 규모는 작지만 절차는 비슷하다. 우선 『심경(心經)』과 「왕생주(往生咒)」 「대비주(大悲咒)」 「변식진언(變食眞言)」을 낭송하고, 이어서 「아미타불(阿彌陀佛)」을 낭송한다. 법사는 주단에 앉아 「엽리장화(葉裏藏花)」를 노래한다. 그다음에는 사선(四禪)에 들어 성현을 청하는 종을 치고 삼보에 귀의

한다. 법사는 「견마인(遣魔印)」과 「복마인(伏魔印)」 「차결화륜인(次結火輪印)」 「차결진공주인(次結眞空咒印)」 「변공주인(變空咒印)」을 부르고 사람들은 「음악주(音樂咒)」를 부른다. 다음에는 삼십오불께 고하고 공양한다. 법사는 마귀를 쫓고 「차결견마인(遣魔印)」을 부르며 수인(手印)을 결한다. 사람들이 "오늘 감로(甘露) 의식을 봉헌합니다"라고 말한 후, 마지막으로 발원과 귀의, 봉송을 하면 절차가 끝난다.

몽산의 전반적 의식은 성대하고도 질서가 있었다. 법사의 낭송에 따라 사람들이 따라 부르고 법기가 반주하며, 독창과 대창(對唱, 응답 형식의 창법-역주)을 하는 하는가 하면, 한 사람이 독창을 한 후 나머지가 따라 하다가 다 같이 부르는 제창으로 진행되기도 한다. 그 모습은 마치 작은 음악회라도 열리는 것처럼 성황을 이룬다.

몽산의 모든 절차를 마치려면 네 시간이나 걸린다. 그중 법사가 낭송할 때만 남은 사람들은 잠시 휴식할 수 있다. 나는 그 틈을 타서 담배를 피울 생각이었다. 남이 볼세라 대웅전 뒤의 대나무 숲 옆으로 얼른 가서 담배를 피웠다.

몇 모금 빨기도 전에 이쪽으로 누군가 걸어왔다. 비구니 한 명이 걸어오고 있었다. 그녀는 나를 발견하지 못했는지 담배를 물었다. 그 비구니는 마흔 중반 가량으로 보였다. 살이 쪄서인지 걸을 때 뒤뚱거렸지만 얼굴은 선량해 보였다. 두 사람은 각자 아무 말 없이 담배를 피웠다. 나는 하얀 연기가 어둠 속으로 흩어지는 모습을 지켜보았다. 한 개비를 거의 다 태우고도 시간이 제법 많이 남았다. 바로 돌아가고 싶지 않아서 대나무 숲 옆에서 서성였다.

"오늘 법사는 염불 솜씨가 제법 괜찮네요."

나는 깜짝 놀랐다. 그 비구니가 내게 하는 말임을 깨닫고 나서야 대답했다.

"그렇더군요. 요즘은 염불을 잘하는 사람이 많아요."

비구니가 코웃음을 쳤다.

"염불을 잘하는 것이 아니라 옛날에 비해 따지는 것이 없어진 거지요. 너도나도 이 직업에 뛰어들어서 먹고 살겠다고 하니 말입니다."

나는 다시 멈칫했다. 뭐라고 말을 받아야 할지 알 수 없었다. 그대로 가만히 있으니 비구니가 다시 입을 열었다.

"어디서 오셨습니까? 처음 뵙는 분 같은데요."

"저는 이곳에 처음 몽산하러 왔습니다."

"그런 것 같네요. 나도 작은 암자를 갖고 있답니다. 어쩌다 불사가 있을 때면 출가인을 많이 봐왔지요. 그래서 처음 뵙는 거였군요."

"저는 초보자입니다. 평소에는 다른 일을 하고 있어요."

"그러면 좋죠."

"자기 암자를 가지고 있으면 얼마나 좋겠어요. 이 직업에 종사하려면 자기 암자가 있어야 할 것 같아요. 그렇지 않고는 성공하기 어렵겠어요."

"성공은 무슨. 다 똑같습니다. 작은 암자일 뿐입니다. 돈 있는 사람은 모두 큰 사찰을 좋아하지요."

나는 웃으면서 담배 한 개비를 그녀에게 건넸다.

"하나 더 태우시죠."

그녀도 사양하지 않았다. 내가 불을 붙여주었고, 두 사람은 없이 담배를 더 피웠다. 공기 중에 법사가 낭송하는 소리가 은은히 전해왔다. 이윽고 비구니가 입을 열었다.

"말법(末法)의 시대(불교의 가르침만 있고 그것을 실천하는 수행이나 깨달음이 없는 세상-역주)가 도래했구나!"

나는 그게 무슨 말인지 몰라 어리둥절했다. 그녀가 담배를 바닥에 던지더니 발로 비벼 껐다.

"거의 끝나가니 돌아갑시다."

나도 담뱃불을 끄고 그녀의 뒤를 따랐다. 도중에 비구니가 말을 걸었다.

"전화번호나 알려주시겠습니까? 며칠 후에 우리 암자에서 법사가 있을 예정인데 시간이 되면 암자에 와서 악중을 맡아주십시오."

나는 휴대 전화를 꺼내 그녀와 서로 전화번호를 교환했다. 그제야 그녀의 이름이 후이밍(慧明)이란 걸 알았다.


몽산이 끝나고 나니 이미 밤 11시가 넘었다. 암자에서는 사람들에게 야식을 제공했으나 나는 먹지 않고 돈을 받은 뒤 출발했다. 밤공기는 축축하면서도 차가웠다. 암자에서 나오면서 겉옷을 손으로 여미고 걸음을 빨리했다. 그러면 몸에 열기가 올라 추위가 물러간다.

솔직히 말해 나도 그곳에 더 남아 있고 싶었다. 나는 암자에 있는 시간이 편하다. 수륙법회든 염구든, 아니면 다른 무엇이라도 불사라면 다 좋다. 내가 중요한 일에 참가한다는 느낌이 들어서다. 여기서 나는 가장 낮은 공반이나 악중 신분이지만 함께 진지한 분위기에서 참여한다는 느낌이 좋았다. 스스로 가치 있는 사람이 된 듯한 착각에 빠졌다. 심지어 승려들 사이에 서서 앞에 있는 재가들을 바라보며 내가 불법을 얻은 환상에 빠진 적도 있다. 내가 그들과 어떤 신비한 능력을 연결해주는 역할을 한다는 착각도 생겼다.

그러나 이것은 근사한 거품에 지나지 않다는 사실 역시 알고 있었다. 의식이 끝나면 현실로 돌아가야 한다. 높은 곳에서 내려와 다시 낮은 곳으로 가서 숨죽이는 생활을 해야 한다. 이쯤 되니 나 자신이 마치 한 대의 엘리베이터 같다는 생각이 든다. 높은 곳으로 올라갔다가는 다시 낮은 곳으로 떨어져야만 한다. 내가 매우 중요한 사람처럼 느껴지다가도 때때로 한낱 먼지 같은 존재라는 생각이 들기도 한다.

나는 자신을 재촉해서 그곳을 떠나야 했다. 한시라도 빨리 이 일이 돈을 벌기 위한 수단에 불과하다는 사실을 깨달아야 했다. 페인트칠을 할 때 아무리 아름답게 칠해도 그 집은 주인 집이지 내 집이 아닌 것처럼 말이다.

서둘러 걷다 보니 도시에 점점 가까워졌다. 깜박이는 수많은 불빛이 가까이 보인다. 그중 하나는 내 것이다. 그곳에는 아내 슈전이 있고 다난, 얼난, 팡창이 있다. 우리 가족이 나를 기다리고 있다. 어서 돌아가서 그들과 비좁은 셋방에서 길지 않은 밤을 함께 지낼 것이다. 다음 날 새벽이 오면 나는 또 일찍 일어나야 한다. 우유와 신문을 배달해야 하기 때문이다. 배달이 끝나면 마 소장에게 갓 나와서 따끈따끈한 만두를 사다 줘야 하며, 경찰의 눈을 피해 삼륜차를 몰아야 한다. 이것이 진정한 나의 생활이다.

나는 도시 남쪽의 다리까지 걸어와서 잠시 멈춰 섰다. 그리고 걸어온 길을 되돌아봤다. 산수이촌의 암자가 보이지 않을 정도로 검은 어둠과 더욱 무거운 어둠이 깔려 있었다. 그 컴컴한 광경을 보면서 몽산 행사 때가 계속 떠올랐다. 그곳에서 많은 일이 발생한 것 같으면서도 아무 일도 없었던 것처럼 아득하다. 모든 것이 허구의 영화 한 편 같다.

의사는 아내의 수술이 성공적이었다고 했다. 그러나 재발 여부는 장담할 수 없다고도 했다. 2년 내에 재발하지 않으면 안심해도 된다고 한다. 그러나 일단 재발하면 상황이 어찌될지 장담할 수 없다고 했다. 나는 장담할 수 없다는 말의 의미를 잘 안다. 당시 나는 팡창을 낳기 전날 밤 소원을 빌었던 일이 떠올랐다. 그 소원과 아내의 병 사이에 어떤 관련이 있는지는 모른다. 그 순간 왜 그런 소원을 빌었는지도 모르겠다. 사실 나는 진짜 귀의하려고 한 게 아니었다. 귀의를 하려면 아내와 이혼해야 한다. 한숨이 나왔다. 내가 빌었던 소원은 마치 날카로운 칼날처럼 오랫동안 내 머리 위에 높이 매달려 있었다.

며칠 후 산수이암에서 만났던 후이밍 스님이 전화를 걸어왔다. 암자에 불사가 있으니 도와달라고 말했다. 후이밍 스님의 암자는 산첸암(山前庵)이라고 했다. 그곳이 어딘지는 이미 알고 있었다. 옆에는 산첸촌(山前村)이 있고 번화가에서 그렇게 멀지 않다. 전동 자전거로 삼십 분이면 도착하는 거리다.

산첸암이란 이름은 절 뒤에 병풍처럼 둘러쳐진 큰 산에서 유래된 것이다. 아담한 암자 안에는 새 건물과 오래된 건물이 섞여 있었다. 새 건물이라고는 하지만 1980년대에 지은 거니 그렇게 새것도 아니다. 오랫동안 보수를 하지 않아서 건물은 이미 낡을 대로 낡았다. 사방에서 바람이 들어오고 을씨년스럽기가 이를 데 없었다.

내가 도착한 시간이 일러서인지 다른 사람들은 아직 도착하지 않았다. 암자에는 후이밍 스님과 오십 대로 보이는 남자가 있었다. 남자는 보기 드물게 키가 큰 체격이었다. 190센티미터는 되어 보였다. 그러나 정신이 온전치 않은 것 같았으며 피부는 누렇게 떠 있었다. 그는 마당에 있는 계수나무 아래 누워 말없이 햇볕을 쬐고 있었다.

얼마 지나지 않아 불사에 참가할 승려들이 삼삼오오 나타났다. 사람들이 도착하자 바로 불사가 시작되었다. 불사는 규모가 작아서 참가자가 열 명도 안 되었다. 이 일을 시작한 후 많은 불사에 참여해봤지만 이렇게 규모가 작은 불사는 처음이다. 규모가 작다 보니 일도 수월했다. 눈길을 끄는 것은 불사할 때 아까 본 키 큰 남자가 향로와 단향 등 물품들을 전달해주는 모습이었다. 그의 몸은 몹시 허약해서 휘청거렸다. 마치 중노동이라도 하듯 힘겨워하면서 마당의 계수나무 아래 의자에 털썩 누웠다. 기력이 완전히 쇠진한 모습이었다. 불사의 규모가 작으니 의식의 규모도 작았으며, 속도도 빠르게 진행되었다.

해가 서산에 넘어가기도 전에 모든 의식이 끝났다. 그렇다고 해서 일찍 귀가할 수 있는 것은 아니다. 재가들이 아직 있을 때 그 사람들이 보는 데서 돈을 나눠주고 흩어지면 안 된다. 그래서 하릴없이 각자 시간을 보내고 있었다. 나는 후이밍 스님과 이야기를 나눴다. 후이밍 스님은 암자가 1758년인 건륭 23년에 처음 지어졌다고 말해주었다. 원래는 절 안에 비석도 있었는데, 당시 절을 지을 돈을 시주한 사람들의 명단과 유래가 적혀 있었다. 그러나 문화혁명 때 촌민들이 이를 박살내버리고 나중에는 부서진 조각들마저 사라져버렸다. 지금은 돌로 된 향로만이 남아 있었다. 그 위에 새겨진 건륭 23년이라는 글씨가 희미하게 보였다.

후이밍 스님은 자신이 원저우(溫州) 출신이며 어쩌다 인연이 되어 이곳에 오게 되었다고 했다. 처음 이곳을 찾을 때는 오랫동안 사람 손길이 닿지 않아 폐허에 가까웠다고 한다. 그러나 절 뒤의 산이 마음에 들어서 이곳에 남아 관음도량을 지키게 되었다고 한다.

이야기를 나누다 보니 재가들도 하나둘 돌아갔다. 후이밍 스님은 불사로 들어온 돈을 세어서 사람들에게 나눠주었다.

그 후 암자에 불사가 있을 때마다 후이밍 스님이 전화를 걸어왔다. 그녀는 아주 너그러웠으며 불사할 때도 까다롭게 요구하지 않았다. 경험 없는 공반이 대웅전에서 웃고 떠들며 두리번거려도 모른 척해주었다. 아홍 아저씨였다면 당장 불호령이 떨어지는 것은 물론이고 대웅전에서 쫓아냈을 거다.

나중에야 그 키 큰 남자가 후이밍 스님의 사촌 오빠이고 같은 원저우 사람이라는 사실을 알았다. 20여 년 전 후이밍 스님이 이곳에 오고 난 후, 10년 뒤에 사촌 오빠도 합류했다. 그때부터 두 사람은 암자를 함께 지켰다. 후이밍 스님의 사촌 오빠는 몹쓸 병에 걸렸다고 했다.

한 번은 후이밍 스님이 그의 병세에 관해 무의식중에 털어놓은 적이 있다. 자기도 모르게 언제 갈지 모르는 사람이라며 걱정한 것이다. 그러나 어떤 병인지는 자세히 말해주지 않았다. 말을 하려다가 말았는데 나도 물어보면 실례일 것 같아서 그만두었다.

후이밍 스님의 사촌 오빠는 용모가 상당히 뛰어났다. 특히 걸음걸이가 멋졌다. 느릿느릿 걸을 때는 넓은 승복이 밑으로 축 늘어져서 고풍스러운 멋을 풍겼다. 젊을 때는 틀림없이 건장한 체격에 한 인물 했으리라 짐작된다. 생각해보면 인생이란 참 부질없는 것이다. 그때는 그때고 지금은 지금이다. 젊을 때 소처럼 건장했던 남자가 지금은 곧 무너질 것 같은 모양이 되어버렸다. 그는 말이 없는 편이었고, 말을 할 때도 목소리가 모기처럼 가늘었다. 그러나 매우 다정한 사람이었다.

저번에는 무슨 일인지 나를 보더니 힘없이 오라는 손짓을 했다. 내가 가까이 가서 그의 옆에 앉았다. 그는 다정히 내 손을 잡더니 내 손등을 가볍게 툭툭 쳤다. 그의 손은 매우 건조했다. 수분이라고는 거의 없었으며 온기도 느껴지지 않았다. 손에는 오랫동안 치료를 받느라 생긴 침 자국이 가득했다.

"자넨 좋은 사람이야. 난 알아볼 수 있다네."

나는 깜짝 놀랐다. 그의 말이 무슨 뜻인지 알 수 없었다. 무엇을 보고 내가 좋은 사람이라고 말하는 걸까.

"아이는 있나?"

"있습니다."

나는 약간 뜸을 들인 후 말했다.

"아이가 셋입니다."

"그럼 아주 바쁘겠구먼."

"그렇죠. 힘이 듭니다."

"아이가 많으면 좋은 거야. 자네는 모를 걸세. 내가 젊을 때는 이런 생각을 했다네. 나중에 아이를 많이 낳아서 내가 자전거를 타고 호루라기를 불면 아이들이 일제히 내 뒤를 따라 뛰는 상상을 하곤 했지. 얼마나 신나는 일인가!"

그의 말에 나도 모르게 웃음이 나왔다. 그도 웃었다. 그러나 힘이 들었는지 웃음을 시작하자마자 낮은 소리로 기침을 했다. 말을 하느라 너무 많은 기력을 써버린 것 같았다. 내 기억으로는 가장 많은 말을 한 날이었을 것이다. 평소에는 그저 의자에 기대 햇볕을 쬐며 아무 기척도 하지 않았다. 마치 수분이 다 빠져나간 건어물 같았다. 후이밍 스님의 말이 맞았다.

산첸암은 오랫동안 수리하지 않아서 낡았지만 그 뒤에 있는 산은 무척 아름다웠다. 높지는 않으나 산세가 완만하게 대칭을 이루어 절을 둘러싼 형세였다. 산허리에는 수질이 좋고 작은 저수지가 있었다. 풍수지리학에서 산은 귀함을 나타내고 물은 재물을 나타낸다고 한다. 이곳은 산과 물을 면한 곳이니 풍수가 좋은 위치였다. 산자락에는 30묘(畝, 1묘는 약 666.7제곱미터-역주) 정도 되는 대나무 숲이 있어서 산속에서 바람이 불어오면 대나무 그림자가 움직이는 것이 무척 아름다운 풍경을 자아냈다. 원래 이 대나무 숲도 절의 사유재산이었으나 신중국이 창립된 1949년부터 국가에 귀속되었다. 후이밍 스님의 말로는 이전의 절은 모두 사유재산이어서 세를 주고 그 돈으로 지출을 충당했다고 한다. 지금처럼 불사를 하느라 종종걸음을 하지 않아도 되는 시절이었다. 그녀가 처음 이곳에 왔을 때 신도들에게 자금을 모아서 건물을 증축할 생각도 했는데, 사방으로 다니느라 고단해서 그 생각은 버렸다고 한다. 그리고 조금씩 수리해서 그럭저럭 지내게 되었단다.

후이밍 스님은 큰 절은 나름대로의 기상이 있고 작은 절은 나름대로의 멋이 있다고 했다. 모든 것은 전생의 업보로 정해진 일이니 그 명을 받아들여서 작은 암자에서 지내면서 안정되고 청정함을 추구하게 되었다고 한다. 그녀의 말이 진심인지는 알 수 없었다. 어쨌든 나라면 그렇게 하지 않을 것이다. 기왕에 절을 운영하기로 했으면 당연히 확장해야 한다. 큰 절이 아니면 사람들이 찾지 않는다.

그 이야기를 듣는 내내 내 머릿속에는 한 가지 생각만 떠올랐다. 만약 내가 이 절의 주지가 된다면 나는 모든 방법을 동원해서 이 절을 아홉 아저씨의 절보다 크게 만들 것이란 포부였다. 물론 이것은 생각에 지나지 않는다. 나 같은 공반과 악중이 감히 주지 스님이 될 가능성이 있겠는가 말이다. 어디까지나 허망한 생각일 뿐이었다.

# 18

얼난은 마당에 쪼그리고 앉아 며칠 전 내린 비로 생긴 웅덩이를 만지며 놀고 있다. 팡창은 그 옆에 있는 유모차에 앉아서 제 누나를 바라보고 있다. 사뭇 진지한 눈빛이다. 아이들을 보다가 집을 나설 때 나는 일부러 둘째를 불렀다.

"얼난아, 아빠 나갔다 올게."

하지만 얼난은 고개도 들지 않고 대답하더니 계속 물을 가지고 놀았다. 나는 김이 새서 팡창의 얼굴을 만졌다.

"팡창아, 아빠 나간다."

팡창의 머리를 안쪽부터 외로 꼬았다. 그러자 제 시선을 가린 아빠를 원망하는 눈치다. 나는 약간 실망했다. 내가 외출을 해도 두 아이는 붙잡으려고 하지 않는다. 다난이라면 달랐을 것이다. 세 아이의 다른 점이 이거다. 얼난, 팡창과 함께한 시간이 많지 않아서 생긴 일일 것이라고 자신을 위로했다. 그러다 아차 싶었다. 더는 이런 생각이나 하고 있을 틈이 없다. 산첸암으로 서둘러 가야 한다. 후이밍 스님이 와달라고 전화했기 때문이다.

암자에 도착하니 후이밍 스님이 입구에서 나를 기다리고 있었다. 나를 보더니 대뜸 따라오라고 한다. 그러더니 위층으로 올라갔다. 뭔가 심상치 않은 느낌이었다. 위층은 그녀가 지내는 방이다. 규칙대로라면 나는 그 방에 들어가서는 안 된다. 그러나 오늘따라 분위기가 다른 날과는 다르다는 것을 감지해서 잠자코 따랐다. 뭔가 큰일이 생긴 것 같다.

후이밍 스님을 따라 그녀의 방으로 들어가니 방이 몹시 작았다. 동쪽으로 작은 창이 나 있었으며, 오후에는 해가 들지 않아서 매우 음습하고 추운 공기가 전해졌다. 처음으로 후이밍 스님의 방에 들어와 봤다. 소박한 방 남쪽 벽에는 낡은 침상이 있었고 북쪽 벽에는 작고 긴 테이블이 있었다. 그 옆에 사면이 평평한 귀목반닫이가 칠이 벗겨진 채 있었다. 그것 말고는 이렇다 할 물건이 없었다.

후이밍 스님은 방으로 들어가더니 말이 없었다. 침상에 앉아서 동쪽으로 난 창밖을 물끄러미 바라보았다. 창밖에는 채소밭이 하나 있었다. 한 농부가 밭에 쪼그리고 앉아 뭔가를 다듬고 있었다. 방 안에는 기묘한 분위기가 흘렀다. 나는 무슨 일이 있었을지 추측하고 있었다.

"그 사람이 떠났네."

한참 만에 후이밍 스님이 입을 열었다.

"떠났다니 무슨 말씀이십니까? 누가 떠나요?"

후이밍 스님이 나를 보더니 손을 뻗어 낡은 탁자를 가리켰다. 가리키는 방향을 따라가니 탁자 위에는 조잡하게 인쇄된 경서가 쌓여 있었고, 그 옆에는 향합과 다른 물건들이 있었다. 그 물건 사이에 반듯한 정사각형의 상자 하나가 놓여 있었다.

"그 사람이 떠났네."

후이밍 스님이 같은 말을 반복했다. 그제야 나는 깨달았다. 그 상자는 유골함이었던 것이다. 키가 큰 사촌 오빠가 돌아가셨단 말인가. 그렇게 큰 사람이 이렇게 작은 상자 안에 들어가 있다고 생각하니 온몸에 소름이 돋았다. 눈을 돌려 침상 앞을 보니 커다란 신발 한 켤레가 가지런히 놓여 있었다. 이 신발도 그분이 신던 것이다. 그의 힘없는 목소리가 귓전을 맴돌았다. 나는 혼란스러웠다. 놀라움을 넘어 두렵기까지 했다. 갑작스러운 상황에 잠시 말을 잃었다. 후이밍 스님은 망연자실한 눈빛으로 중얼거렸다.

"생사는 운명에 달렸다네. 하지만 너무 갑자기 가셨네. 저녁 식사를 마치고 눕더니 다시는 일어나지 않았네."

그 말에 퍼뜩 정신이 돌아와서 황급히 후이밍 스님을 위로했다.

"스님, 너무 슬퍼 마십시오."

"속세를 떠난 사람들끼리 슬퍼할 것도 없지."

시간이 조금 흐르자 후이밍 스님이 기운을 회복하고 말했다.

"사실 오늘 자네를 부른 것은 부탁할 일이 있어서라네."

"무슨 일이든 말씀만 하십시오."

"솔직히 말해서 이 암자는 신도가 많지는 않지만 이곳에서 오래 지내면서 돈을 좀 모았다네. 이제 와서 뭘 속이겠나. 내게는 아들이 하나 있는데 매달 그 아이에게 돈을 부쳐야 하네. 사촌 오라버니는 이제 나도 나이를 많이 먹었으니 쓸 돈을 남겨둬야 한다고 늘 충고하셨지. 나는 그 충고를 무시했다네. 이제 그분이 돌아가시고 나니 오라버니 말씀이 맞았다는 걸 알겠어. 지금은 모든 게 귀찮아서 아무것도 하고 싶지 않아. 그저 오라버니의 유골함을 가지고 고향으로 돌아가고 싶네. 가기 전에 수륙법회를 열어 노잣돈을 좀 장만하려고 하네. 하지만 지금 나는 그럴 정신이 없거든. 생각 끝에 자네에게 도움을 청하니 수륙법회를 맡아서 진행해주게."

"스님의 일이라면 당연히 도와드려야죠. 하지만 저는 공반 출신이라 할 수 있을지 모르겠습니다."

"그건 걱정하지 말게. 자네는 불심이 있는 사람이니 안심하고 추진하게나. 나도 옆에서 돕겠네."

아무리 생각해도 거절할 수 없는 일이었다. 고심한 끝에 나는 그 일을 맡겠다고 승낙했다. 후이밍 스님이 말을 이었다.

"사실 그분이 살아있을 때 자네 이야기를 몇 번이나 하셨어. 젊은이가 된 사람이라고 말이야. 부인에게 잘하고 아들딸에게도 잘하며, 주변 사람도 보살필 줄 아는 착한 사람이라고 하셨네. 나는 이번에 가면 다시는 안 돌아올 작정이네. 나이도 많이 들었고, 이곳에서 혼자 지내기에는 너무 처량할 거 같아서 말이네. 그래서 말인데 자네 혹시 이 암자를 맡을 생각 없나? 원한다면 이 암자를 물려주겠네. 자네의 선행에 대한 보답이라고 생각해주게."

예상 밖의 제안에 나는 어안이 벙벙했다. 혹시 내가 잘못 들은 것은 아닌지 의심했다.

"이 암자를 제게 물려준다는 말씀입니까?"

"그렇다네. 절이 작아서 싫은 것은 아니지? 자네가 마음먹고 운영하면 생활비는 충분히 벌 수 있을 걸세."

나는 황급히 손을 저었다.

"그런 뜻은 아닙니다."

후이밍 스님은 나를 바라보며 말했다.

"절을 물려받을지 말지는 자네가 결정할 일이네. 지금 나는 다른 걸 살필 여유가 없어. 일단 수륙법회를 원만하게 끝내고 노잣돈을 벌어야 하네. 그래야 나도 고향에 갈 수 있지."

후이밍 스님의 말이 맞다. 다른 건 나중에 생각하고 우선 눈앞에 닥친 일부터 해결해야 한다.

우리 둘은 머리를 맞대고 수륙법회를 계획했다. 후이밍 스님이 재가들과 승려들에 연락하는 일을 맡았고 남은 크고 작은 사항은 내가 알아서 처리하기로 했다. 당장 시급한 임무는 방문객들의 숙식을 해결하는 것이었다. 승려들과 재가들이 많이 찾아올 테니 그들을 대접하는 것을 소홀히 할 수 없다. 그래서 후이밍 스님과 의논했다. 오는 사람이 많아도 바닥에서 자면 되니 상관없지만 문제는 이불이 부족하다는 것이었다. 약속한 승려들이 다 오면 삼십 채의 이불이 필요하다. 한 번에 그렇게 많은 이부자리를 사려면 적지 않은 돈이 들 것이다. 그리고 수륙법회가 끝나면 그 많은 이부자리는 쓸모도 없을 뿐더러 보관할 곳도 없다. 차라리 수륙법회에 참가하는 승려들과 의논해서 본인이 들고 온다면 절에서 하루에 5위안을 보조해주기로 했다. 이렇게 하면 당장은 돈을 더 많이 들지만 전체적으로 보면 합당할 일이었다. 후이밍 스님도 별다른 말이 없었다.

그다음은 식사 문제였다. 후이밍 스님에게 평소 불사를 할 때 식사는 어떻게 했냐고 물어보았다. 일반적인 불사는 근처 마을의 신도들이 도와주었으나 이렇게 큰 행사는 해본 적이 없으니 그 많은 사람의 식사를 준비할 수 있을지 의문이라고 했다. 그녀는 정말 자신이 없는 것 같았다. 그래서 내가 나섰다.

"지금 암자의 시설로는 그렇게 많은 사람의 식사를 처리할 수 없습니다. 우리가 직접 하지 말고 외부에서 주문을 하는 게 어떨까요?"

후이밍 스님이 내 말을 듣더니 이렇게 말했다.

"어차피 자네에게 일임했으니 알아서 해주게."

허락을 얻은 나는 채식 전문 식당과 연락해서 도시락을 배달받기로 했다. 가격은 1인당 한 끼에 4위안을 넘지 않도록 했다. 식당의 입장에서는 가격이 지나치게 낮으니 원가도 안 된다며 난색을 표했다. 그러나 거듭 흥정한 끝에 내가 제시한 조건에 맞춰 식사를 제공하기로 했다. 그들의 입장에서는 나중을 생각해서 관계를 맺는 셈이었다.

내가 하는 모든 일을 후이밍 스님이 지켜보고 있었다. 그녀가 내 일처리 방식에 감탄하고 있음을 느낄 수 있었다. 그녀는 내가 최선을 다해 돈을 아껴 쓰는 것을 알고 있었다. 그녀로서는 현재 돈이 가장 중요한 것이었다. 내게는 기꺼이 그녀를 돕겠다는 마음도 있었지만 개인적인 속셈도 있었다. 나는 애쓰는 모습을 보여주어서 후이밍 스님에게 좋은 인상을 남기고 싶었다. 좋은 일이란 늘 갑자기 찾아오는 법이다. 사실 나는 지금도 믿어지지 않을 뿐더러 어느 날 갑자기 후이밍 스님이 마음이 변할까 봐 걱정이 될 정도였다.

수륙의 기원은 양(梁) 무제(武帝) 때부터 시작되었다고 한다. 어느 날 밤 양 무제가 꿈속에서 승려 한 명을 만났다. 승려는 중생이 고통을 당하고 있으니 일국의 군주로서 양 무제가 직접 수륙법회를 진행해서 그들을 구제해야 한다고 말했다. 꿈에서 깬 양 무제는 비몽사몽해서는 어젯밤 꿈이 어떤 의미인지 바로 파악할 수 없었다. 이에 한 고승을 청해 함께 불경에서 답을 찾았다. 마침내 그는 「아난우면연귀왕(阿難遇面然鬼王)」이라는 고사를 찾아냈다. 고사의 내용은 다음과 같았다.

어느 날 아난(阿難)이 뼈가 튀어나올 정도로 비쩍 마른 귀왕(鬼王)을 만났다. 이름이 면연(面然)이라는 귀왕은 아난에게 얼마 후 아난도 자신과 같은 악귀가 될 것이라고 알려주었다. 아난은 겁이 나서 어떻게 하면 그 일을 피할 수 있느냐고 물었다. 귀왕은 저승에 있는 배고파 죽은 아귀에게 제때에 보시를 하고 불(佛), 법(法), 승(僧) 3보를 공양하면 그 화를 면할 수 있다고 알려주었다. 아난은 면연의 분부대로 했고, 과연 그 재앙을 피할 수 있었다. 양 무제는 「아난우면연귀왕」이라는 고사를 따라서 자신도 똑같이 수륙법회를 진행하며 악귀에게 보시하고, 불, 법, 승 3보를 공양했다. 그때부터 수륙법회는 불교 사원의 가장 성대한 불사가 되었다.

산첸암의 규모로 볼 때 수륙법회를 하기에는 벅찬 상황이었다. 그러나 나는 최선을 다해 차근차근 준비해나갔다. 사찰 안팎을 깨끗이 청소하고 행사를 알리는 벽보와 현수막을 붙였으며 각종 준비를 착착 진행했다. 많은 사람을 적재적소에 배치했고, 마지막 날에는 극락왕생을 기원하는 서방선(西方船)까지 들여와서 장엄한 염불 소리를 배경으로 정성껏 태웠다. 이것으로 성대한 수륙법회는 성공적으로 끝났다.

수륙법회는 일주일 동안 진행되었다. 들어간 비용을 다 제하고도 3만 3,700위안이나 남았다. 나는 성과에 어깨가 으쓱했다. 후이밍 스님과 협조해서 일을 진행했다고는 해도 구체적인 사무는 기본적으로 내가 주재한 것이었다. 승려들의 숙식 안배에서부터 향과 꽃, 초, 등, 공물 같은 작은 일에 이르기까지 한 치의 오차도 없이 완벽하게 진행했다. 정말 이 산첸암의 주지가 된다면 나는 틀림없이 훌륭한 주지가 될 것이다.

행사가 끝난 후 시주로 받은 돈을 붉은 종이로 싸서 위층 선방으로 갔다. 후이밍 스님은 방 안에 없었다. 전화를 해도 받지 않았다. 이상하다는 생각이 들어 아래층으로 내려가서 후이밍 스님을 찾아다녔다. 한참 만에야 사원의 담 밖에 쪼그리고 앉은 후이밍 스님을 발견했다. 얼굴이 햇빛을 받아 붉게 물들었다. 나는 천천히 그녀 앞으로 다가가서 돈을 건넸다.

"승려들의 비용까지 다 계산하고 남은 돈 3만 3,700위안입니다."

후이밍 스님은 돈을 받더니 3,700위안을 내게 주었다.

"이 돈은 가져가게."

나는 황급히 사양했다.

"제가 어떻게 그 돈을 받습니까?"

"가져가게. 자네도 돈이 필요할 거야."

나는 마지못해 돈을 받아들었다. 후이밍 스님은 공허한 눈빛으로 길가의 잡초를 지나서 밭에 가지런히 정리해둔 볏단 위에 앉았다. 붉게 물든 그녀의 뺨 위에 눈물 자국이 두 줄기 나 있었다. 나는 후이밍 스님을 위로했다.

"너무 슬퍼하지 마세요. 그분은 극락으로 가셨을 겁니다."

후이밍 스님은 입을 삐죽거리며 말했다.

"자네는 진정한 극락세계가 있다고 믿나?"

나는 순간 멈칫했으나 곧 대답했다.

"저는 믿습니다. 극락세계는 검게 빛나는 곳입니다. 그곳에는 사람이 없으나 도처에 사람이 있기도 하지요. 물이 있으면서도 물밑은 온통 빛입니다."

후이밍 스님이 나를 보고 웃더니 아무 말도 하지 않았다.

이튿날 후이밍 스님이 떠났다. 그녀는 사촌 오빠의 유골함을 들고 갔다. 기차표는 그녀의 부탁으로 내가 미리 사두었다. 나는 암자에 있는 전동 자전거로 그녀를 기차역까지 바래다주었고, 플랫폼까지 함께 들어갔다. 플랫폼에서 기차가 기적 소리를 내며 멀어져가는 모습을 지켜보고 있자니 갑자기 서글픈 기분이 들었다. 다시는 후이밍 스님을 만나지 못할 것이라는 생각이 들었다. 어쩌면 그 키가 큰 분은 오라버니가 아니었을지도 모른다는 생각도 들었다. 그를 대하는 그녀의 감정은 확실히 사촌 오누이의 범주를 넘어선 것이었다. 그들은 왜 고향을 떠나 이곳에 정착했을까. 도대체 무슨 일이 있었던 것일까. 나는 이런 생각을 아예 지워버리기로 했다. 외지 출신의 두 사람이 고향을 떠나 이곳에 와서 죽을 때까지 의지했다는 것만으로도 쉽지 않은 일이다.

집에 돌아오니 아내가 식사 준비를 하고 있었다. 내가 살금살금 들어가 뒤에서 그녀를 껴안았다. 머리를 그녀의 목에 대고는 그녀 냄새를 실컷 맡았다. 아내는 힘을 줘서 몸을 빼내려고 했다.

"대낮부터 왜 이래요?"

나는 못 들은 척하며 계속 그녀를 놔주지 않았다.

"오늘 왜 이래요? 다른 날하고 다르네."

아내의 물음에 나는 그저 웃었다. 그녀의 귀에 대고 작은 소리로 말했다.

"여보, 좋은 소식이 있어."

"무슨 좋은 소식이요?"

"드디어 내 절이 생겼어. 앞으로는 공반하지 않아도 돼. 이제는 주지가 되는 거야."

아내는 깜짝 놀랐다.

"어떻게 갑자기 절이 생겨요?"

나는 후이밍 스님의 일을 그대로 이야기해주었다. 그러나 아내는 예상과는 달리 기뻐하지 않는 눈치였다.

"그러면 이제 당신이 진짜 승려가 되는 거예요?"

나는 고개를 가로저었다.

"진정한 승려는 수계를 해야지. 나는 수계를 받은 적이 없으니 진짜 승려는 아니지."

"그럼 당신이 앞으로는 그곳에서만 지내야 하나요?"

"아니야. 그곳에서 지내는 시간이 더 많아질 뿐이야. 당신은 별로 기뻐하지 않는 것 같군."

"아니에요."

아내가 손을 뻗어 방바닥에 떨어진 머리카락들을 집으며 말했다.

"다만 너무 갑작스러운 일이라 그래요."

# 19

집에서 하룻밤만 자고 다음 날 서둘러 산첸암으로 떠났다. 그곳에 도착한 나는 낡은 건물을 이리저리 살펴보았다. 아무리 봐도 뭔가 부족했다. 가만히 생각해보니 원망이 슬금슬금 올라왔다. 아무리 낡은 사찰이고 기운이 없다고 해도 최소한 청소는 하고 살아야 할 것 아닌가. 전에는 주의해서 보지 않았는데 지금 돌아보니 모든 것이 엉망진창이었다. 특히 남쪽 담에는 쓰레기와 깨진 병, 망가진 가구 같은 것이 어지럽게 널려 있었다. 몇십 년 동안 이곳을 한 번도 치우지 않은 게 아닌지 의심이 들었다. 내가 맡은 이상 이 절을 후이밍 스님처럼 운영할 수는 없다. 이제 이 절은 내 것이며, 나는 이곳을 깨끗하게 정리할 것이다.

청소 도구가 부족해서 비료포대에 쓰레기를 담아 전동 자전거에 싣고 촌 입구의 쓰레기장에 버렸다. 그리고 다시 암자로 돌아가 정리를 계속했다. 나는 마치 개미가 이사를 가듯 혼자서 물건을 옮겼고, 꼬박 3일이 걸려 정리를 끝냈다. 쓰레기를 다 버리고 나서 남쪽 벽의 공터를 깨끗이 치웠다. 그리고는 흙을 갈아엎은 다음 채소를 심었다. 그 옆은 화장실이었다. 나는 화장실의 변을 퍼다 비료로 쓰기 위해 한쪽에 담아놓았다.

다 치우고 나서야 동쪽 벽에 난 구멍을 발견했다. 벽돌을 가져다 구멍을 메웠다. 오랫동안 한 번도 치우지 않았던 곳이라 아무리 치워도 일이 끝나지 않았다. 그러나 내 몸에서는 기운이 저절로 솟았다. 이런 느낌이 좋았다. 아주 꽉 찬 느낌이었다. 이곳이 내 것이며, 모든 노력은 성과로 돌아올 것이다.

마지막 날까지 일을 많이 했더니 더위를 느꼈다. 면 러닝셔츠를 뺀 나머지 옷을 벗고 계단에 앉았다. 구슬 같은 땀이 끊임없이 흘러내렸다. 그래도 깨끗해진 사찰을 보고 있으니 기분이 좋아졌다.

사방을 돌아보니 아무도 없었다. 그래서 담배를 한 개비 꺼내 물고 불을 붙였다. 한 모금을 빨아들인 순간 퍼뜩 아직 내 법호 하나도 없다는 생각이 들었다. 급하게 법호를 짓기로 했다. 담배 연기 사이로 깨끗한 법당을 둘러보며 계속 생각했다. 이곳은 내가 와서 이렇게 깨끗이 치웠으니 깨끗함과 관련된 법호를 지으면 될 것이다. 그래서 생각한 법호가 광징(光淨)이다. 광징, 불러보니 입에도 잘 붙는 이름이다. 그런데 막상 써보면 약간 어색하긴 하다. 출가인의 이름이 아닌 것도 같다. 그렇다면 같은 발음을 가진 다른 글자인 넓을 광으로 바꾸면 될 일이다. 광징(廣淨)으로 바꾸니 훨씬 보기도 좋다. 나는 득의양양해서는 담배를 피웠다. 앞으로는 이곳도 암자라고 부르지 말고 절로 이름을 바꾸는 것이 좋을 것 같다. 그래서 산첸사(山前寺)로 이름을 바꿨다.

이런 생각을 하다가 나이 많은 아주머니가 붉은 돌탑 사이에서 이곳을 바라보고 있는 걸 발견했다. 나는 화들짝 놀랐다. 담배를 피우고 있었는데 그 모습을 봤으면 어쩌나 걱정이 되었다. 나는 웃는 얼굴로 아주머니에게 인사했다.

"안녕하십니까. 어서 들어오십시오."

나이 든 아주머니가 들어오더니 머리끝부터 발끝까지 아래위로 나를 훑어본다.

"새로 오신 스님인가요?"

"그렇습니다."

그녀는 고개를 빼서 사방을 둘러보았다.

"아까 보니까 쓰레기를 여러 번 나눠서 버리시더라고요. 스님은 깨끗한 걸 좋아하시나 봅니다. 참, 스님은 법호가 어떻게 되시는지요?"

하마터면 광취안이라고 답할 뻔했다. 조금 전에 지은 법호가 머릿속에 스쳤다.

"저는 광징이라고 합니다. 불자님은 무슨 일로 저를 찾으셨는지요?"

"제 아들이 결혼을 앞두고 있는데 부모와 의논을 하지 않고 제 마음대로 날짜를 정했지 뭡니까? 요즘 젊은 애들은 법도를 모른다니까요. 이렇게 중요한 일을 제 마음대로 결정해버리니 말입니다. 날짜 좀 부처님께 여쭤보려고 왔습니다."

아주머니의 말을 듣고 있던 나는 머리카락이 쭈뼛거렸다. 사실상 나는 주역에는 일자무식이다. 다른 스님들이 해설하는 모습을 본적은 있지만 그 정도로는 어림도 없다. 하지만 이 절의 주지가 되고 처음 찾아온 사람에게 내 약점을 들킬 수는 없었다.

"이 층에 올라가서 책을 가져오겠습니다. 날짜를 보면서 설명해드리죠."

그러나 주역 책을 봐도 도통 알 수가 없었다. 아주머니가 더 조급증이 나서는 내가 보는 책 위로 고개를 내밀었다.

"이 책을 보면 나오나요?"

"그럼요."

나도 초조해졌다. 속으로 궁리를 했지만 묘안이 떠오르지 않았다. 그래서 일단 둘러대기로 했다.

"이 책에 보면 아드님이 고른 이 날짜가 24세의 뱀에 해당합니다. 댁에 24세의 뱀이 있죠?"

아주머니가 고개를 저었다.

"그렇다면 25세의 용은요?"

이번에도 고개를 저었다. 이렇게 나가다가는 12간지를 다 물어보게 생겼다. 나는 눈 딱 감고 하나를 댔다.

"그렇다면 30세의 돼지띠는요?"

그러자 아주머니가 미간을 찌푸렸다.

"제 아들이 바로 서른에 돼지띠입니다."

나는 안도의 숨을 길게 내쉬었다. 어쨌든 맞춘 셈이다. 그러나 다음 단계는 여전히 오리무중이다.

"불자님, 앞으로 이런 일은 부처님 앞에서 음효, 양효를 따질 게 아니라 저를 직접 찾아오십시오. 부처님께 여쭤보는 것은 저희 승려의 일입니다. 띠에 관한 거라도 상관없습니다. 부처님이 선택한 거니 잘못될 리 없지요."

아주머니가 고개를 끄덕였다.

"스님 말씀이 맞습니다. 부처님이 최고지요. 부처님이 골라 주신 날짜인데 틀릴 리가 있겠습니까?"

나는 아주머니의 태도에 급히 말을 받았다.

"그렇다면 제가 날을 하나 더 골라드릴까요?"

아주머니는 나를 쳐다보며 말했다.

"날짜를 바꾸는 일은 우선 집안 식구들과 의논한 다음 말씀드릴게요."

그러더니 느린 걸음으로 절을 빠져나갔다. 나는 안도의 한숨을 쉬었다. 내가 주지가 된 후 처음 온 사람이다. 불전을 내지 않고 갔지만 어쨌든 출발은 좋은 셈이다. 새로 온 주지라는 사실을 알았으니 마을 사람들도 자연히 알게 될 것이고, 차츰차츰 나를 찾아올 것이다.

나는 선방으로 돌아가 사람들이 오기를 기다렸다. 그러나 실망스럽게도 오후 내내 단 한 사람의 방문객도 없었다.

한밤중에 갑자기 눈이 떠졌다. 일어나서 옷을 챙겨 입고는 나설 준비를 했다. 문을 여니 밤바람이 불어왔다. 문득 이곳에서는 우유나 신문을 배달할 필요가 없다는 사실을 깨달았다. 나는 혼란스러웠다. 마음속 깊은 곳에서는 여전히 도시 생활을 떠나지 못하고 있었다. 휴대 전화를 보니 네 시도 채 되지 않았다. 나는 다시 잠자리로 돌아가 누웠다. 베개를 베고 담배를 한 개비 물었다. 창밖에는 달빛이 낡은 커튼 사이로 비치는 것이 처량했다.

이 방은 후이밍 스님이 쓰던 방이다. 담배 연기를 계속 뱉어내면서 나는, 이전에 후이밍 스님이 이곳에서 기거했다면 그 사촌 오빠는 과연 어디서 잤을지 궁금해졌다. 머리가 빠르게 회전했다. 사찰을 정리할 때 다른 방은 발견하지 못했다. 그렇다면 그 둘이 이 침대에서 함께 지냈다는 말인가.

연기를 힘껏 빨아들였다가 다시 힘껏 뱉어냈다. 벽에 있는 테이블을 바라보았다. 며칠 전 그분의 유골함이 여기 놓여 있었다. 거기까지 생각이 미치자 갑자기 마음이 허해졌다. 마치 후이밍 스님의 오라버니가 이 방에서 웃음을 머금고 나를 바라보는 것 같았다. 나는 담배를 끄고 두 손을 합장하며 아미타불을 몇 차례 외웠다. 후이밍 스님과 오라버님에 대한 추측을 이런 식으로 하면 안 될 일이었다.

일어나서 불을 켰다. 잠이 달아나서 나가서 걷기로 했다. 절 뒤는 산길이었다. 그 산길을 따라 걸으면 산꼭대기까지 갈 수 있다. 밭둑을 가로질러 산길을 올랐다. 새벽의 산은 특히 추웠다. 바닥에는 얇은 서리가 맺혀 있어서 그 위를 밟을 때마다 바삭바삭 소리가 났다. 달이 어스름하게 비추는 산속은 그 안에 신비한 것을 감추고 있는 것 같았다. 식물의 싱그러운 냄새가 코를 찔렀다. 이상한 소리가 시시각각 들려왔다. 새들이 지저귀는 것 같기도 하고 아닌 것도 같다. 계속 앞으로 걸어갔다. 달빛 아래 묘지들이 보였다. 이곳에서 오랜 세월을 지난 묘지들은 가운데가 불룩 솟은 것 말고는 이미 주변 풍경에 녹아들어 하나로 보였다. 나는 총총걸음으로 계속 걸어가다가 갑자기 자신이 없어지면서 사찰로 돌아가야겠다는 생각이 들었다.

방으로 돌아온 나는 베개를 등 뒤에 받치고 앉아 담배를 물었다. 갑자기 외롭다는 생각이 들면서 아내와 아이들이 그리워졌다. 이 시간이면 다들 아직 자고 있을 것이다. 다난은 잠도 얌전하게 자서 처음 누운 자세를 그대로 유지한다. 얼난은 이를 가는 버릇이 있어서 마치 뭔가를 씹는 것 같은 소리를 낸다. 팡창은 잠버릇이 가장 고약해서 밤새 이곳저곳을 헤집으면서 잔다. 그래서 아침에 일어나면 침대가 난장판이 된다. 가족 생각을 하고 있자니 내 신세가 몹시도 처량해졌다. 나와 가장 가깝게 있어야 할 사람들을 두고 나는 무엇 때문에 이렇게 음습하고 적막한 사찰에서 웅크리고 있단 말인가. 몇 년 전만 해도 지금의 처지는 생각도 하지 못했다. 이렇게 침대에 홀로 앉아 온갖 궁상스러운 생각을 하다 보니 피로가 몰려왔다.

잠시 졸다 깨니 밖이 조금 환해졌다. 마을 쪽에서 닭 우는 소리와 개 짖는 소리가 들려왔다. 나는 일어나서 기지개를 켜고 스트레칭을 했다. 아래층으로 내려가 밥을 지어서 혼자 먹었다. 밥을 다 먹은 뒤에도 아직도 아침은 오지 않았다. 오늘은 마을을 돌아봐야겠다고 생각했다. 새로 온 주지가 절에서 사람들이 오기만을 기다릴 수는 없는 일이었다. 직접 나서서 사람들을 찾아다니며 얼굴도 익히는게 맞았다.

깨끗한 승복으로 갈아입고 문을 나섰다. 밭이 있는 곳으로 오니 한 농부가 일을 하고 있었다. 나는 미소를 지으면 앞으로 가서 아는 척을 했다.

"밭에 뭐를 심고 계십니까?"

그는 눈을 가늘게 뜨고 나를 바라보았다.

"새로 오신 스님이시군요."

"그렇습니다."

"스님, 안녕하십니까."

말을 마친 그는 다시 고개를 숙이고 하던 일을 계속했다. 몇 마디 더 나누고 싶었으나 그의 자세를 보니 방해받고 싶지 않은 것 같았다. 나는 마을로 계속 들어갔다. 집마다 문을 열어두었다. 이를 닦는 사람도 있었고 부엌에서 불을 켜고 밥을 하는 이도 있었다. 어떤 사람이든 만나기만 하면 내가 먼저 웃으며 말을 걸었다. 이 마을 주민들은 비교적 선량하고 외지 사람에게 친절한 편이었다. 처음 보는 내게도 대부분 친절하게 아는 척을 해주었다. 물론 빚쟁이라도 피하듯이 무시하는 사람들도 있었다. 그러나 이것저것 따질 처지가 아니다. 저들은 내게 밥과 옷을 가져다줄 사람들이다.

그렇게 마을을 한 바퀴 돌았다. 내 기대만큼은 아니지만 어쨌든 마을 사람들과 인사는 튼 셈이다. 최소한 그들에게 내가 산첸사에 새로 온 주지라는 사실은 알렸다.

사찰로 돌아온 나는 사람들이 오기를 기다렸다. 그러나 오전이 다 지나도록 아무도 나타나지 않았다. 나는 점점 비참한 심정이 되었다. 도대체 뭐가 문제인지 알 수 없었다. 점심때 잠시 누웠다가 짜증이 나서 안 되겠다 싶었다. 이럴 바에는 집에나 다녀와야겠다.


그날 밤 잠자리에서 아내가 물었다.

"당신 있는 곳은 어때요? 적응이 좀 됐어요?"

"아주 훌륭해. 건물 일이 층이 따로 있고 공터에 채소도 심었어. 먹고 싶으면 언제든지 뜯어먹으면 돼. 토양도 얼마나 비옥한지 채소 줄기 하나만 꺾어도 우수수 따라 나오는 게 많아."

"말도 안 되는 소리 하지 말아요. 그런 곳이 어디 있어요?"

"그곳에는 고승도 있어."

"고승? 무슨 고승이 있어요?"

나는 일부러 눈을 크게 떴다.

"당신은 아직 모르는군. 그 고승이 바로 나야, 나."

잠자코 있던 아내가 눈을 흘겼다.

이윽고 아내는 잠이 들었다. 혼자 깨어 있으니 기분이 이상했다. 이상한 일이다. 며칠 집을 비운 것뿐인데 이 침대가 낯설게 느껴졌다. 아무리 잠을 청해도 잘 수가 없었다. 그전에는 아무리 오랫동안 나갔다가 와도 집에 돌아오면 누워 있는 것이 그렇게 편할 수 없었다. 그런데 지금은 나 자신이 낯선 사람이 되어버렸다. 살그머니 일어나서 화장실로 갔다. 고민이 몰려왔다.

절에 찾아오는 사람이 여전히 없다. 계속 이렇게 나가다가는 큰일 날 것이다. 내 신분도 전과는 달라졌다. 더는 공반이 아니며 일도 하지 않는다. 이제 아무것도 남은 게 없다. 승려를 업으로 삼았으니 그것으로 밥을 먹고 살아야 한다. 설마 내 선택이 틀린 것일까. 순간 나는 내 생활이 전보다 못하다는 사실을 깨달았다. 그러나 곧 머리를 세차게 흔들었다. 이런 생각을 해서는 안 된다. 한 번 지나온 길을 되돌아갈 수는 없다.

# 20

아홍 아저씨의 절에 찾아간 날, 공교롭게도 그곳에서 큰 행사가 열리고 있었다. 눈길 닿는 곳마다 색색의 깃발이 펄럭이고 승려와 거사들이 바쁘게 오가는 모습이 마치 전시회가 열린 듯 북적였다. 아홍 아저씨는 나를 보더니 의외라는 표정을 지었다가 요 며칠 대법회가 열리는 중이라고 말했다. 내게 전화하려고 했으나 바빠서 잊었다는 말까지 덧붙였다. 아저씨는 내게 차를 따라주더니 이왕 왔으니 악중을 맡아달라고 했다. 나는 잠시 망설이다가 주지가 된 일을 쑥스러워하며 털어놓았다.

"그거 잘됐구나. 그 암자는 나도 아는데 조건이 괜찮은 편이지. 그 암자에 눈독 들이는 사형, 사제가 많았는데 그 비구니가 입도 못 떼게 하더니 뜻밖에도 네게 돌아갔구나."

"사실 보잘것없는 암자에 불과합니다."

"자리가 좋아서 점점 규모를 키울 수 있을 테니 걱정하지 말

거라."

나는 그저 웃다가 잠시 뜸을 들인 후에 말했다.

"아저씨, 사실 제가 오늘 온 건……."

말을 끝내기도 전에 누군가 급히 들어오더니 아저씨 귀에 대고 무슨 말을 속삭였다. 아저씨는 나를 바라보며 "미안하다. 법회 일이 너무 많구나"라고 하고는 고개를 돌려 그 사람과 뭔가 상의하기 시작했다. 나는 그 옆에서 차를 마시며 두 사람의 대화가 끝나기를 기다렸다. 이윽고 그 사람이 나가자 아저씨가 물었다.

"아까 하려던 말이 뭐였니?"

"그러니까 제가 오늘 온 것은……."

이번에는 아저씨의 휴대 전화가 울렸다. 내 이야기를 건성으로 들으며 휴대 전화를 확인하던 아저씨가 갑자기 손짓으로 내 말을 막더니 전화를 받았다. 대화 시도가 두 번이나 무산되어서인지, 아니면 다른 이유에서인지 모르지만 나는 그 자리가 몹시 불편해졌다. 날짜를 잘못 잡았다는 생각이 들었다. 어쩌면 오지 말았어야 했다. 원래는 아저씨에게 절을 어떻게 운영하는지 방법을 들어보려고 온 것이다. 그런데 이제는 그럴 필요가 전혀 없을 것 같아졌다. 이렇게 큰 법회를 치르는데 주지 스님인 아홉 아저씨가 분주하게 움직이는 게 당연하다. 그러나 내게는 아무런 의미가 없다. 아저씨의 으리으리한 사찰이 상장 기업이라면 내 절은 구멍가게 수준이니 하늘과 땅 차이다. 규모부터 다른데 경영 노하우가 무슨 소용이란 말인가! 그곳에 앉아 차를 마시던 나는 더 이야기할 마음이 사라져버렸다.

그 후로도 아저씨를 찾는 사람들이 계속 드나들었고, 그들을 상대해주느라 바쁜 아저씨는 나를 챙길 여유가 없었다. 잠시 후 나는 절 안을 돌아보겠다며 일어났고, 아저씨는 그제야 내가 아직도 그 자리에 있다는 사실이 생각났다는 듯 연신 미안하다는 말을 했다.

"법회 일이 너무 많아서 너를 챙겨줄 틈이 없구나. 너도 이해하지?"

나는 황급히 손을 저었다.

"괜찮습니다. 저는 상관하지 마시고 일 보세요."

나는 선방을 나와 사찰 경내를 돌아보았다. 경내는 승려들과 신도들로 북적였다. 법회에 이렇게 많은 사람을 동원할 수 있다는 이야기는 평일에도 절을 찾는 사람들이 많다는 의미다. 빈손으로 고향을 떠났던 아저씨는 이토록 큰 성공을 거뒀다. 나는 몇 번을 죽었다 깨도 닿기 어려운 수준이다. 어쩌면 미리 정해진 운명일지도 모른다. 남들은 돈을 벌어서 집도 사고 남 부럽지 않게 사는데, 나는 그렇게 열심히 일해도 몇 푼 못 모았듯이 말이다.

아흥 아저씨의 금빛 찬란한 사찰을 바라보며 초라한 산첸사를 떠올리니 갑자기 심란해졌다. 그대로 뒷문을 빠져나와 집으로 향했다. 담장을 돌아 몇 걸음 떼지 않았는데 모퉁이에 있는 커다란 탱자나무가 보였다. 마로 된 짙은 남색 옷을 입은 여자가 나뭇가지를 잡아당기고 있었다. 한쪽 발은 사람 키 절반 높이의 큰 바위를 딛고, 다른 발은 나무줄기에 걸친 채였다. 그녀는 팔을 가지로 뻗어 탱자를 따려고 했으나 한 개도 성공하지 못했다.

"저기요! 좀 도와주시겠어요?"

그녀의 외침에 나는 걸음을 멈추고 답했다.

"알았습니다. 제가 따드릴 테니 내려오세요."

여자는 아래쪽을 내려다보더니 너무 높았는지 내려오기를 망설였다.

"좀 붙잡아주세요."

나는 잠시 망설이다가 그쪽으로 다가갔다. 여자는 손을 내 어깨에 얹고 가까스로 내려왔다. 갑자기 내 얼굴이 벌겋게 달아올랐다. 아내가 아닌 여자와 몸이 닿은 것은 이번이 처음이었다.

나는 바위를 딛고 서서 탱자 두 개를 땄다. 양손에 하나씩 들고 보니 울퉁불퉁 못생긴 모양새였다.

"셔서 먹지도 못할 탱자는 따다 뭐 하시게요?"

내가 묻자 여자가 대답했다.

"차를 끓여 마시려고요."

"차를 끓여요?"

"네. 껍질을 벗긴 다음에 얇게 저며서 녹차에 섞어 마시면 향이 그만이랍니다. 냄새가 얼마나 좋은지 한번 맡아보세요."

여자는 탱자를 내 코에 갖다 댔다. 그녀의 거리낌 없는 행동에 당황한 나는 몸을 얼른 뒤로 뺐다.

"향기롭군요."

여자는 탱자를 다시 자기 코에 갖다 대고 냄새를 맡으면서 나를 쳐다보았다.

"이 절에 상주하는 분인 것 같은데 왜 한 번도 뵌 적이 없을까요?"

"아닙니다. 저는 아훙 아저씨 조카입니다."

"아훙 아저씨요? 서우위안 스님 말씀인가요?"

나는 고개를 끄덕였다. 여자는 나를 위아래로 몇 번이나 뜯어보았다. 그러더니 바지 주머니에서 녹색 종이 상자 하나를 꺼내 가늘고 긴 담배 한 개비를 꺼내 물었다.

"담배 피우세요?"

나는 멈칫하다가 고개를 끄덕였다. 그녀는 한 개비를 더 꺼내서 내게 건넸다. 우리 둘은 그 자리에서 담배를 피우기 시작했다.

"여기는 공반으로 오셨어요?"

여자의 물음에 나는 고개를 저었다.

"아닙니다. 그냥 와본 겁니다. 오랫동안 뜸했거든요."

"그렇군요. 난 또 같은 일을 하시는 분인 줄 알았네요."

"그렇다고 봐야죠. 저도 절을 하나 갖고 있거든요."

뱉어놓고 보니 불필요한 말까지 한 것 같아서 한마디를 덧붙였다.

"아주 낡고 작은 절입니다. 여기와는 비교가 안 되는."

여자가 웃었다.

"무척 겸손하시네요."

"겸손이 아니라 정말 작아요."
"절이 어디에 있어요?"
"산첸암이라고, 산첸촌에 있습니다."
여자가 놀란 눈으로 말했다.
"그 암자라면 저도 알아요. 전에는 비구니가 지키고 있었죠. 공양한 적도 있어요. 경치가 좋아서 저도 그 절 꽤 좋아해요."
나는 말없이 웃었다. 속으로는 좋은 경치가 밥 먹여 주느냐고 중얼거렸다. 담배를 다 피운 후 내가 말을 꺼냈다.
"이만 가봐야겠습니다. 아훙 아저씨는 바쁘시고 우리 절도 오래 비워놓을 수 없어서요."
여자는 말없이 탱자 하나를 건넸다. 내가 사양하자 여자는 이렇게 말했다.
"좋아요. 탱자 따주신 빚은 나중에 갚죠."
"빚이라니 무슨 말씀을."
여자는 언제 한 번 절에 들르겠다며 내 전화번호를 물었고, 우리는 전화번호를 교환했다. 여자는 자기 이름이 저우위(周鬱)라고 하면서 내 이름을 물었다. 꽝취안이라는 본명이 목젖까지 올라왔으나 꿀꺽 삼키고 광징이라고 답했다.

산첸사로 복귀한 후 또 며칠이 흘렀지만 여전히 찾아오는 사람이 없었다. 기다리다 못해 나설 채비를 했다. 어차피 아무도 오지 않으니 집에 돌아가 며칠 지낼 심산이었다. 사실 요즘 들어 집을 자주 비웠더니 아이들과 서먹해지는 느낌이 들었다.

특히 세 아이 중 가장 살갑던 다난마저 나를 대하는 태도가 예전 같지 않다. 나와 아이들 사이에 거리가 생긴 듯하니 더 늦기 전에 아이들과 시간을 많이 보내야 할 것 같다. 조금 더 크면 아이들도 자기 생각이 생겨서 더 멀어질 게 뻔하다.

옷을 챙기고 있는데 휴대 전화가 울렸다. 전화를 걸어온 사람은 뜻밖에도 아홍 아저씨 절에서 만났던 저우위였다. 그녀는 마침 산첸촌을 지나는 길이니, 내가 있으면 들르겠다고 했다. 나는 챙기던 짐을 보며 잠시 머뭇거리다 자리에 있으니 오라고 했다. 15분 정도 지나자 빨간색 BMW 자동차 한 대가 들어왔다. 차에서 내리는 사람은 저우위였다. 처음 보았을 때와는 옷차림이 딴판이었다. 주황색 가죽 재킷을 입고 선글라스까지 낀 모습이 무척 세련되어 보였다. 나는 그녀를 절 안으로 안내했다.

"보시다시피 이곳은 너무 누추해서 선방으로는 모시지 못하겠군요."

내 말에 저우위는 괜찮다며 웃었다.

"계수나무 아래 앉아 있다 갈게요. 저도 일이 있어서 곧 가야 하거든요."

나는 주방에서 등받이가 없는 의자 두 개를 꺼내왔다. 저우위는 담배를 꺼내 권했고, 나는 손을 내저으며 사양했다.

"사람들 눈이 있어서요."

저우위가 담배를 피우면서 입을 열었다.

"서우위안 스님 말로는 「능엄주」를 잘 외운다던데요."

"아닙니다. 별로 잘하지 못해요."

손사래를 치는 내게 그녀가 말했다.

"지나치게 겸손하시군요. 서우위안 스님은 빈말하는 분이 아닙니다. 그리고 이런 일에 종사하려면 너무 겸손한 것도 좋지 않아요. 신도들에게 권위가 서지 않거든요."

그래도 웃기만 하는 내게 그녀가 말했다.

"원래 이곳은 비구니 스님이 주지로 있었던 걸로 기억해요."

"맞습니다. 그분이 고향으로 돌아가면서 이 절을 제게 넘겼습니다."

"잘됐군요. 스님이 주지를 맡을 수 있는 것도 큰 수행이 있기에 가능한 거지요."

"찾아오는 사람도 없는 작은 절 주지가 무슨 소용입니까? 텅 빈 절만 지키니 시주 돈이 들어올 리도 없고요."

"그건 잘못 생각하신 것 같은데요. 이 세상에 작은 승려는 있어도 작은 절은 없답니다. 서우위안 스님의 절이 처음에 어땠는지 아세요?"

나는 고개를 저었다.

"처음 상태를 봤다면 이 절을 작다고 말하지 못하실걸요? 서우위안 스님이 그곳에 왔을 때만해도 쓰러져가는 돌집이었답니다. 그런데 지금은 그때와는 비교가 안 될 정도로 규모가 커졌잖아요?"

"그거야 아홍 아저씨 능력이 좋아서죠. 저 같은 건 어림도 없습니다."

"능력도 있지만 기회와 인연을 무시할 수 없답니다. 서우위안 스님이 처음 그곳에 왔을 때는 인적이 끊어진 지 오래된 폐허나 다름없었어요. 바람만 불어도 날아갈 정도로 허름한 암자밖에 없었죠. 그러나 스님은 그 낡은 암자에서 1년을 버텼습니다. 그 후 우연히 상하이에서 손님이 몇 명 찾아왔습니다. 과거에 하방(下放, 관료주의를 방지하기 위해 지식인을 낙후된 노동 현장으로 보내는 것-역주)해서 그 돌집에서 지낸 적이 있는데 이번에 그 시절을 회상하며 며칠 지내러 왔다는 겁니다. 서우위안 스님은 그들과 3일을 지냈죠. 그리고 어떤 방법을 썼는지는 모르겠지만 그 손님들이 돌아간 후에 다른 친구들과 돈을 모아 절을 지어주었답니다. 그 일을 계기로 조금씩 번성의 길을 걷게 되었고요."

저우위의 말을 듣고 나니 용기는커녕 기운이 더 빠졌다. 나는 쓴웃음을 지으며 말했다.

"아홍 아저씨는 능력이 뛰어날 뿐 아니라 운도 그렇게 좋은데 내가 감히 비교나 되겠습니까?"

"세상을 너무 비관적으로 보시는 것 같네요. 절을 찾는 신도가 있고 없고는 주지 스님이 어떻게 경영하느냐에 달려있어요. 주지가 되신 지 얼마 되지 않으니 사람들에게 알려지지 않은 게 당연합니다. 그러니 가만히 앉아서 사람들이 찾아주기를 바라지 말고 스스로 찾아나서야 합니다. 옛날 같으면 절에 재산이 있어서 그럭저럭 생활이 가능하겠지만 지금은 주지가 알아서 경영을 해야 하니까요."

그녀는 잠시 생각하더니 말을 이었다.

"요즘엔 사찰에서 어떻게 먹고 사는 문제를 해결하는지 아세요?"

"모르겠습니다."

"불교 행사를 열어야 해요. 석가모니 탄신일이나 관음보살 탄생일, 불환희일(佛歡喜日)같이 이름 붙은 날이면 절에서는 대부분 법회를 연답니다. 이런 불사를 열어야 절에 많은 사람이 찾아오고, 그래야 불전이 모이기 때문이죠. 어떻게 보면 절의 경영은 기업 경영과 같은 이치랍니다. 기업의 제품을 팔려고 광고하듯이 절도 마찬가지지요. 돈이 벌리지 않더라도 불사를 열어 홍보 기반을 닦아야 합니다. 그렇게 해서 인지도가 생겨야 사람들이 불전을 기부하니까요. 아무 행사도 없이 조용하기만 한 절에 일부러 찾아와서 불전을 놓고 절을 하겠다는 사람은 별로 없어요. 흔히들 불전을 내는 사람들을 먹이고 입히는 부모라고 말하지만 그들이 친부모도 아닌데 이유 없이 돈을 줄 리가 없지요."

그 말에 나는 한숨을 쉬었다.

"하지만 절 규모가 이렇게 작고 주변 마을 주민도 얼마 안 되는데 괜히 불사를 벌였다가 낭패를 볼까 봐 걱정입니다."

"규모는 따지지 말아요. 절이 작으면 형편이 좋아진 후에 증축하면 되죠. 마을 주민이 적으면 다른 곳에서 사람들을 모으면 되고요. 하지만 어떻게 하든 그 전제는 경영을 해야 한다는 겁니다. 오늘이 며칠이죠?"

"2월 초나흘입니다."

"그럼 2월 19일 관음보살 탄생일이 얼마 안 남았네요. 이곳은 관음도량이기도 하니 이 기회에 대불사를 치르기로 하죠."

"사실 저도 그럴 생각이었습니다. 하지만 최근까지 향을 올리러 오는 사람이 없으니 엄두가 나지 않습니다."

"지금 그런 것 따질 때가 아니에요. 아무튼 스님은 걱정하지 말고 일을 추진하세요. 규모도 크게 해야 합니다. 사람들은 제가 모아볼게요."

그녀의 말이 진담인지 아닌지 알 수 없어서 나는 멍하니 있었다. 내 마음을 짐작한 저우위가 말했다.

"안심하세요. 제가 서우위안 스님께도 꽤 많은 사람을 소개했는걸요."

나는 연신 감사하다고 말했다. 저우위는 잠시 후 담배를 한 대 더 피우더니 가겠다고 일어섰다. 점심을 먹고 가라는 내 말에 그녀는 회관에 가봐야 한다며 일어섰다. 회관이 무엇을 말하는지 궁금했지만 묻지 않았다. 저우위는 대웅전으로 들어가 부처님께 절을 하고 공덕함에 500위안을 넣었다. 그렇게 많은 돈을 넣는 것을 보고 미안해져서 고맙다는 말을 되풀이했다.

"저한테 고마워할 필요 없어요. 스님께 드리는 돈도 아닌데요 뭐."

말을 마친 그녀가 흠칫했다.

"퉤퉤! 부처님 면전에서 무슨 소리람!"

대웅전을 나선 그녀가 또 한 번 당부했다.

"불사는 하기로 정해졌으니 안심하고 추진하세요. 행사 때

제가 사람을 데리고 올게요."

나는 대답하며 그녀를 배웅했다. 그녀는 선글라스를 쓰고 차에 올랐다. 출발 직전에 창문을 내리더니 한마디를 덧붙였다.

"이 일은 서우위안 스님에게는 비밀로 해주세요."

아훙 아저씨를 왜 속여야 하는지 이해되지 않았지만 마음과는 달리 알았다고 했다. 그리고 차가 멀어질 때까지 손을 흔들었다.

절에 돌아온 나는 흥분을 감출 수 없었다. 그야말로 하늘에서 떨어진 복이 아닐 수 없다. 저우위의 등장으로 고민이 한 순간에 사라진 것이다. 이것이야말로 보살님의 영험함이 아니고 무엇이겠는가. 여기까지 생각이 미치자 나는 대웅전으로 들어가 관세음보살님 앞에 향을 올리고 경건히 절을 올렸다. 그리고 방으로 돌아와 골똘히 궁리했다. 행사를 열려면 마을 사람들에게 알리는 것이 불가피하다. 그들이 오지는 않더라도 모르게 해서는 안 된다는 생각이 들었다. 저우위는 기왕 불사를 벌이려면 크게 벌여야 한다고 했다. 나는 아예 일주일 동안 행사를 진행하기로 했다. 지체하지 않고 두꺼운 종이를 찾아 행사를 알리는 벽보를 썼다.

"음력 19일은 관음보살 탄생일입니다. 이날을 축하하기 위해 우리 절에서는 7일 동안 불사를 치르기로 했습니다. 마을 주민들과 신도들의 많은 참여를 바라며, 서로 알려서 기쁨을 나눕시다."

나는 다 쓴 벽보와 풀을 들로 나가 산첸촌 입구에 있는 나무에 붙였다. 그런데 절에 돌아와서 방 안에 누우니 방금 전의 흥분은 온데간데없고 갑자기 마음이 불안해지기 시작했다. 너무 경솔하게 일을 벌였다는 생각이 뇌리를 스쳤다.

  불사는 작은 행사가 아니다. 각종 비용도 만만치 않게 들어갈 것이다. 불사 용품을 사야 하고 공반과 악중도 불러와야 한다. 그 많은 돈을 들여서 행사를 벌였다가 저우위가 말한 대로 되지 않으면 뒷일을 어떻게 감당한단 말인가! 겨우 일면식 정도 있는 여인의 말 몇 마디에 들떠서 벽보까지 붙이다니, 그냥 나를 놀리려고 한 말이라면 어떻게 하려고 그랬냐는 말이다. 이런 생각이 들자 불안해서 견딜 수 없었다. 그렇다고 이미 벽보까지 붙인 마당에 그만둘 수도 없었다. 이제는 그냥 가보는 수밖에 도리가 없다.

# 21

점심을 먹고 쉬는데 누군가 문을 두드렸다. 좀처럼 없는 일이다. 과연 누가 이런 곳에 찾아왔을까. 나는 자리에서 일어나서 승복의 매무새를 가다듬은 후 문을 열었다. 문 앞에 서 있는 사람은 중년 부인이었다. 자세히 보니 저번에 아들 결혼 날짜를 상담하러 왔던 저우 아주머니였다. 그녀는 방으로 들어오더니 말없이 사방을 돌아보았다. 도대체 무슨 일로 왔는지 몰라서 불안했다.

"앉으십시오."

저우 아주머니는 사방을 계속 두리번거리다 방 안에 있는 유일한 낡은 의자에 앉았다.

"마을 입구에 벽보를 붙이셨던데 불사를 하시려고요?"

나는 고개를 끄덕이며 그렇다고 대답했다.

"여기서 수륙법회를 크게 한 지 얼마 지나지도 않았는데 또 불사를 벌이시려고요?"

아주머니의 말투는 마치 상사가 부하 직원을 힐난하는 투였다. 나는 불쾌했으나 여전히 온화한 표정을 유지했다.

"19일은 보살님의 탄생일이니 불사는 거행해야 하지요."

"후이밍이 수륙법회 때 들어온 돈을 다 가지고 갔나요?"

나는 어안이 벙벙했다. 아주머니의 말이 무슨 뜻인지 바로 짐작할 수 없었다.

"그 후이밍이라는 여자와는 무슨 관계인가요?"

그제야 조금씩 감이 왔다. 아주머니의 힐난이 나를 겨냥한 것은 아니었다. 말조심을 하는 게 좋을 것 같았다.

"사실 후이밍 스님과는 안 지 얼마 되지 않았습니다. 무슨 관계냐고 물으셨는데, 그분과는 아무 관계도 아닙니다."

"아무 관계도 아니라면 후이밍이 산첸암을 왜 스님에게 넘겼죠?"

"사실은 후이밍 스님이 고향으로 돌아가고자 하셨습니다. 나이도 많고 하니 고향에서 여생을 보내기로 한 겁니다. 그러니 이 절은 제가 아니어도 어차피 누군가에게 넘겼을 겁니다."

그녀는 내 말을 믿는 눈치가 아니었다. 나를 쏘아보는 눈빛에 오금이 저릴 정도였다. 그러다 저우 아주머니의 눈빛이 갑자기 부드러워졌다.

"사실 두 사람이 별 관계가 아니라는 것 정도는 알고 있었답니다. 그렇지 않고서야 불사를 서두를 리가 없죠. 후이밍이 수륙법회로 번 돈을 스님에게 나눠주지 않았네요. 흥! 예전부터 그런 인간인지 알아봤다니까요. 출가한 여자가 어떻게 사촌 오빠를 데리고 있습니까? 실제로 사촌인지 아닌지 누가 압니까? 그 사촌 오빠라는 사람은 걸핏하면 주방에서 고기를 구워 먹어서 그 냄새가 마을까지 진동했다니까요. 마을 사람 모두 그 사람을 싫어했어요. 이미 고인이 된 사람을 두고 자꾸 뭐라고 하기는 그렇지만요. 아미타불!"

아주머니의 말을 들으며 나는 말없이 웃기만 했다. 아주머니는 한참을 후이밍 스님 욕을 하더니 화제를 나에게 돌렸다.

"솔직히 스님이 오셔서 다행입니다. 깨끗하게 정리도 해놓고 품성도 성실하니 말입니다. 수륙법회 같은 큰 행사를 하고 그 돈을 다 들고 사라진 후이밍과는 다르죠. 외지 사람들은 정말 믿을 게 못 된다니까요."

그녀가 가진 내 인상이 나쁘지 않다는 사실을 알고 나니 친근감이 들었다.

"불자님, 왜 다들 소승을 불신한다는 느낌이 들까요?"

"이유가 뭐겠어요? 후이밍과 똑같은 사람일까 봐 그렇죠."

"그게 무슨 뜻입니까?"

"마을 사람들은 스님이 후이밍의 사람이라고 생각해서 언제라도 돈만 챙겨서 떠나는 건 아닌지 걱정한답니다."

그제야 마을 사람들이 후이밍 스님을 싫어하는 이유를 알 것 같았다. 나는 저우 아주머니에게 황급히 해명했다.

"소승은 이 근처 탕광(塘廣) 사람입니다. 혹시 불자님께서도 가보셨습니까?"

"가보진 않았지만 그곳에 목화밭이 많다는 것은 알아요. 젊을 때 우리 마을에서도 많은 사람이 그곳에 가서 면화를 재배했답니다."

"맞습니다. 그 말은 곧 소승이 이 지방 사람이라는 말이지요. 그런 제가 절을 두고 어디로 가겠습니까?"

"스님 말씀이 맞네요. 같은 지방 사람들은 아무래도 본분을 지키죠."

"불자님, 제 말이 맞는지 모르겠습니다만, 불자님을 처음 뵐 때부터 예사 분이 아니라 마을에서 지위가 있는 분이라는 느낌이 들었습니다. 그러니 마을 분들께 말씀을 좀 잘해주시면 고맙겠습니다."

내가 치켜세우자 저우 아주머니는 무척 흡족한 표정이 되어 말했다.

"젊은 분이 보는 눈이 있으시군요. 사실 그동안 마을에 불교 행사가 있을 때마다 마을 사람들을 모아서 절을 찾았답니다. 아무리 생각해도 후이밍은 정말 양심도 없는 사람이에요. 절이 좀 커지니 그때부터 저를 데면데면 대하기 시작했답니다. 저는 그런 것에 개의치 않고 모든 게 관세음보살님께 향을 올리는 일이라고 생각했죠. 그런데 막상 떠나는 순간엔 돈만 챙겨서 저한테도 말 한마디 없이 떠나버렸습니다. 이게 말이 됩니까? 출가했다는 스님이 관세음보살님의 노여움을 살까 두렵지도 않나 봅니다."

나는 마른기침을 몇 번 하고는 한마디 거들었다.

"후이밍 스님도 사정이 있었겠지요."

아주머니는 내가 후이밍 스님의 역성을 들어주자 기분이 상한 듯 그만 가보겠다고 했다. 나는 황급히 일어나 아내가 먹으라고 준 케이크를 건넸다.

"불자님, 이건 대추를 넣고 만든 케이크입니다. 부드러워서 나이 든 분들이 드시기에 좋을 겁니다."

아주머니는 케이크를 보더니 입으로는 스님 드실 것을 이렇게 가져가면 되겠느냐고 하면서도 양손으로 덥석 받아들었다. 아주머니는 만족스러운 발걸음으로 절을 나섰고, 나는 그 뒷모습을 보며 안도의 숨을 길게 내쉬었다.

케이크를 선물한 효과인지는 알 수 없으나 오후가 되자 저우 아주머니는 한 무리의 마을 노인들과 함께 다시 나타나서는 절에서 불경을 읽었다. 나는 그들에게 둘러싸여 먼저 염불하였고, 그 뒤를 일행이 따라 읽었다. 그전까지의 쓸쓸한 분위기는 온데간데없었다. 저우 아주머니는 득의만만해서는 낮은 소리로 내게 말했다.

"광징 스님, 이번 불사에 동네 분들과 와서 돕기로 이야기가 되었으니 안심하세요. 후이밍이었다면 어림도 없죠. 그동안 불사가 있을 때마다 사람들을 동원해주었는데 사탕 한 알 준 적 없다니까요."

나는 미소를 지으며 답했다.

"불자님, 이번에 도움을 주셔서 정말 감사합니다."

이렇게 해서 아주머니들이 절에서 경을 읽기도 하고 잡담을 나누기도 하기에 이르렀다. 가기 전에는 돈을 내서 참회를 적고 향과 초를 사서 관세음보살님께 올렸다. 문 앞까지 가서 배웅하자 저우 아주머니는 진지하게 말했다.

"광징 스님, 저희가 행사 날에 와서 도와드릴 테니 너무 걱정하지 마세요."

나는 거듭 감사하다고 인사하며 그들을 사찰 입구까지 극진한 태도로 배웅했다.

불사는 정해졌으니 각종 준비 작업에 착수해야 했다. 꽃과 과일, 향초, 경참 등 각종 불사에 필요한 물건을 사고 공반과 악중에게는 전화로 연락해두었다. 그나마 후이밍 스님과 수륙법회를 치른 경험이 있어서 모든 준비를 수월하게 할 수 있었다. 남은 걱정은 저우위였다. 그녀가 부추겨서 일을 벌이기는 했는데 아직까지 그녀에게서 아무런 소식도 없었다. 올 거면 몇 명이나 오는지나 숙박 여부를 미리 알려줘야 준비할 수 있을 텐데 말이다. 기다리다 못해 내가 메시지를 보냈으나 그녀는 행사 때 보자는 답장만 보내왔다. 그녀와 친한 사이도 아닌데 귀찮게 하는 것 같아서 속수무책으로 기다리는 수밖에 도리가 없었다. 사실 그녀의 참석 여부와는 별개로, 나는 이번 불사 행사에서 최악의 경우까지 생각해두었다. 역시 금전적 손해를 얼마나 보느냐가 문제였다.

행사에서 가장 돈이 들어가는 분야는 인건비다. 승려와 도사들에게 줄 돈이 가장 많이 들어간다. 이번 불사는 내가 절을 인수하고 처음 치르는 행사이니 인건비에 지나치게 인색해서는 안 된다. 승려와 도사는 최소한 열 명은 넘어야 한다. 사람 수가 적으면 대웅전 안에 세워놓았을 때 듬성듬성 틈이 보여서 보기 좋지 않다.

요즘 시세로 불사에 동원하는 사람들의 인건비는 한 명당 하루에 60위안이다. 열 명이면 하루 600위안이 들어가니까 7일 인건비는 다 합쳐 4,200위안이다. 그밖에 각종 소모품이나 잡비 등으로 최소한 2,000위안은 있어야 한다. 여기에 행사를 도와주는 사람들에게 사례도 해야 한다. 저우 아주머니는 마을 사람들과 돕겠다고 말하면서 인건비는 필요 없다고 했다. 일반적으로 불교 행사를 돕는 사람들은 그 자체를 공덕 쌓는 일로 여겨 사례를 바라지 않는다. 그렇다고 해서 모른 척할 수도 없는 노릇이다. 남자들은 하루에 20위안짜리 리췬 담배 한 갑을 주고, 여자들은 담배를 피우지 않으니 수건이나 샴푸 같은 물품을 들여서 보내야 한다. 계산해보니 아무리 낮게 잡아도 총 7,000위안은 있어야 했다.

이렇게 많은 경비가 들어가는데 마을 사람들의 시주에만 의존하면 턱없이 부족하다. 기껏해야 몇십 가구에 불과한 산첸 촌에서 큰돈이 들어올 리가 없다. 게다가 후이밍 스님이 떠나기 전에 대형 수륙법회를 치르면서 사람들의 주머니를 털어갔으니 무슨 여유가 있겠는가. 지금으로선 저우위에게 희망을 걸어볼 수밖에 없다. 그녀가 사람들을 많이 데리고 온다면 적자를 줄일 수 있을 것이다. 솔직히 말해서 나도 이번 불사를 통해 돈을 벌 생각은 없다. 다만 적자가 크면 감당하기 어렵다. 다른 사람은 몰라도 아내를 볼 면목이 없을 것이다. 가족을 두고 혼자 외딴 암자의 승려가 된다고 할 때 아내는 못마땅한 표정이었다. 그런데 적자가 나서 돈까지 보태야 한다면 누가 좋아하겠는가.

그날 밤 어렴풋이 잠이 들었다가 어느 순간 눈이 떠졌다. 다시 잠을 청했지만 정신이 말똥말똥해져서 일어나 앉았다. 달빛에 비친 탁자 위의 향, 초, 참경을 보며 더욱 심란해졌다. 담배에 불을 붙여 한 모금 피우니 역겨운 냄새에 목이 막혔다. 기분이 좋지 않으니 담배 맛도 전과 같지 않다. 잠시 앉아 있으려니까 점점 괴로움이 몰려와서 아예 옷을 입고 방을 나섰다. 복도에 서서 온 힘을 다해 깨끗한 공기를 들이마시자 몸이 훨씬 편안해졌다. 정신이 맑아지자 차디찬 콘크리트 난간을 붙잡고 먼 곳을 응시했다.

한참을 그러고 있노라니 서글픔이 왈칵 몰려왔다. 깊은 서글픔은 나를 끝없는 나락으로 빠져들게 했다. 더는 견디기가 어려워지자 아래층으로 내려와서 대웅전으로 들어갔다. 내부는 아직도 어둠에 덮여 있었다. 천장에 매달린 기름 램프만이 교교한 어둠 속에서 흔들리고 있었다. 나는 대웅전 한가운데 서서, 어두워서 얼굴이 거의 드러나지 않는 관세음보살상을 바라보고 두 손을 합장한 채 조용히 꿇어앉았다.

몸을 숙여 이마를 바닥에 댔다. 그 순간은 아무 기원도 없었고 그저 보살님 앞에서 나를 온전히 바치고 싶다는 갈망만이 존재했다. 같은 자세로 오랫동안 있으려니 몸 안의 피가 전부 머리로 쏠렸다. 어지럼증과 고통을 느꼈으나 일어나기 싫었다. 나 자신도 왜 이런 행동을 하는 것인지 알 수 없었다. 어지럼증과 고통이 심해질수록 마음은 가벼워지는 것을 느꼈다.

마침내 불사 당일이 되었다. 저우위에게서는 여전히 아무 소식도 없었다. 이제는 그녀에 대한 기대는 모두 접었다. 솔직히 말해 저우위를 탓할 것도 없다. 그녀는 내게 그럴 의무가 없다.

그렇게 행사 중 3일이 지났다. 모든 게 순조로웠다. 부처님 앞에 불경을 올리는 것과 손님들 숙식 모두 특별한 문제없이 진행되었다.

이번에 오는 승려들은 여러 절을 다니며 부업하는 사람들인데 큰 사찰에 상주하면서 엄격한 교육을 받은 정식 승려는 아니다. 그러니 너무 까다로운 주문을 해서는 안 된다. 기분 상해서 도중에 가버리기라도 하면 큰일이다. 그렇다고 방만하게 내버려둬도 안 된다. 내버려두면 신도들의 눈은 아랑곳하지 않고 흡연이나 도박을 하는 등 기강이 문란해진다. 마을 사람들은 이 절에 대해 나보다 잘 알고 있어서 사방을 누비고 다닌다. 그들의 눈에 이런 모습이 띄었다가는 내 앞날을 보장할 수 없다.

나흘째 되던 날, 나는 고열에 시달리며 자리보전하고 누워버렸다. 더는 버틸 수가 없어서 남은 행사는 다른 사형에게 맡기고 휴식을 취했다.

정오쯤 되었을 때 누군가 방문을 두드렸다. 힘든 몸을 억지로 일으켜 문을 열었더니 저우 아주머니였다. 내가 점심을 먹지 않아 걱정스러워서 와본 것이다. 열이 나서 입맛이 없다는 말에 아주머니는 걱정스러운 눈빛으로 말했다.

"스님, 얼굴색이 너무 안 좋네요. 병원에 가보셔야 할 것 같습니다."

나는 억지로 웃어보였다.

"괜찮습니다. 좀 쉬면 나아질 겁니다."

아주머니는 마음이 놓이지 않는지 잠시 후 대추생강차와 떡 두 개를 가져왔다. 그리고 자기는 아래층에 있으니 무슨 일이 있으면 부르라는 당부까지 하고 갔다. 사실 저우 아주머니는 마음이 따뜻한 사람이다. 어제 저녁에도 마을 사람들이 모은 불전이라며 잔돈으로 된 1,000위안을 가져왔다. 이 마을에는 노인들만 살아서 그 돈을 모으기도 힘들었을 것이다. 게다가 얼마 전에 치른 수륙법회에 돈을 내느라 주머니가 비어 있을 텐데 이런 상황에서 한 푼이라도 더 걷기 위해 저우 아주머니가 고심깨나 했을 것이다.

나는 돈을 받아들고 수없이 고맙다고 하면서, 사례로 과일 한 박스까지 선물했다. 아주머니는 손사래를 치며 이런 거나 받으려고 한 일이 아니라고 몇 번이나 강조했다. 나는 알고 있다며 기어이 과일을 아주머니의 손에 들려주었다.

아주머니가 나간 후 대추생강차에 곁들여 떡을 먹고 나니 땀이 났다. 몸이 한결 가뿐해지는 것을 느꼈다. 침대에 누워 베개 밑에 넣어둔 1,000위안을 꺼내 손에 들고 생각했다. 불사에 드는 비용을 충당하기에 이 정도로는 어림도 없다. 그때 갑자기 밖이 소란스러워졌다. 승려들이 무슨 사고라도 낸 것은 아닐까 걱정부터 되었다. 서둘러 침대에서 내려와 밖을 내려다보니 사찰 안마당에 어디서 나타났는지 모를 낯선 사람 한 무리가 와서 떠들고 있었다. 그 옆에는 흰색 관광버스가 한 대 서 있었다. 영문을 몰라 긴장한 나는 옷깃을 여미고 아래층으로 내려갔다. 그들에게 다가가 막 입을 열려고 하는데 눈에 익은 얼굴이 보였다. 저우위였다. 나는 놀라움과 기쁨에 어쩔 줄 몰랐다. 저우위가 사람들에게 나를 소개했다.

"이분이 바로 제가 늘 말씀드린 광징 스님입니다."

몇몇 할머니들은 고개를 외로 꼬며 나를 바라보았고, 어떤 사람은 합장하거나 읍을 했다. 나도 황급히 예를 갖춰 인사하였다. 일행 중 한 사람이 멀리서 왔는데 절이 너무 낡았다며 수군댔다. 저우위가 그 소리를 듣고 이렇게 대꾸했다.

"천(陳) 씨 아주머니, 그런 말씀하지 마세요. 건물만 좋으면 무슨 소용 있어요? 그런 것보다는 스님의 수행이 얼마나 깊은지가 중요하지요."

천 씨 아주머니란 여자는 아무래도 수긍하지 못하겠다는 듯이 의심스러운 눈초리로 나를 위아래로 뜯어보았다. 나는 극도로 위축이 되었다. 그러자 저우위가 나섰다.

"광징 스님, 이제 사찰 견학 좀 시켜주시겠어요?"

나는 기가 막혔다. 이렇게 작고 낡아빠진 절에 뭐 볼 게 있다고 견학이라고 하는가 말이다. 하지만 저우위의 말에 반박할 수도 없어서 잠자코 사람들을 안내했다. 나는 갑자기 사람들 앞에 온몸이 발가벗겨진 채로 서 있는 느낌이었다. 저우위가 이런 내 마음을 알아차린 듯했지만 멈추지 않고 사람들에게 큰 소리를 쳤다.

"이 절이 낡았다고 무시하지 마세요. 그동안 수많은 사람들이 광징 스님에게 사찰 건물을 새로 지으라고 했지만 스님이 거절했답니다. 광징 스님은 푸퉈산(普陀山) 불교 대학을 졸업하고 부처님을 정성으로 모시는 정식 스님이십니다. 여러분은 절이 크기만 하면 좋은 줄 아십니까? 건물만 휘황찬란하게 지어 놓고 그 절을 지키는 승려가 가짜라면 그것도 절이라고 할 수 있을까요?"

저우위의 말에 일행이 나를 보는 눈이 달라졌다. 나는 그들 사이에 서 있으려니 양심의 가책 때문에 어쩔 줄 몰랐다. 나는 푸퉈산 불교 대학을 졸업하기는커녕 문 앞에도 가본 적이 없다. 남들을 가짜 승려라고 비난하지만 내가 바로 가짜 승려가 아닌가! 저우위는 어쩌자고 저런 말을 함부로 하는지 모르겠다. 사람들이 눈치라도 채면 뒷감당을 어떻게 하려고 저러는지 모르겠다. 내 심장 박동이 빨라지면서 두피에서 식은땀이 흐르는 게 느껴졌다. 저우위는 내 상태는 안중에도 없다는 듯 말을 이었다.

"출가한 스님에게는 절의 크기가 아니라 수행의 깊이가 중요합니다. 스님이 건설업자나 인테리어업자도 아닌데 집을 멋지게 지어서 무엇에 쓰겠어요? 광징 스님의 절은 낡았지만 정결하지 않습니까? 이것이야말로 진정한 출가인의 모습입니다. 이 말은 하지 않으려고 했는데 광징 스님이 계신 자리이니 해도 무방할 것 같습니다. 절이 낡고 초라하다며 겉모습만 보지 마세요. 스님은 사실 대기업 간부의 자제분이랍니다. 돈이라면 웬만한 은행 부럽지 않지요. 하지만 스님은 그 돈을 마다하셨죠. 천부적으로 자비심이 넘쳐서 이렇게 소박한 절에 들어와 수행의 길을 택한 거랍니다."

점점 심해지는 그녀의 거짓말을 끝까지 듣고 있을 수가 없었다. 사람들의 눈을 피해 방으로 돌아와 버렸다. 침대에 누워서 생각하니 마음이 불편하기 짝이 없었다. 어떻게 된 여자가 저렇게 어마어마한 거짓말을 눈 하나 깜박하지 않고 해대는가 싶었다. 그녀는 불자라기보다는 흡사 다단계 판매업자의 상술을 구사하고 있다. 사람들을 설득하기 위해 어느 정도 포장은 불가피하다는 것은 나도 안다. 그렇더라도 저렇게까지 할 필요가 있을까 싶다. 나는 짜증이 나서 무의식적으로 담배 한 개비를 빼 들었다. 그러나 불을 붙이려는 순간 사람들이 보면 안 된다는 생각이 들어 다시 집어넣었다.

잠시 후 누군가 문을 두드렸다. 저우 아주머니인 줄 알았는데 뜻밖에도 저우위가 다른 노부인과 함께 찾아왔다. 처음 왔을 때 절이 작고 낡았다고 불만을 털어놓았던 천 씨 아주머니였다. 나는 황급히 읍하며 안으로 안내했다. 천 씨 아주머니는 방 안을 둘러보며 탄식하는 소리를 냈다.

"광징 스님은 정말 청렴하시네요."

저우위가 그 말을 받았다.

"아주머니, 내 말이 맞죠? 광징 스님은 정말 수행이 깊은 분입니다."

천 씨 아주머니가 연신 고개를 끄덕이며 동의했다. 저우위가 또 허튼소리를 할까 봐 내가 황급히 화제를 돌려서 천 씨 아주머니에게 물었다.

"불자님은 무슨 일로 소승을 찾아오셨습니까?"

"사실은 제 아들 녀석이 금형 공장을 하고 있습니다. 그동안 사업이 잘 되었는데 올해는 어쩐 일인지 영 신통치 않습니다. 아들은 스트레스를 받아서 이대로 가다가는 업종을 바꿔야 할 것 같다고 합니다. 하지만 저는 함부로 업종을 바꾸는 것은 좋지 않다고 생각합니다. 그랬다가 잘못되기라도 하면 어떻게 합니까? 그러니 스님께서 저 대신 관세음보살님께 여쭤봐달라고 이렇게 왔습니다. 제 아들의 금형 공장이 잘될 수 있는지, 언제부터 좋아질지 궁금합니다."

천 씨 아주머니의 말을 듣고 나는 더욱 난감해졌다. 내가 금형 공장의 일을 어떻게 안단 말인가! 저우위를 슬쩍 쳐다보며 구원을 청하는 눈짓을 보냈으나 그녀는 휴대 전화만 들여다보며 모른 척했다. 나는 어쩔 수 없이 말을 꺼냈다.

"아드님이 그동안 금형업에 종사해왔으니 다른 업종으로 변경한다고 잘될 거라는 보장은 없습니다. 아무래도 익숙한 일을 계속하는 것이 좋겠다고 생각합니다."

천 씨 아주머니는 연신 고개를 끄덕였다.

"저도 그렇게 생각한답니다. 하지만 사업이 안 되는데 직원들 월급은 줘야 하니 답답한 마음입니다."

이때 저우위가 끼어들었다.

"천 씨 아주머니, 사업이야 잘 될 때도 있고 안 될 때도 있지요. 하지만 사업이 아닌 다른 데서 원인을 찾아봐야 합니다. 특히 불교를 믿는 분이 불경한 행동을 해서 관세음보살님의 노여움을 샀다면 사업에도 영향을 미칠 것입니다. 광징 스님 제 말이 맞죠?"

나는 저우위를 쳐다보고는 마지못해 고개를 끄덕였다. 천 씨 아주머니는 기겁하면서 어떻게 해야 하는지 물었다. 저우위는 자연스럽게 수륙법회를 권했다.

"아드님이 광징 스님 절에서 수륙법회를 올리면 일이 잘 풀릴 거예요."

"그렇겠네요. 스님, 수륙법회에 돈이 얼마나 들어갈까요?"

이번에도 저우위가 끼어들었다.

"광징 스님 절에서 하는 수륙법회는 다른 절보다 돈이 훨씬 덜 든답니다. 10만 위안이면 충분하죠."

저우위의 말에 나도 어쩔 수 없이 고개를 끄덕였다. 나는 양심의 가책을 느꼈다. 10만 위안이라는 금액을 쉽게 입에 올리는 것은 사기나 마찬가지라는 생각이 들었다. 높은 금액에 천 씨 아주머니는 난감한 표정이 역력했다.

"10만 위안이나 되는 돈을 우리 아들이 내놓으려고 할지 모르겠네요."

내가 그 말을 받았다.

"괜찮습니다. 참(懺)부터 먼저 올린 후 향을 올릴 돈을 조금만 내고 불연을 맺으십시오. 아드님의 사업이 잘되면 그때 오셔서 수륙법회를 열고 관세음보살님께 감사드리면 됩니다."

천 씨 아주머니가 반색하며 말했다.

"그거 좋은 생각이네요. 제 아들 사업이 잘되면 반드시 수륙법회를 하러 오겠습니다."

그녀는 지갑에서 2,000위안을 꺼내서 내게 건넸다.

"일단 2,000위안짜리 참을 올리겠습니다."

나는 돈을 받아들고 저우위를 쳐다보았다. 그녀는 못마땅한 표정이었다. 그녀의 기분을 알지만 10만 위안을 요구할 수는 없다. 나는 저우위와 천 씨 아주머니를 문 앞까지 배웅했다. 그때 아주머니가 갑자기 물었다.

"스님, 태어나서부터 계속 우시다가 어느 날 한 스님이 찾아와 머리를 쓰다듬으며 「능엄주」를 한 단락 외웠더니 울음을 멈췄다고 들었습니다. 정말 그런 일이 있었습니까?"

생각지도 못한 질문에 나는 아무 말도 하지 못했다. 저우위를 보니 입을 오무리며 웃음을 참는 듯이 보였다. 천 씨 아주머니가 말을 이었다.

"스님께서는 천생에 부처님과 인연을 맺었으니 정말 대단하십니다."

나는 계단 입구에 서서 그녀들이 내려가는 모습을 눈으로 전송했다. 천 씨 아주머니가 말한 이야기가 왠지 귀에 익다. 그런데 어디서 들었는지는 생각나지 않는다.

방으로 돌아와 천 씨 아주머니가 준 돈과 저우 아주머니가 준 돈을 합쳤다. 그때 문득 떠오르는 것이 있었다. 천 씨 아주머니가 말한 내용은 「활불제공(活佛濟公)」 내용이 아닌가! 예전에 텔레비전에서 날마다 방송해주던 드라마였다. 울어야 할지 웃어야 할지 모르겠다. 저우위는 나를 살아 있는 보살로 만들어버린 것이다.

다음 날 저우위가 또 한 무리의 사람들을 데리고 왔다. 무슨 능력으로, 어디에서 저토록 많은 사람을 모아오는지 궁금했다. 사람들은 하나같이 옷차림이 고급스럽고 씀씀이가 컸다. 공덕함에 불전을 넣고 참을 하거나 돈을 내고 등을 밝히기도 했다. 옛부터 등을 밝히는 것인 점등(點燈, diandeng)은 아들을 낳는 것인 첨정(添丁, tiandeng)과 발음이 비슷해서 집안의 아들이 잘 된다고 하는 말 때문이었다. 사실 이것도 저우위가 꾸며낸 말이다. 당시 나는 저우위의 말을 저지하려고 했다. 등을 밝히는 것은 사람이 죽을 때 하는 의식이다. 그러나 저우위는 너무 규칙을 따를 필요가 없다며 적당히 둘러대서 돈을 내게 하라고 오히려 내게 충고했다.

그날 저녁 저우 아주머니가 나를 찾아왔다. 그녀는 뜻밖에도 마을 사람들의 불전이라며 2,000위안을 들고 왔다. 이미 1,000위안을 주시지 않았냐고 하는 내 말에 아주머니는 그것과는 다르다고 했다. 그녀는 어제와 오늘 찾아온 사람들이 어디서 왔으며, 불전을 얼마나 냈느냐고 물었다. 나는 대충

2,000위안 정도 된다고 둘러댔다. 그 말을 듣더니 저우 아주머니의 표정이 갑자기 밝아졌다.

"상하이에서 온 사람도 있다면서 고작 그 정도라니 대도시 사람이라도 별 수 없네요."

# 22

 불사가 끝났다. 절은 다시 조용해졌고, 나도 모처럼 집에 돌아가 며칠간 지냈다. 요 며칠은 정말 힘든 나날이었다. 아이들은 오랜만에 집에 온 나를 보고도 특별히 반기는 느낌은 아니었다. 이제는 내가 아이들 눈에는 특별히 중요한 인물이 아닌 것이다. 어차피 이건 받아들일 수밖에 없다. 오랜만에 만난 아버지에게 친근하게 다가오기 바라는 건 사치다.

 집에 돌아온 지 3일째 되던 날, 저우위가 전화를 걸어 차나 한 잔 마시자고 했다. 불사로 벌어들인 수입을 정산하기 위해 만나자고 했을 것이다. 이것이 업계의 규정이다. 마치 기업의 영업 사원이 거래가 성사되면 받는 인센티브와 같다. 솔직히 말해서 나는 기꺼이 이 돈을 나눠줄 생각이다. 이번 불사는 내 예상을 훨씬 뛰어넘었다. 계산을 해보니 무려 1만 8,000위안이나 들어왔다. 인건비와 각종 경비를 제하고도 1만 위안이나 남았다. 사실 처음에는 저우위가 나와 상의도 없이 제멋대로 이야기를 꾸며대는 게 마음에 들지 않았다. 심지어 나를 「활불제공」의 주인공으로까지 만들어버렸다. 할머니들에게 또 무슨 이야기를 할지 몰라서 전전긍긍했다. 그러나 나중에는 그녀의 행동을 모두 이해할 수 있었다. 그렇게 하지 않았다면 이 작고 초라한 절에 누가 그렇게 많이 시주하겠는가. 그래서 그녀에게 고맙다는 인사와 함께 돈 봉투를 주어 사례할 참이었다. 그런데 그녀가 사람들을 데려와서 돈을 놓고 가버리는 바람에 그럴 기회가 없을 뿐이었다. 이제 그녀가 전화를 걸어왔으니 그 돈을 주면 될 것이다. 나는 아내에게 적당히 둘러대고 집을 나섰다.

찻집에 들어서니 저우위가 미리 와 있었다. 그녀는 옅은 린넨 옷을 입고 중국 전통식으로 꾸민 찻집에 앉아 있었다. 마치 속세를 떠난 듯한 느낌이었다. 나는 찻집이 처음이기도 하고 이렇게 고급스러운 장소에 들어서니 영 부자연스러웠다. 저우위는 내 심징을 알아차리고 일어서 귀궁 차를 추천해주었다. 나는 메뉴판을 보고 철관음(鐵觀音)을 마시기로 했다.

그녀는 불사에 관한 이야기는 저쪽으로 밀어두고 엉뚱한 이야기부터 꺼냈다. 상하이에 사는 친구 이야기였다. 불교신자였던 친구가 남편과 이혼하고 건강이 안 좋아졌다. 그래서 도시를 떠나 조용한 절에서 지내고 싶다고 저우위와 의논했다고 한다. 결국 저우위가 사방으로 수소문해서 아훙 아저씨의 절을 소개하였고, 친구는 그곳을 무척 좋아했다고 한다. 나중에는 저우위도 그 절로 가면서 아홍 아저씨와 알고 지내게 되었다는 것이다.

"서우위안 스님은 목소리가 좋아서 내 친구는 녹음까지 해서 들을 정도였어요. 운전하면서 들으면 정말 부처님의 음성처럼 느껴진다고 하더군요."

나는 열심히 듣는 척하면서 그 돈을 어떻게 전해줄까만 고민하다가 그녀가 차를 마시는 틈을 타서 화제를 전환했다.

"이번 불사에 애써주셔서 정말 고맙습니다."

"고맙긴요. 별로 한 것도 없어요."

저우위가 웃으며 대답했다. 나는 준비해 온 5,000위안을 주머니에서 꺼내 그녀 앞에 밀어놓으며 안절부절 말했다.

"이쪽 사정에 어두운 편이라 이게 적당한 금액인지 모르겠습니다."

저우위는 내 손에 있는 돈을 보고 순간 멈칫하더니 이내 웃음을 터뜨렸다.

"오늘 이것 때문에 뵙자는 줄 아셨어요?"

"그건 아닙니다."

내가 손사래를 치며 부인하자 저우위가 나를 힐끗 쳐다보더니 말했다.

"됐으니까 돈은 집어넣으세요. 제가 큰일을 한 것도 아니고 제가 그 돈을 낸 것도 아니니까요."

"이건 돈 문제가 아닙니다. 그렇게 큰 도움을 주셨는데 거절하시면 제 양심이 허락하지 않습니다."

저우위는 잠시 생각하다 돈을 받아들었다. 그중 5장을 뺀 나머지를 내게 돌려주었다.

"이 500위안은 차를 대접받은 셈 칠게요. 그러면 되겠죠?"

나도 더는 고집하기 어려워서 그녀의 말을 받아들였다.

저우위는 나에게 언제부터 이 일을 했는지, 결혼은 했는지 이런저런 이야기를 물었다. 나한테 이렇게 잘해주는데 속이는 것도 도리가 아닌 것 같아서 사실대로 말해주었다. 결혼해서 아내와 이 도시에 살고 있으며 아홍 아저씨의 소개로 이 일을 시작했다고 이실직고했다. 세 아이의 아버지라는 내 말까지 끝내자 뜻밖에도 저우위의 눈가가 빨개졌다. 그녀는 휴지로 조심스럽게 눈가를 닦았다.

집에 돌아오는 길에 문득 저우위가 아홍 아저씨에게는 그녀가 불사를 돕는 것을 비밀로 하라고 당부한 일이 생각났다. 아홍 아저씨가 알면 안 되는 이유라도 있는 것일까.

집에 돌아오니 아내가 바닥을 닦다가 내게 무심하게 물었다.

"어디 다녀오느라 이렇게 오래 걸렸어요?"

"친구랑 찻집에서 이야기를 좀 나눴어."

아내는 건성으로 그러냐고 답하고는 계속해서 바닥을 닦았다. 더 캐묻지 않은 아내의 태도에 오히려 제 발이 저린 내가 말을 덧붙였다.

"전에 우유 배달할 때 알던 친구야."

아내가 고개를 들더니 이상하다는 듯이 쳐다보았다. 나는 바보 같은 짓을 했음을 깨닫고 속으로 자신을 나무랐다. 같이 차 한

잔 마신 것뿐인데 무슨 잘못을 했다고 혼자 이 난리란 말인가!

 집에서 닷새 동안 머무른 나는 산첸사로 돌아왔다. 사실 집에 간 순간부터 산첸사가 그리웠다. 그윽한 단향 냄새와 불사를 치를 때 생기는 떠들썩함이 그리웠다. 어느덧 내게 산첸사는 사랑하는 여인 같은 존재가 되었다. 이런 생각이 드니 당황스러웠다. 나에게는 그동안 집이 가장 편안한 장소였다. 사랑하는 아내와 귀여운 자식들이 있으니 나는 아무것도 부럽지 않았다. 열심히 돈을 벌어 그들에게 잘해주고 싶었다. 그런데 지금은 그 생활에 만족할 수 없었다. 나는 아내가 이런 내 변화를 알아챌까 봐 두려웠다.

 다시 절에 간다고 하자 아내는 갈아입을 옷과 먹을 것을 챙겨주었다. 나는 절에 가면 다 있으니 이런 것은 두었다가 아이들에게나 먹이라고 말했다. 그래도 그녀는 못 들은 척하며 계속 챙겼다. 얼난과 팡창은 내가 간다는 말에 각각 내 다리 하나씩을 붙잡고 못 가게 길을 막았다. 두 아이는 내가 집에 있는 며칠 동안 매일 군것질을 실컷 할 수 있었다. 그러니 내가 집에 계속 있었으면 하는 것이다. 그러나 다난은 내가 집을 떠나도 전혀 개의치 않고 마치 낯선 사람을 대하듯 숙제에 집중했다. 집을 나서면서 그쪽을 몇 번이나 돌아보며 아이도 내 쪽을 바라보기를 기대했다. 그러나 아이는 끝내 눈길 한 번 주지 않았.

 아내가 나를 배웅하기 위해 함께 집을 나섰다. 나는 아내에게 큰아이가 좀 달라진 것 같다고 말했다. 아내는 우물쭈물하며 입을 열었다.

"당신이 승려가 된 것을 개도 알고 있어요."

나는 화들짝 놀랐다.

"쟤가 그걸 어떻게 알았어?"

"얼마 전에 아빠가 혹시 스님이냐고 묻더라고요. 알고 보니까 같은 반에 산첸촌 사는 친구가 있는데 옛날에 당신이 학부모회에 갔을 때 그 아이 아빠가 당신을 본 모양이에요."

나는 말문이 막혔다. 공교로운 일이 벌어졌다. 아내는 한숨을 쉬었다.

"사실 다난이 당신을 가장 좋아했잖아요. 아이 입장도 이해해줘야 해요. 제 아버지가 승려라는 사실을 어떻게 받아들이겠어요? 언젠가 다난에게 왜 친구를 집에 데려오지 않느냐고 물었더니 애가 뭐라고 대답했는지 아세요? 아버지가 뭐 하는 사람이냐고 물으면 어떻게 대답해야 하느냐고 되묻더라고요."

나는 고개를 숙이고 잠시 생각에 잠겼다가 말을 꺼냈다.

"여보. 당신도 알겠지만 내가 이 일을 하는 것은 오직 한 가지 목적에서야. 나는 돈을 많이 벌어서 당신과 아이들을 잘 먹고 잘살게 해주고 싶어. 만약에 아이들이 내 직업을 부끄러워한다면 아직 어리기 때문이야. 나중에 자라면 다 이해할 거야. 이해하지 못한다 해도 어쩔 수 없지. 『홍루몽(紅樓夢)』에 나오는 「호료가(好了歌)」라고 들어봤지? '자식에 목매는 부모는 많지만 효심에 목매는 자손은 몇이나 될꼬' 말이야. 아이들에게 나를 이해해달라고 말하지 않겠어. 내가 부모로서 떳떳하면 그

걸로 됐어."

내 말을 듣고 아내도 고개를 숙인 채 말이 없었다.


산첸사로 돌아온 나는 일단 청소부터 했다. 며칠간 비워놓았더니 여기저기 먼지가 쌓였다. 청소를 마치고 나니 점심때였다. 주방에서 밥을 하고 있는데 누군가 문을 두드렸다. 저우 아주머니였다.

"광징 스님, 말 한마디도 없이 어디 가셨어요?"

나는 어안이 벙벙했다가 이내 언짢아졌다. 저우 아주머니의 말에는 뼈가 있었다. 내가 어디 가면서 꼭 자기한테 말하고 가야 하나 싶었다. 마치 나를 이곳에 붙잡아놓은 것처럼 아무 데도 못 가게 하는 저 태도가 말이나 되는가. 나는 무뚝뚝하게 한마디 뱉었다.

"발이 달렸으니 알아서 다녀왔겠지요."

저우 아주머니가 멈칫했다.

"그런 뜻이 아닙니다. 전에 후이밍 스님 일도 있고 해서 불사를 끝내자마자 스님이 안 보이니 마을 사람들이 걱정해서 드리는 말입니다."

듣기는 거북해도 전부 맞는 소리였다. 나는 말투를 부드럽게 바꿨다.

"불자님한테 하는 소리가 아닙니다. 타지 사람도 아닌 제가 어디로 가겠습니까?"

"그러니까요. 저야 당연히 스님을 믿죠. 하지만 다른 사람이 물으니 저도 그렇게 말한 거랍니다."

나는 잠시 뜸을 드린 후 말했다.

"불자님, 잠시만 계세요."

그리고는 이 층에서 과자 상자를 들고 내려왔다. 아내가 심심하면 먹으라고 챙겨준 것이다. 저우 아주머니는 과자 상자를 보자 극구 사양했다.

"스님 드실 것을 매번 저에게 주시면 제가 감히 어떻게 먹겠습니까?"

"비싼 것도 아닙니다. 다른 건 다 떠나서 젊은이가 나이 많은 어르신께 드린다고 생각하십시오."

이 말에 저우 아주머니가 웃음을 띠며 상자를 받아들었다. 집으로 돌아간 아주머니는 잠시 후 다른 아주머니들과 함께 싱싱한 채소와 유채 기름을 들고 다시 나타났다. 저우 아주머니는 만면에 득의양양한 표정이었다.

"스님이 돌아오셨다니 다들 절에 오겠다고 하지 뭡니까!"

나는 연신 감사하다고 말하면서도 속으로는 언짢았다. 저우 아주머니가 그들을 부추겨서 데려온 것이 아닌지 의심이 들었다. 나의 호의를 이런 식으로 갚으면서 자신은 한 푼도 쓰지 않는 것이 얄미웠다. 아주머니들은 오자마자 나물을 다듬고 밥을 했다. 마치 자기 집인 양 거리낌이 없었다.

"광징 스님, 빈말이 아니라 전에 계시던 스님과는 비교가 안 될 정도랍니다. 부지런하셔서 절을 깨끗하게 정리해놓은 좀 봐요. 후이밍은 게으르고 지저분해서 부처님 앞에 올려놓은 제물도 그대로 방치해서 먼지가 두껍게 쌓였지요."

 나는 껄껄 웃으며 대답하지 않았다. 그녀들은 끊임없이 나와 후이밍 스님을 비교했다. 마치 후이밍 스님이 돌이킬 수 없는 죄라도 지은 사람처럼 깎아내리는 것이 듣기 싫었다. 마침내 식사 준비가 끝나고, 나는 예의상 아주머니들에게 식사를 같이 하자고 권했다. 그러나 이런 예의에는 통달을 했는지 자기들은 이미 밥을 먹었다며 식사하는 데 방해할 수 없다고 하면서 가버렸다. 문 앞에 서서 나는 그녀들에게 읍을 하며 아미타불을 속으로 부르짖었다.

 드디어 그들이 물러가고 혼자 조용히 있게 되었다. 밥을 퍼서 막 먹으려고 하는데 또다시 문을 두드리는 사람이 있었다. 나는 신경질적으로 젓가락을 내려놓았다. 저우 아주머니가 또 찾아온 모양이었다. 그런데 문을 여니 뜻밖에도 저우위가 서 있었다. 그녀는 내 모습이 의외라는 듯 말했다.

 "제가 반갑지 않은가 봐요."

 나는 황급히 해명했다.

 "아닙니다. 다른 분인 줄 알았어요."

 나는 저우위를 안으로 들게 한 후 등받이가 없는 의자를 가져왔다. 오랫동안 사용하지 않아 먼지투성이였다. 대충 소매로 먼지를 닦은 후 고개를 드니 저우위가 나를 바라보고 있었다. 나는 민망한 웃음을 지었다.

 "식사는 하셨어요?"

 "아직요."

"그럼 같이 먹읍시다. 다만 찬이 변변치 않네요. 오실 줄 알았다면 반찬 한 가지라도 더 마련했을 겁니다."

"절에서 그런 걸 왜 따져요? 생선이나 고기라도 내놓으시려고요?"

그녀의 말에 나는 멋쩍게 웃었다. 함께 식사를 하면서 차를 마시던 날이 떠올랐다. 그날 나를 찾아온 용건이 따로 있었는지 궁금했다. 그러나 목구멍까지 올라온 질문은 그대로 삼켜버렸다.

밥을 다 먹고 이야기를 나누면서 그녀가 작은 공장을 운영한다는 사실을 알았다. 그 공장에서는 향이나 참 같은 불교 용품을 제조한다고 했다. 돈을 벌기 위해서가 아니라 불교의 연을 맺기 위한 목적에서란다. 지금은 주로 회당 일에 집중한고 했는데 나는 회당이 뭐 하는 곳인지 여전히 몰랐다. 저우위의 설명에 따르면 일종의 계 모임을 하는 장소라고 했다. 계주가 낙찰계를 조직하고, 계원들이 돈을 모은 후 비밀 입찰을 실시한다. 이자를 가장 높게 부른 사람이 그 돈을 빌렸다가 기간이 만료되면 돈을 회수하는 방식이다. 요컨대 돈을 빌려주고 높은 이자를 받는 것이다. 설명을 다 듣고 나서도 어리둥절하기는 마찬가지였다. 그렇게 해서 어떻게 돈을 벌 수 있는지 궁금했다. 몇 명 안 되는 계원끼리 돈을 모아봤자 기껏 몇 푼이나 모일까. 설마 돈이 돈을 낳기라도 한다는 것인가. 나의 의문에 저우위가 웃었다.

"기껏 몇 푼이요? 돈을 넣는 장면을 못 봐서 그런 말씀을 하는 거예요. 돈을 큰 바구니에 담는데 웬만한 사람은 상상도 못할 금액이랍니다."

나는 여전히 이해할 수 없었다. 그러나 이해 여부와는 상관없이 저우위가 부자이며, 나를 돕고 싶어 한다는 것은 알았다. 나로서는 그 사실이 가장 중요했다.

그 후 저우위는 수시로 절에 방문했다. 올 때마다 과일이나 케이크 같은 것을 들고 와서 한 번도 빈손인 적이 없었다. 특별한 용무도 없이 향을 올리고 불전함에 돈을 넣고 담배를 피웠다. 별다른 이야기를 하는 것도 아니었다. 그녀는 바쁜 사람이다. 잠시 와 있는 동안에도 휴대 전화가 쉴 새 없이 울렸다. 틀림없이 그녀의 회당과 연관된 일로 찾는 전화일 것이다.

절을 방문하는 회수가 잦아지면서 나도 저우위에 대해 하나씩 알아갔다. 그녀도 굳이 숨기려고 하지 않았다. 그녀는 결혼한 적이 있으며, 남편에게 성실한 아내였다. 그러나 남편은 그녀에게 소홀했고 둘은 결혼한 지 얼마 지나지 않아 이혼했다. 두 사람 사이에는 아이도 없었다. 저우위는 나를 부러워했다. 아내와 아이에게 성실한 나를 좋게 보았고, 여자에게 가장 중요한 것은 좋은 남자를 만나는 일이라고도 말했다. 그 말을 들으니 마음이 덜컹 내려앉았다. 그녀가 이런 말을 하는 이유를 모르겠다. 틀림없이 무슨 의도가 숨어있을 것이다. 그러나 나는 깊이 생각하기가 두려웠다.

어느 날 저우위가 나이 든 남자 하나를 데려왔다. 상산구(象

山區)에서 왔다는 남자는 배를 가지고 있다고 했다. 그의 검붉은 얼굴에는 거친 성격이 드러났고, 몸에서는 비린내가 풍겼다. 성이 마(馬) 씨인데 올해 큰 배를 하나 장만했다고 한다. 그리고 그 배로 몇 차례나 바다에 나갔지만 고기잡이가 영 신통치 않았다는 것이다. 배를 한 번 띄울 때마다 많은 비용이 들어서 매번 십수만 위안씩 적자를 본다고 했다. 조급해하던 차에 저우위에게서 이곳의 보살이 영험하다는 소리를 듣고 찾아온 것이니 일주일 동안 여기서 불사를 올리겠다고 했다.

"광징 스님, 저우위 말로는 여기서 불사를 하면 영험하다고 하더군요. 정말 그렇다면 미리 돈을 드리고 가겠습니다."

마 선장의 말에 나는 걱정부터 앞섰다. 저우위가 자기 멋대로 말한 것이 불만이었다. 바다 사람들은 돈은 아끼지 않지만 거칠어서 자칫 그들의 비위를 거스르면 이 절의 안위마저 위험해질 수 있다. 나는 마 선장의 말에는 대답하지 않고 저우위에게 차를 따라 달라고 했다. 그 틈을 타서 이 불사를 받았다가 고기를 잡지 못하면 어떻게 하느냐고 물었다. 저우위는 태연자약하게 말했다.

"고기를 못 잡으면 계속 불사를 하게 해야죠. 고기야 언젠가는 잡을 테니까요."

저우위는 이렇게 말했지만 나는 여전히 마음이 놓이지 않았다. 그녀는 마 선장에게 불사 비용을 20만 위안이라고 한 모양이다. 그러나 나는 금액을 절반으로 깎았다. 10만 위안도 지나치게 많은 까닭이다. 나는 저우위가 언짢아하는 걸 눈치챘다.

그토록 큰 손님을 데려오기란 쉽지 않을 것이다. 그러나 내게 도 생각이 있었다. 어쨌든 이곳은 절이니 지나친 금액을 요구 해서는 안 된다. 게다가 불사를 치른 후 마 선장이 고기를 잔뜩 잡으리라는 보장도 없다. 나는 돈이 필요하다. 그러나 세상에 는 사람이 따를 법도가 있다. 지나친 욕심을 부리면 뒤가 좋지 않을 것이다.

마 선장은 10만 위안을 놓고 저우위와 함께 돌아갔다. 그 돈을 후이밍 스님의 사촌 오빠 유골함이 있던 탁자에 가지런히 올려놓고 향을 피웠다. 그리고 침대에 누워 그 돈을 바라보았다. 기대했던 만큼 돈에 대한 열정이 뜨겁게 타오르지 않았다. 불그스름한 지폐 더미가 마치 나와 무관한 것처럼 느껴졌다. 나는 소심한 사람이다. 전에 삼륜차를 몰 때나 우유와 신문을 배달할 때는 비록 몸은 고단했지만 땀을 흘려 돈을 벌었다. 내 손에 들어오는 돈은 단 한 푼이라도 떳떳한 돈이 아닌 게 없었다. 그런데 눈앞에 있는 돈은 너무나 쉽게 손에 들어왔고, 마음을 불편하게 했다. 이 돈은 떳떳하게 받은 돈이 아니다.

하지만 어차피 받았으니 당장 급한 일은 불사를 제대로 치르는 것이다. 나는 이번 불사를 어떻게 치러야 좋을지 궁리했다. 사람은 몇 명을 부르고 돈은 얼마나 써야 할까. 그러나 아무리 궁리해도 구체적인 방안이 떠오르지 않았다. 나에게 이 돈은 너무 커서 어떻게 사용할지 대책이 서지 않았다. 결국 나는 아홍 아저씨의 도움을 받기로 했다. 나에게는 큰일이지만 아홍 아저씨에게는 아무것도 아닐 터였다.

아저씨에게 전화를 걸어 불사 이야기하고 돈을 어떻게 써야 할지 계획이 전혀 서지 않는다고 말했다. 전화 저편에서 아저씨의 웃음소리가 들려왔다. 이어 내게 날짜를 묻더니 다시 말했다.

"잘됐구나. 마침 그때 시간이 되니까 내가 가서 도와주마. 너에게는 큰 행사이니 내가 유나를 맡아주마."

나는 기뻐서 어쩔 줄 몰랐다. 아저씨가 도와준다니 이번 불사는 걱정하지 않아도 될 것이다. 그때 전화를 끊으려던 아저씨가 무심히 한마디를 던졌다.

"그런데 이렇게 큰 손님을 어디서 모셔온 거냐?"

나는 멈칫했다. 아저씨에게는 알리지 말라던 저우위의 당부가 생각났다. 그러나 아저씨가 이렇게 큰 도움을 주는데 숨기는 것도 도리가 아니다. 크게 잘못한 것도 없으니 알려도 무방하리라는 생각도 들었다. 숨겼다가 나중에 아저씨가 알게 되면 더욱 난감해질 게 뻔했다.

"이번 불사는 저우위가 소개해주었습니다."

아저씨가 멈칫했다.

"저우위가 누구지?"

"지난번 법회 때 아저씨 절에서 알게 된 사람이에요."

전화 너머에서 아훙 아저씨는 잠시 말을 잇지 못하다가 겨우 한마디 했다.

"아! 그 사람이라면 나도 안다."

아저씨는 몇 마디를 더하더니 전화를 끊었다. 아저씨의 반응을 보니 별로 기분이 나쁜 것 같지는 않았다. 그러나 곰곰이 생각하니까 얼마간 불쾌한 감정이 느껴졌다. 후회가 되었다. 그 사실은 알리지 말았어야 했다.

# 23

이제부터는 불사를 본격적으로 준비해야 한다. 악중은 최소한 서른 명 정도 되어야 초라하지 않을 것이다. 많은 사람의 숙식을 해결하는 것도 문제다. 나는 전과 같이 식사는 채식 식당에서 배달해서 먹기로 했다. 한 끼에 10위안을 기준으로 하되, 돈이 더 들어도 상관없으니 음식은 제대로 해달라고 했다. 다만 이부자리는 본인이 가져오게 하지 않을 것이다. 이부자리 한 채에 100위안을 주고 오십 채를 샀다. 이렇게 마련해두면 나중에도 사용할 수 있어 길게 보면 이러는 편이 돈을 절약할 수 있다. 그 많은 사람이 잠을 잘 방을 마련하는 것도 문제다. 아래층에는 오랫동안 사용하지 않고 비워둔 방이 하나 있다. 잡동사니를 쌓아두는 용도로만 사용하다 보니 지저분해서 치울 엄두를 못 내던 곳이다. 이번 기회에 인부 두 명에게 일당 200위안을 주고 이틀에 걸쳐 정리했다.

이제 남은 것은 행사 때 잡일을 도와줄 사람들이다. 원래는 저우 아주머니에게 부탁해서 마을 사람들의 도움을 받을 생각이었다. 그러나 좀 더 생각해보니 그러면 안 될 것 같았다. 이번 불사는 마 선장 개인의 일로 벌이는 것이라 이 마을과는 무관하다. 그들도 기꺼이 와서 도우려하지 않을 것이다. 결국 파출부 소개소에 전화해서 두 명을 고용하기로 했다. 그들에게는 1인당 하루 200위안을 지급하고 각종 잡다한 일을 시킬 요량이다. 이렇게 해서 모든 준비를 끝냈다.

불사를 3일 앞두고 일정 확인차 아홍 아저씨에게 전화를 했다. 뜻밖에도 아저씨는 전화를 받자마자 미안하다는 말부터 꺼냈다. 푸퉈산 법회에 참가해야 하는데 시간이 맞지 않아 불사에는 올 수 없다는 것이다. 청천벽력 같은 통보였다. 이런 큰 행사에 아저씨가 와주지 않으면 행사를 진행할 수가 없다. 나는 거의 애걸하는 말투로 아저씨에게 일정을 조정해서라도 와줄 수 없느냐고 부탁했다. 그러나 아저씨는 푸퉈산의 법회는 빠질 수 없으며, 불참하면 자신의 절 운영에도 안 좋은 영향을 받게 될 것이라고 난감해했다. 그렇게까지 말하는데 더 매달릴 수도 없었다.

전화를 끊고 나니 아저씨의 거절이 저우위와 관계있을지도 모른다는 생각이 들었다. 지난번에 저우위의 소개라는 말을 들은 뒤 아저씨의 태도가 달라졌지 않은가! 나는 급히 저우위에게 전화를 걸었다. 그러나 그녀의 전화기는 꺼져 있었다. 나는 어쩔 줄 몰랐다. 큰일을 앞두고 여러 악재가 겹친 것이다. 그러나 어쨌든 불사는 치러야 한다. 돈은 이미 받았고 활은 화살을 떠났다. 이제 돌이킬 방법이 없다. 마 선장의 건장한 덩치를 떠올리니 심장이 방망이질했다. 그가 힘을 쓰면 우리 절 정도는 쉽게 무너져버릴 것이다.

담배를 피우며 생각을 정리했다. 당장 급한 것은 유나를 맡아줄 큰 스님을 청하는 것이다. 생각 끝에 유옌사의 장랴오 스님을 떠올렸다. 유옌사는 내가 처음으로 공반한 절이다. 장랴오 스님은 사람 됨됨이가 훌륭하다. 불사가 있을 때면 나를 불러 주었기 때문에 자주 오가면서 그와 교분을 쌓았다. 무엇보다 그는 경을 잘 읽고 일 처리도 능숙하며 늘 진지해서 불교계에서는 명망이 높다. 그러니 그야말로 이 일에 가장 적합한 인물이었다. 나는 당장 장랴오 스님에게 전화를 걸었고, 스님은 흔쾌히 부탁을 들어주었다. 그러나 전화를 끊고 나니 도저히 마음이 놓이지 않아서 이튿날 아침 일찍 유옌사를 찾아가 장랴오 스님을 직접 모셔왔다. 이제 불사 준비는 완벽하게 마쳤다.

시작 전부터 삐걱거렸던 불사는 시작 후에도 이런저런 문제에 부딪혔다. 3일째 되던 날에는 한 악중이 실수로 공양 탁자 위에 놓인 촛불을 넘어뜨리는 바람에 불전의 만장에 불이 붙었다. 다행히 한 승려가 뛰어들어 만장을 떼어내서 불길이 번지는 것을 막았다. 그러나 소란이 일자 불당 안은 뒤숭숭한 분위기에 휩싸였다. 나는 사람들 무리에 서 있던 마 선장의 표정이 흙빛으로 변한 것을 보았다. 그가 당장이라도 화를 내며 불만을 터뜨릴까 조마조마했다.

6일째 되던 날, 드디어 무사히 끝나나 보다 하고 마음을 놓으려는 찰나 또 일이 발생했다. 공반 두 사람이 카드놀이를 하다가 상대방이 패를 속였다며 선방에서 몸싸움이 벌어진 것이다. 각자 고향 사람들까지 가세해서 하마터면 경찰에 신고까지 할 뻔했다. 결국 나는 소란을 일으킨 사람들을 절에서 쫓아냈다. 그런데 그 사람들이 순순히 물러나지 않고 더 난동을 부렸다. 소란을 무마하기 위해 각각 몇천 위안을 쥐여줄 수밖에 없었다.

비록 많은 일이 있었고 헛돈까지 들어갔지만 불사는 그럭저럭 끝이 났다. 마 선장이 준 돈에서 아직도 3만 위안이 남았다. 그러나 그 돈을 보면서도 나는 아무런 느낌도 받을 수 없었다.

하루는 날을 잡아 차와 먹을 것을 준비해서 장랴오 스님을 찾아갔다. 이번 불사에 대한 도움에 감사를 표하기 위해 찾아간 것이다. 그분의 도움이 없었다면 불사를 어떻게 치렀을지 생각만 해도 아찔했다.

우리는 선방에 앉아 철관음을 마셨다. 장랴오 스님이 먼저 입을 열었다.

"광징 스님 기색이 어째 안 좋아 보입니다."

나는 쓴웃음을 지었다.

"스님도 아시겠지만 이번 불사 때 많은 일이 있었지 않습니까? 스님의 도움이 없었다면 제대로 치르지 못했을 겁니다."

장랴오 스님이 웃으며 손사래를 쳤다.

"당연히 도와드려야죠. 그런데 광징 스님, 그렇게 큰 불사를 치르면서 어떻게 날짜가 코앞에 닥쳐서야 이야기를 하셨습니까?"

나는 한숨부터 내쉬었다.

"장랴오 스님, 솔직히 말씀드리는데 저도 그렇게 하고 싶지 않았습니다."

그리고 자초지종을 다 털어놓았다. 내 말을 다 듣고 난 장랴오 스님이 이마를 찌푸렸다.

"광징 스님이 이쪽 계통의 금기를 어겼군요."

나는 한숨을 길게 내쉬었다.

"저도 압니다. 그렇게 큰 불사를 제 욕심만 생각해서 받아서는 안 되었지요."

장랴오 스님의 눈이 휘둥그레졌다.

"제 말은 그런 뜻이 아닙니다."

그 말에 나도 멈칫했다. 그가 가리키는 금기가 무엇인지 알 수가 없었다. 장랴오 스님이 말을 이었다.

"이제 스님도 주지를 맡고 있으니 한 가지 묻겠습니다. 어떤 절은 사람이 붐비고 어떤 절은 찾는 사람이 없는 이유가 무엇이겠습니까?"

"그거야 절의 규모가 크면 사람이 많은 것 아닙니까?"

장랴오 스님이 고개를 저었다. 나는 잠시 생각한 후 다시 말했다.

"어떤 절은 스님이 염불을 잘하시고 다른 절은 그렇지 않아서입니까?"

장랴오 스님이 웃으면서 말했다.

"광징 스님은 주지를 맡고 있으면서도 이쪽이 어떻게 돌아가는지 전혀 모르는군요. 사람들이 많이 찾고 안 찾고는 결국 사찰의 호법(護法)에 달려 있답니다. 좋은 절에는 좋은 호법이 따르는 법이죠."

호법이라는 명칭을 처음 들어보는 나로서는 어리둥절했다. 장랴오 스님이 다시 말을 이어갔다.

"호법은 말하자면 회사의 영업 사원과 같습니다. 회사의 비즈니스는 영업 사원들이 만들지 않습니까? 좋은 비즈니스를 성사시켜야 회사가 잘 돌아갑니다. 이렇게 말하면 알아듣겠습니까?"

나는 고개를 끄덕였다.

"최근 몇 년 동안 스님의 삼촌이라는 서우위안 스님이 절의 규모를 키우고 불교협회장까지 맡을 정도로 잘 나가는 비결이 뭐겠습니까? 혼자 힘으로는 당연히 역부족이고 주변에 몇 사람의 호법이 도와주기에 가능했던 것이죠. 서우위안 스님의 절은 주변 마을 사람들만으로는 운영할 수 없으니 호법들이 사방에서 손님을 소개해서 불사를 유치해줍니다. 서우위안 스님의 호법들은 하나같이 회당의 계주로 있죠. 요즘은 회당이 성행하고 있습니다. 그들은 돈을 쉽게 벌기 때문에 쓸 때도 대범합니다. 낙찰계라는 게 워낙 위험이 많은 일이기 때문에 자연히 부처님에게 의지하게 됩니다. 이렇게 맞물려 돌아가는 시스템이니 서우위안 스님의 절이 잘되지 않을 수 있겠습니까?"

여기까지 말한 장랴오 스님은 잠시 말을 멈추고 나를 바라보았다.

"이제 스님이 금기를 어겼다고 한 이유를 알겠지요?"

나는 아직도 얼떨떨했다. 알 것 같기도 하고 모를 것 같기도 했다. 그렇다면 저우위가 아훙 아저씨 절의 호법이란 말인가. 갑자기 후회가 밀려왔다. 그때 이런 사실을 알았더라면 저우위에게 사람을 소개받지도 않았을 것이다. 장랴오 스님이 차를 다 마시더니 말을 이었다.

"하지만 말이야 바른말이지 스님이 이 일을 처리한 것도 좀 이상하긴 합니다."

"뭐가 이상합니까?"

"같은 업종에 있으면 누구나 경쟁자입니다. 사실 많은 절에서 서우위안 스님처럼 호법의 도움을 받고자 합니다. 그렇지만 감히 서우위안 스님의 사람을 빼 올 생각은 못 하죠. 그런데 어떻게 그 호법이 스님을 도와줄 생각을 했을까요?"

이번에는 장랴오 스님의 말에 숨은 의도가 있음을 단번에 알았다.

"장랴오 스님, 할 말이 있으면 돌리지 말고 하십시오."

장랴오 스님은 잠시 머뭇거리다가 입을 열었다.

"이런 일은 어차피 언젠가 알게 될 터이니 지금 말해도 상관은 없을 겁니다. 서우위안 스님의 호법들을 다른 사람들이 빼 가지 못하는 이유를 아십니까?"

나는 고개를 가로저었다. 장랴오 스님이 갑자기 목소리를 낮춰서 의미심장하게 말했다.

"사실 이 계통에서는 비밀이라고 할 수도 없습니다. 서우위안 스님의 호법들은 하나같이 이혼녀들이죠. 말솜씨도 좋고 능력이 있습니다. 이런 여자들은 불사를 유치하는 능력도 좋죠. 그런데 서우위안 스님의 호법들은 서우위안 스님에게 이상할 정도로 충성스럽습니다. 이렇게 능력 있는 호법들을 곁에 두려면 보통 수단으로는 안 됩니다. 그게 무슨 수단인지 맞춰보시겠습니까?"

"돈입니까?"

"아닙니다. 돈으로 될 일 같으면 다른 스님들도 더 많은 돈을 제시하면 될 일입니다. 진정한 충성심은 남녀의 성관계에서 나오는 겁니다."

내 얼굴이 불에 덴 듯 빨개졌다. 장랴오 스님이 헛소리를 하는 것이라 생각했다. 아훙 아저씨는 출가한 스님인데 어떻게 그런 일을 저지를 수가 있겠는가! 장랴오 스님은 내가 믿지 않는다는 사실을 눈치채고는 계속해서 말했다.

"내 말을 안 믿어도 상관없어요. 하지만 어차피 믿을 수밖에 없을 겁니다. 서우위안 스님 주변에 있는 호법들이 하나같이 이혼한 여성이라는 데 주목해보세요. 그런 여자들이 자기 곁을 지켜줄 거라는 점을 노린 거라니까요."

말을 마친 장랴오 스님은 눈을 가늘게 뜨고 나를 쳐다보더니 다시 말했다.

"혹시 그 여인의 도움을 받은 것도 꽝징 스님이 서우위안 스님 같은 방법을 썼기 때문이 아닙니까?"

내 얼굴이 온통 붉어졌다. 그제야 장랴오 스님이 이상하다고 한 말 뜻을 알 수 있었다. 그는 나와 저우위와의 관계를 의심하고 있었던 것이다. 갑자기 부아가 치밀었다.

"장랴오 스님, 무슨 생각을 하고 계십니까? 제가 진정한 출가인은 아니지만 날마다 부처님 앞에서 향을 올리고 기도를 드리는 사람입니다. 이런 제가 어찌 감히 부처님께 벌받을 짓을 할 수 있습니까?"

장랴오 스님은 내 말을 듣고 실소를 금치 못했다.

"꽝징 스님, 뭔가 잘못 생각하고 계시군요. 이것도 하나의 업종이고 돈을 벌기 위한 직업입니다. 절에 앉아 경을 읽고 향을 올리면 관세음보살님이 자비를 내려서 저절로 돈을 가져다주는 줄 알고 있습니까?"

그의 말에 나는 변명을 했다.

"돈을 버는 일이라는 것은 저도 압니다. 그러나 그것도 정도껏이죠. 사람을 기만해서 벌어들일 수는 없지 않습니까?"

장랴오 스님은 한동안 침묵하더니 한마디를 툭 던졌다.

"꽝징 스님, 이 업계는 스님께서 생각하시는 것처럼 깨끗하지 않습니다. 정말 이 일을 계속하고 싶다면 그런 것도 다 감안해야 합니다."

나는 고개를 숙여 그의 눈길을 피했다. 그는 나와 저우위와 결백한 사이라는 것을 믿지 않는다. 그 순간 후이밍 스님을 처음 만나던 날의 장면이 떠올랐다. 우리는 산수이암의 대나무 숲 옆에서 담배를 피우고 있었다. 그녀가 대나무 숲을 바라보며 낮고 무거운 목소리로 말했다.

"말법의 시대가 도래했구나!"

후이밍 스님의 말이 무엇을 의미하는지 이제야 알 것 같았다.

# 24

유엔사에서 돌아온 후 나는 안에만 틀어박혀 있었다. 밖으로 나가기가 싫었다. 혼자서 절을 지키면서 날마다 경을 읽거나 남쪽 담장 옆의 땅을 일궜다.

곧 망종(芒種)이다. 이 시기를 넘겨 작물을 심으면 1년 농사 헛수고라는 말이 있다. 그래서 나도 서둘러 채소 종자를 심었다. 호미로 땅을 고르고 비료를 준 후, 종자 판매점에서 쑥갓, 무, 시금치씨를 사다 정성스럽게 심었다.

날마다 규칙적으로 생활했다. 새벽 네 시면 어김없이 눈을 떠서 세수를 하고 혼자 대웅전에 들어가서 독경했다. 아침 불경이 끝나면 채소를 다듬어 전날 저녁에 남겨둔 밥과 함께 죽을 끓여 먹었다. 아침을 다 먹고 나면 산을 한 바퀴 돌며 신선한 공기를 마셨다. 초목에 붙어 있던 이슬이 온몸에 조금씩 묻어 있었다. 돌아와서는 다시 불경을 읽었다. 정오가 되기 전에 점심을 먹는 규칙도 철저히 지켰다. 그 후에는 잠시 낮잠을 잤다. 잠에서 깨면 절 안을 청소하거나 망치와 못을 들고 망가진 부분을 수리하곤 했다. 그러다가 오후 네 시가 되면 저녁 불경을 시작하고, 해가 산 뒤로 모습을 감추면 다시 산에 올라가 한 바퀴 돌고 왔다. 절에 돌아와서는 보살님 앞에서 한 시간 동안 정좌한 후 취침했다.

이런 생활을 반복하며 하루하루 시간을 보내고 있었다. 언제부턴가 마음이 맑아지며 마치 내 머리끝부터 발끝까지 다리미로 다린 듯 구김이 펴지는 것을 느꼈다. 나는 이런 느낌을 즐겼다. 작은 나만의 세계에서 세상과 단절된 듯이 살며, 아무에게도 방해받지 않는 생활이 좋았다.

이제 마을 아주머니들은 전처럼 절을 찾아와 경을 읽지도 않는다. 얼마 전 저우 아주머니가 나를 찾아와서는 불사를 치르면서 마을에 벽보도 안 붙이고 사람들을 부르지도 않았다고 퉁명스럽게 따졌다. 그 불사는 개인이 의뢰한 거라고 하자 아주머니는 불만이 가득해서는 쏘아붙였다.

"산첸사는 산첸촌 건데 어떻게 다른 사람의 불사를 대신해 줄 수가 있어요? 스님에게는 그럴 권리가 없습니다."

그녀는 화를 눌러가며 한마디 덧붙였다.

"후이밍 스님이 있을 때도 이런 일은 없었습니다."

나는 아무 말도 하지 않았다. 이윽고 저우 아주머니는 화가 나서 돌아가겠다는 자세를 취했다. 그녀를 만류하며 부드러운 말 몇 마디를 건네야 한다는 것을 알면서도 짐짓 모른 체했다.

그녀를 붙잡아두기 싫었을 뿐만 아니라 부드럽게 달래주기도 싫었다. 과일이나 간식거리로 환심을 사기는 더더욱 싫었다. 사실상 나는 사람들과의 교류에 넌더리가 나 있었다.

그날부터 저우 아주머니는 발길을 끊었다. 그녀가 오지 않으니 마을의 다른 촌로들도 나타나지 않았다. 그녀들은 모두 저우 아주머니의 말대로 움직이는 것 같았다. 장랴오 스님의 말에 따르자면 저우 아주머니가 나의 호법이었던 셈이다. 다른 것이 있다면 그녀의 영향력이 작은 마을에 국한되었다는 것뿐이다. 언젠가는 내가 선물을 들고 저우 아주머니를 찾아가야 할 것이다. 그러나 지금은 싫다. 저우 아주머니가 싫다기보다는 모든 사람과 교류를 하는 것이 싫고 귀찮다. 심지어 집에 가는 것도 귀찮다. 집에 가서 아내나 세 아이를 상대해주기도 귀찮다. 모든 것이 의미 없게 여겨진다. 지금은 그저 이렇게 조용히 지내면서 세상과 떨어져서 아무런 스트레스도, 아무런 의욕도 없이 조용히 지내고 싶다.

어느 날 오후 나는 갑자기 좌선을 하기로 했다. 선방 구석에는 의자가 하나 있다. 얼마나 오래되었는지 표면의 무늬가 보이지 않고 내부가 드러날 정도였다. 나는 그 의자를 꺼내 가부좌를 틀고 앉았다. 처음에는 다리 인대에 통증이 느껴졌으나 며칠 계속하다 보니 적응되었는지 통증은 조금씩 사라졌다. 나는 가부좌를 하고 합장을 한 채 두 눈을 감았다. 이렇게 한 시간 정도 좌선을 하고 나면 몸이 완전히 풀려 편안한 느낌이 들었다. 좌선이 습관이 되면서 점점 식사 후 낮잠을 자지 않고 좌선을 한 시간씩 했다.

그날도 점심을 먹고 좌선하고 있었다. 처음에는 이런저런 생각이 오갔으나 나중에는 조금씩 생각이 옅어지면서 머릿속에 마치 솜뭉치가 떠 있는 것처럼 생각의 흔적을 찾을 수 없었다. 주변도 조용해서 내 숨소리만 들렸다. 그 숨소리마저 사라지고 내 귀에는 아무 소리도 들리지 않았다. 정적만이 흐르는 가운데 어떤 목소리가 은은하게 귓전에 울리기 시작하더니 점점 또렷해졌다. 불경을 읽는 소리였다. 그 소리가 내 입에서 나온 것인지 다른 데서 들리는 소리인지 알 수 없었다.

"나무살달타. 소가다야. 아라가제. 삼막삼보타사. 나무살달타. 불타구지슬니삼. 나무살파. 발타발지. 살다비폐."

「능엄주」였다. 처음 독경 소리가 울릴 때는 내 몸이 부풀어 올라 점점 커지면서 무게가 없어지는 것 같았다. 이제는 내 몸이 떠올라 공중에 떠 있었다. 눈을 감고 눈앞에 펼쳐진 광활한 수면을 바라보고 있었다. 그 수면은 아이의 피부처럼 부드러워 보이다가 어느 순간 얼음처럼 단단해 보이기도 했다. 물밑에서 빛이 겹쳐서 비쳤다. 빛도 나처럼 무게가 다 빠져나간 듯이 물속 깊은 곳에서 조금씩 떠오르다가 마침내 수면 위로 모여서 미세하게 흔들렸다. 그 빛은 온화하고 평화로우며 성스러웠다. 나는 그 빛을 온 힘을 다해 응시했다. 빛과 나는 자석의 양극처럼 서로 이끌고 있었다. 나는 그것에게 다가가고 싶었다. 내 몸을 그 빛에 맡기고 싶었다. 그곳은 그지없이 밝고 따뜻할 것이다. 그렇게 수면의 빛을 향해 다가가려고 노력했다. 가까워질수록 빛은 밝게 빛났다. 거의 수면에 닿으려고 할 때 갑자기 수면에 구멍이 생기면서 여러 개의 빛은 순식간에 구멍으로 빨려 들어갔다.

나는 눈을 번쩍 뜨고 오랫동안 거친 숨을 몰아쉬었다. 낯설지 않은 정경이었다. 팡창이 태어나기 전날에도 이런 빛을 보았다. 그날 밤 내가 기도했던 것도 머릿속에 분명하게 떠올랐다. 그 소원은 여전히 날카로운 칼날처럼 내 머리 위에 높이 매달려 있었다.


아침에 다 탄 양초와 촛농을 회수해가는 업자가 절에 들렀다. 이 사업도 꽤 괜찮은 벌이가 된다. 촛농을 싼 가격에 수거해서 다시 양초로 만들어 되파는 것이다. 이번에 온 사람은 후이밍 스님이 수륙법회를 끝낸 후에도 온 적이 있다. 이곳에서 불사가 있었다는 말을 듣고 온 것이리라. 평소에는 이렇게 작은 절에는 찾아오지 않는다. 그들은 신도의 방문이 끊이지 않은 큰 절을 자주 찾는다. 작은 절에 가봐야 물건이 없을 테니 말이다. 그는 촛농과 남은 양초를 자루에 넣고 가지고 다니는 저울에 재서 값을 치렀다. 그리고는 자루를 삼륜차 뒤에 싣고 자갈길을 지나 마을 입구로 갔다.

위층에 올라가 삼륜차가 멀어지는 모습을 보고 있을 때였다. 갑자기 사람의 그림자가 겹쳐지며 한 사람이 이쪽으로 걸어오는 것이 보였다. 사람의 발길이 끊긴 지 오래인 이곳에 찾아올 사람이 누구란 말인가. 갑자기 의구심이 들었다. 형체가 확실히 보이지는 않지만 점점 가까워지는 모습이 눈에 익었다. 나는 소스라치게 놀랐다. 그 사람은 바로 저우위였다.

나는 서둘러 절 입구까지 달려가서 그녀를 맞았다. 저우위는 양손에 떡을 들고 오다가 나를 보더니 곤혹스러운 눈빛을 했다. 왜 차도 안가지고 왔냐는 내 물음에 택시가 길이 좁다며 거절했다고 답했다. 그 이야기를 들으니 왠지 알 것 같았다. 절 앞의 도로는 결코 좁지 않다. 나는 얼른 말을 돌렸다.

"나도 같은 일을 당하곤 합니다. 택시 기사들이 너무 돈만 안다니까요."

저우위는 앉자마자 담배부터 물었다. 그녀는 전과는 달리 초췌한 모습이었다. 말도 거의 하지 않고 담배만 피웠다. 틀림없이 무슨 일이 생긴 모양이라고 짐작은 갔지만 그녀가 입을 열지 않으니 물어볼 수도 없었다. 점심때가 가까워져서 나는 그녀에게 밥을 먹고 가라고 붙잡았다. 그리곤 밭에서 부추를 뽑아 잘게 썰었다. 간장과 유채 기름을 섞어 불에 살짝 달군 다음 부추 위에 끼얹어 양념장을 만들었다. 끓인 물에 국수를 삶아 건져내서 양념장을 얹었다. 저우위가 맛을 보더니 이렇게 맛있는 국수는 정말 오랜만에 먹어본다며 감탄했다. 예의상 하는 말인지 진심으로 그렇게 생각하는지 알 수 없었다.

절반쯤 먹더니 저우위는 배가 부르다며 젓가락을 내려놓았다. 그녀는 입을 닦고 나서 다시 담배를 물었다.

"이제 그만 가봐야겠어요. 상하이에 가봐야 해서요."

담배를 한 모금 빨아들이더니 한마디 덧붙였다.

"사업상 일이에요."

나는 웃었다. 사업 때문이 아니라 회당에 문제가 생긴 것이 틀림없다고 생각했다. 낙찰계라는 것이 도박과 같아서 위험성이 많다고 들었다. 그렇지만 캐물을 수도 없어서 그녀가 담배를 다 태우도록 말없이 앉아 있었다. 담배를 다 피운 그녀가 가겠다며 몸을 일으켰다. 나도 일어나 그녀를 배웅했다. 저우위는 천천히 걸었다. 입구까지 간 그녀가 잠시 발걸음을 멈췄다. 몸을 살짝 틀어 낮은 소리로 말했다.

"2만 위안만 빌려줄 수 있어요?"

예상하지 못한 말에 나는 잠시 말을 잃었다. 그녀는 내 눈을 외면한 채 난감한 표정으로 말했다.

"괜찮아요."

그러더니 그대로 문을 밀고 나갔다.

"잠깐만요!"

내가 그녀를 붙잡았다. 저우위가 몸을 돌려 나를 바라보았다.

"금방 돌아올 테니 잠시만 거기 있어요."

나는 서둘러 전동 자전거를 타고 가까운 신용조합으로 갔다. 그곳에서 2만 위안을 인출한 후 급히 돌아와서 저우위에게 건넸다. 저우위가 돈을 보더니 몸 둘 바를 모르겠다는 듯 작은 소리로 말했다.

"이 돈은 반드시 갚을게요."

나는 웃으면서 말했다.

"그럴 필요 없어요. 나를 많이 도와주셨잖아요."

저우위는 나를 한 번 더 보더니 말없이 떠나갔다. 나는 문 앞에 서서 저우위가 자갈길을 걸어 멀어지다 끝내 모습이 보이지 않을 때까지 지켜보았다. 가슴이 시려왔다. 이 느낌을 뭐라고 표현해야 할지 모르겠다. 그녀는 늘 이랬다. 갑자기 나타나서 갑자기 사라져버렸다.

나는 홀로 주방에서 담배를 피웠다. 그리고는 그릇을 씻어 정리하고 위층으로 올라갔다. 다른 날과 다름없이 의자에 앉아 가부좌를 하고 좌선에 들어갔다. 그러나 어찌된 영문인지 마음이 어지러웠다. 마치 광풍이 휘몰아치고 지나간 것처럼 마음을 다스리기 어려웠다. 마음이 붕 뜨니 몸도 중심을 잃어서 의자에서 몇 번이나 떨어질 뻔했다.

결국 좌선을 포기하고 아래층으로 내려갔다. 그리고는 전동 자전거를 타고 집으로 향했다. 갑자기 비할 길 없는 고독감이 몰려왔다. 아내가 보고 싶고 아이들이 그리웠다. 그들을 보지 못하면 견딜 수 없을 것 같았다. 나는 전동 자전거 속도를 최대 수치까지 올렸다. 부릉 소리와 함께 금방이라도 부서질 것처럼 달렸지만 속도를 더 내고 싶었다. 날개라도 달아서 단숨에 집까지 날아가고 싶었다.

집에 도착하니 대문이 닫혀 있었다. 그렇게 안달하며 와놓고는 막상 도착하니 문을 열고 들어갈 마음이 사라졌다. 문틈에 눈을 대고 보니 아내가 마당에서 빨래를 하고 있었다. 양손에 잔뜩 묻은 비누거품을 팡창과 얼난이 걸어가서 서로의 몸에 뿌리며 장난을 쳤다. 팡창은 제 누나에게 쫓겨서 문 앞까지 왔다가 갑자기 그 자리에 얼어붙어 문틈을 노려보았다. 나는 몸을 돌려 얼른 그곳을 떠났다.


　나는 여전히 일찍 자고 일찍 일어나며, 경을 읽고 좌선을 하는 생활을 이어갔다. 모든 것이 조용하게 지나가기를 바랐다. 그러나 3일이 지나자 더는 견디기 어려웠다. 결국 내 마음이 흔들리고 있다는 것을 인정하고 탄식했다. 저우위가 왔다간 날부터 좌선할 때마다 의자 위에서 흔들거렸다. 조용히 마음을 가다듬고 깊은 생각에 빠지려고 했으나 내 머리는 마치 사면이 구멍 뚫린 벽 같아서 잡념이 시도 때도 없이 그 틈을 파고들었다. 평정심을 유지할 수 없는 것은 물론이고 예전처럼 자기 자신을 비우기도 어려웠다.

　3일째 되던 날 오후, 결국 나는 눈을 뜨고 낡고 습한 방 안과 엉덩이 아래 낡아빠진 의자를 바라보았다. 갑자기 내 자신이 우스워졌다. 나는 마치 건망증에라도 걸린 듯 이곳에 무엇을 하러 왔는지 잊어버렸다.

　다음 날엔 전동 자전거를 타고 다오샹촌(稻香村)에 갔다. 그곳에서 100위안을 주고 패스트리 두 상자를 샀다. 마을로 돌아온 나는 저우 아주머니 집을 찾아갔다. 아주머니는 마을의 동쪽에서 혼자 살고 있다. 10년 전 남편이 차 사고로 세상을 떠난 후 겁이 나서 차를 타지 못하게 되었고, 마을을 거의 떠나지 않는다고 했다. 그녀의 아들은 대출을 받아 도시에 집을 마련했다. 아주머니는 아들에 대한 걱정을 내게 늘어놓곤 했다. 요즘 젊은이들은 빚지는 것을 예사로 생각한다며, 집을 사려면 돈을 모아야 하고, 부족하면 차라리 그 돈을 은행에 넣어놓고 이자나 받으면 좋을 텐데 아들이 은행에서 돈을 빌려서 집을 사고 매월 이자를 내고 있으니 그 돈이 아깝다는 것이다.

내가 도착하니 저우 아주머니는 때마침 마당에서 경을 읽고 있었다. 그 경이라는 것도 사실은 투박한 종이를 접어놓은 것에 불과하다. 농촌 아주머니들은 손으로 종이를 꿰매서 『토지경(土地經)』『재신경(財神經)』을 읽는다. 시간을 보내는 데도 그만이지만 돈벌이가 되기도 한다. 어떤 사람들은 경을 태워서 조상에게 바친다. 또 다른 사람들은 자신은 읽지를 못하기 때문에 7월 보름인 백중(百中), 청명, 음력 섣달그믐 같은 날에는 저우 아주머니 같은 사람들에게 경을 판다. 마을 노인들에게는 훌륭한 수입원이 된다.

내가 마당에 들어서자 저우 아주머니도 나를 보았다. 그러나 무시하고 하던 일을 계속했다. 나는 그녀 앞에 앉아서 공손한 자세로 케이크를 앞으로 내밀었다.

"불자님 드리려고 일부러 다오샹촌까지 가서 사온 케이크입니다. 맛 좀 보시겠습니까?"

저우 아주머니는 내 말이 들리지 않는다는 듯 여전히 경 읽기에 몰두했다.

"불자님. 그날은 제가 기분이 좋지 않아서 큰 결례를 했습니다. 사실 많은 사람 중에 불자님만이 진심으로 저를 대해준다는 것을 압니다. 불자님이 아니라면 제가 산첸사에서 자리 잡을 수 있었겠습니까? 그토록 많은 불사를 주선해줄 사람도 없었을 겁니다. 불자님 듣기 좋으라고 하는 말이 아니라 불자님이야말로 이 절의 대호법이십니다. 저는 불자님만 믿습니다."

저우 아주머니의 표정이 그제야 누그러졌다. 그녀는 길게 한숨을 내쉬었다.

"제게 문제가 있다면 마음이 약한 것입니다. 광징 스님이 너무 크게 되어서 이제 저 같은 건 필요 없는 줄 알았습니다. 그래서 그만 귀찮게 해드려야겠다고 독한 마음을 먹었답니다. 그런데 이런 말씀을 하시니 마음이 약해지네요."

나는 손을 뻗어 아주머니가 바구니 안의 경을 정리하는 것을 도왔다.

"그러지 마십시오. 불자님이 저를 외면하시니 마을의 다른 분들도 절에 찾아오지 않으시지 뭡니까?"

내가 웃으며 말하자 저우 아주머니는 입을 삐죽거렸다.

"다른 사람들이 어디를 가든 내가 감히 이래라저래라 간섭할 수 있나요?"

"불자님도 참 겸손하십니다. 불자님이 산첸촌의 부녀회장님이나 마찬가지라는 사실을 모르는 사람이 어디 있습니까?"

아주머니는 쑥스럽게 웃었다.

"광징 스님은 농담도 잘하시네. 이 나이에 부녀회장이 가당키나 합니까?"

나도 같이 웃었다. 속으로 안도의 한숨을 내쉬었다. 염치도 없이 이런 방법까지 쓰면서 비위를 맞추려는 자신의 얼굴이 퍽 두껍게 느껴졌다.

오후가 되자 저우 아주머니가 다른 아주머니 몇 분과 함께 절을 찾아왔다. 그녀들은 경이 든 바구니를 들고 계수나무 아래 앉아 경을 읽었다. 나는 미소를 띠고 그들 옆에 앉아 이야기를 나눴다. 솔직히 말해 그녀들을 보고 있노라면 상실감이 느껴진다. 눈앞에 펼쳐진 장면이야말로 이 절에서 가장 정상적인 생활이기 때문이다. 오직 이 사람들만이 이 절과 연결된 것이다. 마을에 경조사가 있거나 외부에 나가 사업하려고 할 때마다 사람들은 절을 찾았다. 그런 일이 있을 때면 으레 절을 찾아와 부처님께 답을 구했다. 절에 오는 사람들은 대부분 노인이다. 그들은 다리가 불편해서 멀리 나갈 수 없기에 마을의 절을 찾는 것이다. 마을의 작은 절은 종교와는 상관이 없고, 돈벌이와는 더욱 관계가 없다. 그저 마을 노인들이 시간을 보내는 장소이자 그들의 문화센터 같은 곳이다.

이날부터 나는 규칙적인 생활을 포기했다. 일찍 일어나지도 않았으며 부지런히 청소하지도 않았다. 절에는 쓰레기가 점점 많아졌다. 무료할 때면 경을 읽거나 좌선을 했다. 그러나 규칙적으로 하지는 않았다. 나는 자신에게 적용했던 엄격한 규칙을 모두 무시했다. 그래봐야 아무런 의미가 없다고 생각했기 때문이다.

아주머니들은 수시로 찾아와서는 계수나무 아래 경을 펼쳐놓고 시간을 보냈다. 시간이 흐르면서 그들은 나의 존재를 전혀 개의치 않는 것 같았다. 나 역시 담벼락 뒤에 홀로 앉아 햇볕을 쐬고 담배도 피웠다. 그리고는 짚 더미 위에 앉아 꾸벅꾸벅 졸았다.

하루는 짚 더미 위에 앉아 있는데 갑자기 후이밍 스님이 떠올랐다. 이제야 그녀를 이해할 것 같았다. 후이밍 스님이 처음 이곳에 왔을 때만 해도 내가 그랬듯이 의욕에 넘쳐 절을 새롭게 바꾸고자 했을 것이다. 그러나 그렇게 해봐야 아무 의미가 없다는 사실을 곧 깨달았을 것이다.

이곳은 마치 죽은 땅 같다. 누가 되었든 지나가는 나그네요, 하나의 도구에 불과하다. 이곳에서 나고 자란 노부인들이 이곳의 진정한 주인이다. 아무리 노력해도 바꿀 수 없는 현실이다. 결국 후이밍 스님은 의욕 없는 나날을 지내게 되었으며, 그렇게 지낸 세월이 무려 20년이나 되었다.

# 25

 나는 복도 난간에 기대서 무료하게 하품을 했다. 인간이란 참 이상한 동물이다. 그전에 날마다 일찍 일어나고 일찍 잘 때는 그렇지 않더니 지금은 해가 중천까지 솟도록 늦잠을 자고도 졸음이 온다.
 멀리서 자동차의 클랙슨 소리가 들려왔다. 눈을 가늘게 뜨고 바라보니 마을 입구에 검은 승용차가 흰 먼지를 일으키며 오는 중이었다. 차는 마을로 들어가지 않고 절 쪽으로 방향을 틀었다. 마침내 차가 절 입구에 멈췄다. 척 봐도 고급 차종이었다. 저런 고급차가 어떻게 이런 곳을 찾았을까. 이상하단 생각이 들어 몸을 꼿꼿이 세웠다.
 문이 열리고 남자 셋이 내렸다. 그중 한 명은 검붉은 피부에 눈에 익은 사람이다. 나는 미간을 모으며 그가 누군지 생각해 내려고 애를 썼다. 자세히 보니 지난번 절에 찾아와서 불사를 의뢰한 마 선장이었다. 불안한 생각이 스쳤다. 의뢰받을 당시에도 떳떳하지 못했는데 하물며 불사 도중에 일어난 일들로 불쾌한 표정까지 짓던 그였다. 불사를 치르고 시간이 꽤 지났지만 나는 그가 찾아와 행패를 부리지나 않을까 늘 불안했다. 마침내 그날이 오고야 말았다는 생각에 가슴이 떨려왔다.

나는 승복을 여미고 애써 마음을 가다듬으며 빠르게 계단을 내려갔다. 아래층에 당도하니 마 선장이 내 쪽으로 걸어왔다. 내가 말을 꺼내기도 전에 그가 나를 향해 두 손을 합장했다.

"대사님, 안녕하셨습니까?"

옆에 있는 두 사내도 그를 따라 했다. 나는 순간 멍해졌다. 그들의 태도로 봐서는 행패를 부리려고 온 것 같지는 않았다. 나는 불안한 마음을 추스르며 그들을 선방으로 안내했다. 말이 선방이지 사실은 지난번 불사 때 대충 정리해서 사용한 낡은 방에 불과하다. 가구라고는 여럿이 둘러앉을 수 있는 테이블 하나와 등받이 없는 의자 몇 개가 고작이다. 그것도 마을의 독거노인이 세상을 떠나면서 저우 아주머니가 옮겨놓은 것이다.

선방에 들어서자마자 선장과 일행은 듣던 대로 소박하고 청렴한 대사의 인품에 걸맞다며 찬사를 늘어놓았다. 그들의 말을 들으며 이상한 기분이 들었지만 웃는 얼굴로 일회용 컵에 차를 따라주었다. 잠시 후 나는 조심스럽게 마 선장에게 물었다.

"마 선장님, 최근 바다에 나가서 고기는 좀 잡으셨습니까?"

마 선장은 대답은 하지 않고 웃기부터 했다. 같이 온 두 사람도 따라 웃었다. 나는 영문을 몰라서 불안해졌다.

"많이 잡지 못하셨나 봅니다."

나는 조심스럽게 덧붙였다. 그러자 마 선장이 웃음을 멈추고 손을 저었다.

"대사님, 정말 대단하십니다. 지난번 불사를 하고 나서 바다에 나갔는데 큰 고기떼를 만났지 뭡니까! 얼마나 고기가 많은지 그물을 잡아당길 수도 없었다니까요. 잡은 고기가 너무나도 많아서 배의 수족관이 넘쳐버렸습니다. 고기를 쌓아놓은 곳을 지나가려면 마치 두 다리가 늪에 빠진 것 같아서 한참만에야 빠져나올 정도였습니다."

마 선장이 말로는 다 설명이 안 된다는 듯이 두 팔을 쫙 펴서 흉내 냈다. 마치 풍어의 순간으로 돌아간 듯했다. 나는 열심히 들으면서 그들에게서 풍기는 비린내를 맡았다. 이제야 마음이 놓였다. 정말 관세음보살님이 보우하사 이 고비를 넘겼다는 생각이 들었다. 마 선장은 일행을 가리키며 말했다.

"이 사람들은 모두 나와 함께 바다에 나가 그 광경을 목격한 사람들입니다. 광징 대사님, 정말 신기한 일입니다. 마을에 다른 배들도 함께 나갔는데 저 혼자만 만선으로 돌아온 겁니다. 이 친구들에게 살아 있는 보살님을 만난 덕분이라고 말했습니다. 그렇지 않다면 이렇게 운이 좋을 리가 없지요."

옆에 있던 두 사람도 연신 고개를 끄덕이며 그의 말에 동조했다. 나는 얼굴이 순식간에 달아올라 손사래를 쳤다.

"말씀이 지나치십니다."

잠시 후 마 선장이 관세음보살님께 인사를 드린다고 일행을 데리고 관음전으로 갔다. 그들은 향을 피우고 초에 불을 붙이고는 경건하게 절했다. 일어나서는 각자 주머니에서 두툼한 돈 봉투를 꺼내 공덕함에 넣었다.

선방으로 돌아와 잠시 이야기를 나눈 그들이 가보겠다며 몸을 일으켰다. 나는 문 앞까지 배웅했다. 그때 마 선장이 자동차의 트렁크에서 검은 비닐봉투를 꺼내더니 내게 내밀었다.

"광징 대사님께 뭘 드릴지 몰라서 말입니다. 스님께 물고기를 선물로 드릴 수는 없지 않겠습니까? 생각 끝에 그냥 돈이 낫겠다 싶어서 이렇게 준비했습니다. 대사님이 돈을 중요하게 생각하지 않는다는 것도 압니다. 저 친구들에게도 말했지만, 지난번 불사 때 20만 위안을 드려야 하는데 대사님이 10만 위안만 받았지요. 세상에 대사님 같은 분이 어디 있습니까? 하지만 오늘 가져온 돈은 반드시 받으셔야 합니다. 제가 불전으로 내놓는 거라고 생각하십시오."

손 안에 든 돈의 두께로 보아 5만 위안은 족히 될 것 같았다. 나는 마음이 편치 않아서 그 돈을 받을 수 없다며 돌려주었다. 마 선장이 애끓어 하는 게 눈이 보였다.

"대사님, 저를 무시하는 겁니까? 제 돈에 생선 비린내가 나서 싫습니까?"

마 선장의 검붉은 얼굴이 일그러지는 모습을 보니 더 사양하면 안 될 것 같았다. 마지못해 돈을 받아든 나는 고맙다는 인사를 계속했다.

절 입구에 서서 마 선장의 검은색 승용차가 멀어지는 모습을 바라보았다. 차가 지나간 후 회색 흙먼지도 점점 가라앉았다. 해가 서산으로 지기 직전이라 내 그림자가 길게 땅에 드리워졌다. 나는 자신의 그림자를 바라보며 갑자기 아련한 기분을 느꼈다. 저우위가 생각이 났다. 마 선장은 저우위가 데려온 사람이다. 마음이 괴로웠다. 저우위가 정말 상하이로 갔는지, 지금은 어떻게 지내는지 알 수 없었다. 갑자기 나타난 여인은 그렇게 갑자기 떠나갔다. 마치 바람처럼 신비한 여인이다. 나는 휴대 전화를 켜고 그녀의 전화번호를 찾았다. 전화를 걸려고 했으나 망설이다가 전화기를 내려놓았다.

집으로 돌아온 나는 마 선장이 준 돈에서 2만 위안을 꺼내 아내 앞에 내려놓았다. 저우위가 돈을 빌려간 날, 나는 아내에게 전화를 걸었다. 아내를 속일 생각이 없었다. 이런 일은 그녀가 먼저 알아서 물어보면 입이 열 개라도 할 말이 없어진다. 물론 저우위의 이름까지 말하지는 않았다. 그저 어떤 친구가 급히 돈이 필요해서 빌려줬다고 말했다. 아내는 전화 너머로 알았다고 할 뿐 더는 캐묻지 않았다. 이 정도로 대화를 마치는 게 좋다는 것은 나도 알지만 그래도 뭔가 찜찜했다. 내가 말을 하지 않고 가만히 있으면 아내가 더 신경 쓸 것 같아 걱정되었다. 그래서 한마디를 덧붙였다.

"여보, 어떤 친구인지 궁금하지 않아?"

아내가 무심한 말투로 대답했다.

"당신이 번 돈이니 알아서 하겠죠, 뭐."

나는 적잖이 실망했다. 언제부턴가 아내는 매사에 시큰둥해졌다. 불만이 있어도 드러내지 않았으며, 모든 감정을 꽁꽁 싸매서 자기 안의 작은 상자에 가둔 것처럼 보였다. 돈을 빌려준 사실이 아내 입장에서는 달갑지 않을 것이다. 우리 살림살이에 2만 위안이면 큰돈이기 때문이다. 그렇게 큰돈을 사전에 의논하지 않고 빌려줬으니 기분이 좋을 리 만무하다. 그런데도 그녀는 불쾌한 기색을 드러내지 않는다. 나는 아내가 이러는 것이 싫었다. 전에는 화가 나면 바로 말을 하고 욕을 하기도 했다. 그러나 지금은 마치 낯선 사람 대하듯 한다. 우리 둘 사이에 큰 벽이 가로막고 있는 것 같다. 나도 기분은 좋지 않지만 그렇다고 말로 표현할 수도 없다. 아내와 아이들에게 나는 점점 그들과 상관없는 존재로 변하는 것 같다. 우리 가족은 이제 나에게 관심이 없다. 나는 이제 모든 면에서 그들과 정서적으로 교감하지 못한다.

아내에게 돈을 내놓자 깜짝 놀라서는 어디서 난 거냐고 묻는다.

"지난번에 2만 위안 빌려간 친구 있었잖아? 이번에 그 돈 돌려받았어."

아내는 그러냐고 하더니 전혀 동요하지 않고 말했다.

"이 돈은 나한테 주지 말고 은행에 넣어둬요."

나는 침대에 걸터앉아 담배에 불을 붙였다.

"여보, 나도 함부로 돈을 빌려주지는 않아. 우리 형편에 그렇게 많은 돈을 빌려줄 수도 없고 말이야. 하지만 그 친구는 나를 많이 도와줬기 때문에 빌려주지 않을 수 없었어."

아내가 이상하다는 듯이 나를 바라보았다.

"당신이 돈 빌려줬다고 내가 뭐라고 했어요?"

"말은 하지 않았지만 당신이 그러니까 내 마음이 더 불편해서 그래. 여보, 우리는 부부야. 할 말이 있으면 대놓고 했으면 좋겠어."

그러자 아내가 말했다.

"내가 말하면 들어줄래요?"

"당연하지. 말만 해."

"승려를 그만두라면 내말대로 하겠어요?"

나는 소스라치게 놀랐다. 그런 내 모습을 보며 아내가 말을 이었다.

"아무래도 이건 아닌 것 같아요. 당신이 힘들다는 거 잘 알아요. 하지만 나와 아이들도 힘들어요."

나는 고개를 숙이고 담배를 힘껏 빨아들였다. 승려의 아내 노릇이 얼마나 그녀를 힘들게 하는지 충분히 느껴지는 말이었다.

"얼마 전에 다난이 학교에서 가정환경조사서를 제출하라기에 내가 작성해서 아이에게 줬어요. 다음 날 아이가 조사서를 두고 가서 학교에 가져다주려고 그 종이를 봤다가 경악했어요. 다난이 조사서 내용을 다 바꿔놓았지 뭐예요. 어떻게 바꿔놓았는지 아세요?"

나는 고개를 가로저었다.

"아버지에 관한 항목에 모두 '없음'이라고 표기를 해놓았더라고요."

가슴 한편이 갑자기 서늘해졌다. 누군가 날카로운 칼로 베고 지나간 것 같았다. 아픔이 아닌 서늘함을 느꼈다. 피가 순식간에 내 몸을 빠져나가는 기분이었다. 나는 웃기만 하고 아무 말도 하지 않았다. 나를 그토록 따르던 다난이 지금은 나를 세상에서 사라진 존재로 인식한다. 나는 그대로 집을 나서 마당에 있는 팡창을 번쩍 안아 들었다.

"아들, 아빠랑 과자 사러 가자."

반색하며 내 품에 뛰어들던 팡창이 갑자기 코를 찡그렸다. 나는 이상해서 물었다.

"팡창아, 왜 그러니?"

"아빠 몸에서 무슨 냄새가 나요."

"담배 냄새?"

"아니에요."

나도 내 몸 여기저기 냄새를 맡아보았다.

"아무 냄새도 안 나는데?"

"냄새나요."

팡창은 잠시 말을 멈췄다가 덧붙였다.

"스님이 향을 태우는 냄새가 나요."

나는 깜짝 놀라서 물었다.

"스님의 향 태우는 냄새를 네가 어떻게 알아?"

"누나가 말해줬어요. 아빠 스님이에요?"

팡창의 물음에 나는 뭐라고 대답할지 난감했다.

그날 밤 자려고 누웠을 때 별안간 아내에게 말했다.

"여보, 승려 일은 그만두어야겠어."

아내는 귀를 의심하며 내 쪽으로 고개를 돌렸다. 나는 같은 말을 되풀이했다.

"승려 일을 그만두고 집에 있으면서 다른 일이나 찾아봐야겠어."

아내가 뛸 듯이 기뻐하며 내 목을 힘껏 끌어안았다.

"그렇게 하면 아이들도 좋아서 어쩔 줄 모를 거예요."

나는 그냥 웃기만 했다. 아내 말이 맞다. 내가 돌아오면 아이들이 좋아할 것이다. 그러나 돌아오지 않는다면 나를 아버지란 자리에서 영영 지워버릴 것이다.

# 26

모든 것이 예전으로 돌아왔다. 그러나 완전히 돌아간 것은 아니다. 주지가 되었을 때, 예전에 하던 일을 다 그만두었으니 이제는 여기저기 일자리를 알아봐야 한다. 비록 아내는 내게 집에서 푹 쉬고 나서 생각하라고 하지만 그럴 수 없다. 나는 바빠져야 했다.

날마다 신문의 구인 광고를 들여다보았다. 그러나 아무리 봐도 마땅한 일자리를 찾을 수 없었다. 그쪽에서 지나치게 높은 기준을 요구하거나 수입이 지나치게 낮은 곳뿐이었다. 아내는 조급하게 생각하지 말라며 나를 위로했다. 하지만 이건 조급하고 말고의 일이 아니다.

어느 날 다난이 물었다.
"아빠, 왜 날마다 집에 있어요? 이제 절에 안 가세요?"

나는 웃으며 고개를 끄덕였다.

"이제 안 갈 거야."

다난은 내 말 뜻을 이해할 수 없다는 듯이 재차 물었다.

"요 며칠만 안 가시는 거예요, 계속 안 가실 거예요?"

나는 아이의 머리를 쓰다듬으며 답했다.

"이제 다시는 안 갈 거야."

아이는 말없이 밖으로 나갔다가 잠시 후 돌아왔다. 울었는지 아이의 눈가가 빨개져 있었다.

그날 다난은 말수가 유난히 많아져서 반 친구들이나 선생님에 관해서 계속 조잘거렸다. 아내도 다난의 변화를 느꼈는지 밤중에 자리에 누웠을 때 귓속말로 내게 말했다.

"다난이 저렇게 말을 많이 한 것도 정말 오랜만이에요."

그 말을 들은 순간 다난이 아내와 닮았다는 생각이 들었다. 아내도 내가 돌아온다는 말에 무척 기뻐하면서도 그 기쁨을 함부로 드러내지 않으려고 애쓰고 있었다. 다난은 감정 표현에 솔직한 아이라고 생각했는데 언제부터인가 아내처럼 변했다. 이제는 훌쩍 자랐는데 나만 모르고 있었는지 모른다.

다난에 비하면 얼난과 팡창은 단순하다. 그 아이들의 눈에 나는 마치 친척 아저씨 같은 존재였다. 데리고 나가서 장난감이나 맛있는 것을 사주면 좋아하고 그렇지 않으면 가까이 오지 않는다. 솔직히 말해서 나는 두 아이에게는 조금 실망했다. 특히 팡창은 자신의 출생이 나와 제 엄마에게 얼마나 큰 어려움을 가져왔는지 모를 것이다.

오늘도 얼난과 팡창이 마트에 가자고 졸랐다. 나는 가기 싫었지만 아이들이 실망할까 봐 그러자고 했다. 막 나가려고 하는데 아내가 가로막았다.

"너희들 이제 군것질이나 장난감 사달라고 조르면 안 된다. 아빠가 일을 안 하니까 돈을 아껴 써야 한단다."

아내의 말에 두 아이가 울기 시작했다. 각자 내 팔 하나씩을 잡고 마치 병아리가 어미 닭의 품에 숨는 것처럼 내 품에 매달렸다. 나는 두 아이를 감싸 안고 아이들 편을 들어주었다. 아내는 언짢아져서 내가 아이들 버릇을 나쁘게 들인다며, 자기와 있을 때는 아이들이 그렇지 않았다고 중얼거렸다. 그 말에 기분이 이상해졌다. 아이들이 이렇게 변한 게 마치 내가 집에 돌아와서 그렇다는 말로 들렸다. 그러나 나는 반박하지 않았다. 아내의 말도 일리가 있었기 때문이다. 내가 그동안 집을 비우지 않았다면 아이들도 이렇게 변하지 않았을 것이다. 결국 나는 두 아이를 데리고 마트로 가서 먹을 것을 잔뜩 사서 안겼다. 두 아이는 길바닥에서 감자칩 봉지를 뜯어 먹기 시작했다.

"얘들아 앞으로는 군것질하겠다고 아빠를 조르면 안 된다. 군것질을 많이 하면 몸에 좋지 않아."

팡창이 고개를 들어 나를 보며 말했다.

"아빠, 그건 틀린 말이에요. 많이 먹으면 안 좋은 게 아니라 아빠가 일을 안 해서 돈이 없는 거잖아요."

나는 기가 막혀서 잠시 아무 말도 할 수 없었다.

"그래. 아빠가 지금 돈이 없구나. 그러니 너희들도 앞으로는 절약해야 한다."

 얼난이 눈을 깜박거리더니 이렇게 말한다.

 "아빠, 스님 다시 하면 돈이 들어오잖아요?"


 아량이 란저우에서 돌아왔다며 전화를 걸어왔다. 우리는 자주 가던 식당에서 만나 점심을 먹었다. 아량은 살이 좀 붙은 것 같았다. 란저우 라면을 많이 먹어서 그렇다고 했다.

 "자네 아직도 삼륜차 몰고 있나?"

 "요즘은 그만뒀어."

 "그럼 무슨 일하고 있어? 아직도 우유 배달하나?"

 나는 고개를 저었다. 사실은 그동안 절에서 승려로 있었다는 말이 목까지 올라왔으나 꾹 삼켰다. 요즘 나는 자신의 신분에 민감해졌다. 아내와 아이들의 반응에 입에 올리기 부끄러운 직업이라는 생각이 앞섰기 때문이다.

 "그냥 집에서 하는 일 없이 놀고 있어."

 "놀고 있다고? 그럼 생활비는 어떻게 하고?"

 "나도 일을 하고 싶지만 요즘 일자리 얻기가 쉽지 않다네. 자네는 어때?"

 내 물음에 아량이 답했다.

 "사실 이번에 돌아온 건 내 사업을 해보고 싶어서야. 외지에서 오래 있자니 그것도 힘들고 말이네. 고생해서 남 좋은 일만 하느니 직접 나서서 해보기로 했어. 요즘은 페인트 일이 벌이가 괜찮아. 집을 사서 인테리어하는 사람들이 많으니 일거리

끓길 걱정도 없고 무엇보다 요즘 페인트는 친환경 제품이라 몸에도 해롭지 않아. 사실 란저우 음식도 질렸어. 나 살찐 것 좀 보게. 란저우 라면이 내 입맛을 다 버려놓았네. 여기처럼 작은 식당에서 소라고둥이나 해산물 조금 시켜놓고 술 한잔하는 것은 꿈에도 생각 못 할 일이지."

나는 술을 들이키며 잠시 고민하다 입을 열었다.

"나도 같이하면 안 될까?"

"자네가 같이해준다면 그보다 좋을 수 없지. 그런데 자네 부인이 동의할까? 페인트 일 못 하게 하지 않았나?"

"그럴 리가 없어. 집안에 땟거리가 떨어진 마당에 살인 방화를 한다고 하더라도 동의할 걸."

내 말에 아량이 잠시 멈칫하더니 호탕하게 웃으며 맥주잔을 들어 내 잔에 부딪쳤다. 잔에 든 술을 다 비울 때까지 방금 내가 한 말이 귓전에 맴돌았다. 내가 아내를 원망하고 있는 것일까. 나 자신이 그런 말을 입 밖에 꺼냈다는 사실이 당황스러웠다. 가슴에 품고 있던 말이 방심한 새에 입 밖으로 튀어나와버린 것이다.

며칠 후 아량이 전화를 걸어와서 일이 들어왔다고 알렸다. 150제곱미터짜리 집 한 채를 칠하는 일이며, 하루 150위안인데 할 의향이 있느냐고 물었다. 그는 내가 싫다면 다른 사람을 구하겠다고 덧붙였다. 나는 하겠다고 대답했다. 그러나 아내에게는 페인트칠하러 간다는 말을 하진 못했다. 아내는 페인트가 몸에 해롭다며 극구 반대한다.

나는 면접을 오라는 곳이 있어서 가봐야겠다며 둘러대고 집을 나섰다. 아내가 따라나서면 조급하게 굴지 말라고 몇 번이나 당부했다. 갑자기 짜증이 몰려왔다. 입만 벌리면 저런 말을 하는 의도가 무엇일까. 설마 일자리도 구하지 말고 집에만 있으라는 말인가!

새로 조성된 아파트 단지는 크고 멋졌다. 거의 모든 곳에 잔디가 깔려 있었는데 잔디밭에는 난생 처음 보는 나무들을 심어 놓았다. 우리가 일할 집 앞에는 인공 연못까지 있었다. 연못 안에는 작은 분수도 설치되었다. 아량의 말로는 밤이 되면 연못에서 음악이 나오고 분수가 음악에 맞춰 춤을 춘다고 했다. 이런 단지는 1제곱미터당 1만 5,000위안이 넘는다고 한다. 그 소리를 듣고 나는 절망했다. 언젠가 팡창을 위해 계산하던 일이 떠올랐다. 당시 나는 매년 아이를 위해 5만 위안을 저축하기로 했다. 팡창이 스무 살이 되면 100만 위안을 모을 수 있고, 그 돈으로 집을 사고 차도 사고, 결혼도 시킬 수 있다고 생각했다. 그런데 이제 보니 내 계산으로는 어림도 없다. 100만 위안으로는 100제곱미터짜리 집 한 채도 살 수 없다.

오전에 나는 아량과 함께 페인트 가게에 들러 붓, 사포, 퍼티(Putty)와 페인트를 샀다. 푸른색 작업복도 두 벌 장만하고 신문지도 구했다. 일을 하기 전에 작업복을 입고 신문지로 모자를 접어서 머리에 썼다. 이렇게 하면 집에 돌아갔을 때 몸에 퍼티와 페인트 냄새가 남지 않을 것이다.

첫날 일을 끝내고 나니 오른팔을 거의 들지 못할 정도로 아팠다. 그동안 일을 쉬어서 바로 적응할 수 없었다. 페인트칠을 할 때는 팔이 가장 많이 아프다. 온종일 팔을 든 채 작업을 하기 때문이다. 그러나 겨우 벽 하나 칠해놓고 이렇게 아픈 건 나이 탓도 있을 것이다. 젊을 때는 팔이 쑤신다고 느낀 적이 없었다.

집에 오니 아내가 밥을 하고 있었다. 왜 이렇게 늦었냐며 면접은 어떻게 되었냐고 물었다.

"잘 안된 것 같아. 오다가 친구를 만나서 이야기 좀 하느라고 늦었어."

다난이 문 앞에 놓인 의자에 앉아 숙제를 하고 있었다. 나는 담배를 물고 아이 옆에서 숙제하는 모습을 지켜보았다. 큰아이는 말을 잘 듣고 공부도 열심히 해서 성적도 좋은 편이다. 아내는 다난이 한 번도 속을 썩인 적이 없다며 나머지 아이들도 그렇게만 자라주면 좋겠다고 한다.

어느덧 숙제를 끝낸 다난이 고개를 돌려 나를 바라본다. 한참을 보고 있던 아이가 갑자기 입을 열었다.

"아빠, 정말 다시는 우리 곁을 떠나지 않을 거죠?"

나는 마음이 짠해서 아이의 머리를 쓰다듬으며 고개를 끄덕였다. 아이가 같은 질문을 몇 번이나 되풀이하는지 알 수 없을 정도다.

고개를 들어 마당 위 하늘을 바라보았다. 아직 햇빛이 남아 있었다. 햇빛 사이로 반투명한 물체가 떠 있었다. 나는 그것이

구름인지 다른 물체인지 알 수 없었다. 푸른 하늘이 그 물체 뒤로 보일락 말락 했다. 나는 오랫동안 그것을 지켜보면서 반투명 물질을 투과하려고 했다. 햇빛 뒤에 숨은 무엇인가가 마당에 있는 나를 담담하면서도 슬픈 눈으로 지켜보고 있는 느낌이 들었다.

벽을 칠할 때 퍼티를 한 번만 칠해서는 부족하다. 두께가 일정 수준에 이르지 않으면 사포로 문지를 수가 없기 때문에 한 번 칠하고 마르면 두 번, 세 번 덧칠해야 비로소 제대로 스며든다. 이 작업을 할 때는 무척 지루하고 단순한 동작을 반복하기 때문에 시간이 더디게 흘러간다. 젊을 때는 이렇게까지 지루하지 않았던 것 같다.

예전에 일해서 처음 받은 돈으로 읍내의 상가에 가서 일제 휴대용 카세트 플레이어를 샀다. 이어폰을 끼고 탄용린(譚泳麟), 왕제(王傑), 장위성(張雨生)의 노래를 들었다. 하도 들어서 따라 부를 수도 있었다. 열심히 따라 부르다 보면 이어폰으로 듣는 노래가 마치 내 입에서 나오는 것처럼 착각할 때도 있었다. 손에 든 게 페인트 붓이 아니라 마이크처럼 느껴졌다. 사부님도 열여섯, 열일곱 살의 나를 고민도 없을 나이라며 부러워했다.

비록 지금은 그 나이가 아니지만 이어폰으로 음악을 들으면 시간이 빨리 지날 것이다. 이제 어쩌면 이것이 앞으로 평생 직업이 될 수도 있다. 그러니 좋은 방법을 강구하지 않고 기나긴 페인트공 생활을 어떻게 견디겠는가. 그래서 나는 벽을 칠할 때 노래를 부르기로 했다. 그러나 겨우 몇 마디 불렀는데 곧바로 막혀버렸다. 오랫동안 부르지 않아 기억이 나지 않았다. 그래서 다시 생각한 방법이 경을 읊는 것이다. 벽을 칠할 때『능엄경』과『반야심경』을 읊기 시작했다. 경문들이 내 입에서 튀어나오는 순간, 벽의 퍼티도 따라 움직이는 것 같았다.

그것들은 평범한 도료가 아니라 그림을 그리는 주사(朱砂), 석청(石靑), 등황(藤黃) 같은 안료로 변했다. 나는 벽에 페인트칠을 하는 것이 아니라 장경동(藏經洞, 둔황(享煌) 모가오굴(莫高窟)중 하나-역주)에서 달마의 얼굴과 어람관음(魚籃觀音)을 그리고 있다. 나는 불경 소리를 들으며 화가로 변신했고, 시간과 공간을 뛰어넘어 홀로 벽을 마주보며 정성껏 벽화를 그리고 있었다.

벽을 다 칠하고 붓을 통 안에 넣었다. 바닥에 앉아 느긋하게 담배를 한 개비 물었다. 이상하게도 반나절 작업이 힘들게 느껴지지 않았다. 나는 담배를 힘껏 빨아들였다가 힘껏 뱉어냈다. 그리고 눈을 가늘게 뜨고 연기 뒤에서 마치 벽화를 감상하듯이 방금 칠한 벽을 감상했다. 다른 방에서 일하던 아량이 오더니 칠이 끝난 벽을 만져보았다.

"자네 기술은 여전하군."

나는 그저 웃었다.

"무슨 기술이라고 할 수 있겠어."

"벽면 다듬은 것을 보면 자로 댄 듯이 반듯하잖아. 참! 자네

방금 무슨 노래를 불렀지?"

그의 말에 당황해서 둘러댔다.

"입에서 나오는 대로 대충 흥얼거려서 무슨 노래인지는 모르겠네."

"나는 왜 스님이 경 읽는 소리로 들렸지?"

의아하다는 듯 묻는 아량의 말에 다시 웃으며 대답했다.

"그럴 리가……. 내가 스님도 아닌데 경을 어떻게 읽어?"


그날 하루의 작업을 마치고 돌아오는 발걸음이 유난히 가벼웠다. 이렇게 좋은 기분을 느낀 것이 얼마만인지 모른다. 나는 아이가 꿈에도 그리던 선물을 받은 것처럼 기쁜 내 마음을 모두에게 보여주고 싶었다. 전동 자전거를 타고 타오위안로를 거쳐 싱닝교(興寧橋)를 건넜다.

모퉁이를 돌아 집이 있는 골목으로 들어서려던 나는 그 자리에 멈춰 섰다. 좁고 답답한 골목 입구를 바라보며 내 기분이 순식간에 어두워졌다. 나의 즐거움이라는 것이 얼마나 취약한 존재인지 알 수 있었다. 이제 저 골목만 들어가면 불경도, 보살님도 없는, 평범하기 짝이 없는 셋방으로 돌아가야 했다. 나는 상실감에 사로잡혔다. 내가 산첸사를 그리워하고 있음을 깨달았다.

집에 돌아오니 아이들이 방 안에서 카드 게임을 하고 있었다. 나는 봐도 모르는 게임이었다. 아무도 내게 관심을 주지 않자 나는 의자를 문 앞으로 들고 나와 앉았다. 담배에 불을 붙이고 머리 위의 하늘을 바라보았다. 이상하게도 하늘은 어제와 똑같았다. 나는 담배를 피우며 열심히 올려다보았다. 뚫어지게 쳐다보면서 하늘이 갈라져서 그 뒤에 숨은 것이 무엇인지 드러나기를 기대했다.

"뭘 보고 있어요?"

아내의 목소리에 흠칫 놀랐다. 아내는 앞치마에 손을 닦으며 나를 쳐다보았다. 나는 웃으며 아무것도 아니라고 말했다. 아내도 웃으며 의자를 내와 내 옆에 앉았다.

"여보, 요즘 일자리 구하는 건 어떻게 되어가요?"

"아직 못 구했어. 당신도 알다시피 요즘 일자리 구하기가 쉽지 않잖아."

아내가 나를 쳐다보더니 고개를 숙여 생각에 잠겼다가 무겁게 입을 열었다.

"여보, 혹시 요즘 페인트칠해요?"

그녀가 어떻게 알고 물어보는 건지 알 수 없었다. 나는 아무런 대답도 하지 않았다.

"당신 옷에 페인트가 묻어 있어서 알았어요."

나는 고개를 숙이고 담배에 불을 붙였다. 여전히 아무 말도 하지 않았다. 아내가 입을 열었다.

"요즘 일자리 찾는 게 어렵다는 건 나도 알아요. 다만 페인트에 독성이 있어서 걱정이 되네요."

그제야 나는 아내를 보며 웃음을 지었다.

"걱정하지 마. 요즘 페인트는 전과 달라서 친환경 제품이라

독성이 없어."

아내가 나를 보더니 웃었다.

"그렇다면 다행이네요."

아내가 몸을 일으켜 싱크대 앞으로 가더니 그대로 서 있다가 홱 돌렸다.

"여보, 혹시 절에 돌아갈 생각은 아니죠?"

나는 당황해서 머리 위 하늘만 올려다보았다.

"그럴 리가 있나……."

# 27

저우위가 바뀐 번호로 전화를 걸어왔다. 낯선 전화번호를 보는 순간 직감적으로 저우위라는 것을 알았다. 저우위는 상하이에서 돌아왔다며 절에 있느냐고 물었다. 내가 집에 와 있다고 하자 차를 마실 시간이 되느냐고 물었다. 나는 잠시 생각한 후에 당장은 시간이 안 되니 다음 날 만나자고 했다. 사실 그것은 핑계였다. 일이 정신없이 바쁜 것도 아니었다. 하지만 페인트칠을 하다 말고 온몸에 페인트를 묻힌 채로 그녀를 만나기는 싫었다. 또 다른 이유는 그녀가 돌아왔다는 현실을 당장 받아들이기가 어려웠다. 하룻밤 정도 지나서 평정심을 회복한 후에 만나고 싶었다.

그날 밤 나는 화장실에 틀어박혔다. 저녁 식사 후 비가 내리기 시작했다. 빗물이 처마를 타고 후드득 떨어졌다. 나는 거울 앞에 서서 내 모습을 비춰보았다. 머리가 무성하게 자랐으며 수염도 며칠 동안 깎지 않아 인중 주변과 턱에 털이 무성했다. 거울 건너편에 선 것은 지쳐빠진 중년 남자였다. 못 본 사이에 저우위는 어떤 모습으로 변했을까 상상해보았다.

찻집에 도착했을 때는 아직 이른 시간인지 저우위는 도착하지 않았다. 혼자 자리에 앉아 입구 쪽을 계속 쳐다보았다. 긴장한 채로 10분쯤 있으니 저우위가 모습을 드러냈다. 그녀는 짙은 남색 정장에 금테 선글라스를 끼고 있었다. 유명 스타와 같은 차림새에 몰라볼 뻔했다. 어쨌든 그녀는 잘 지내고 있는 것 같다. 예전의 모습을 되찾았을 뿐 아니라 더 화려해진 것 같다. 저우위는 내 앞에 앉더니 선글라스를 벗었다. 그리고 핸드백에서 두툼한 뭉치를 꺼내 내 앞에 놓았다.
"이건 지난번에 빌린 돈이에요."
그 뭉치는 돈이었다. 두께로 봐서는 5만 위안 정도일 것이다. 나는 사양했다.
"이러지 말아요. 내가 받은 도움을 생각하면 그 돈은 그냥 드려야 되는 겁니다."
저우위는 도움을 준 것과 빌린 돈을 갚는 것은 별개라며 물러서지 않았다. 나는 하는 수 없이 돈을 건네받아 그중 2만 위안을 뺀 나머지는 돌려주었다. 저우위는 웃으면서 더는 권하지 않고 남은 돈을 집어넣었다. 우리는 차를 주문하고 앉아서 이야기를 나눴다.
그동안 어떻게 지냈는지 궁금했다. 그러나 그녀는 자신의 이야기는 한마디도 꺼내지 않고 절에서 있었던 일이나 안부 등을 인사치레로 물어보았다. 그녀가 말을 꺼내지 않으니 나도 어쩔 수 없이 묻는 말에만 대답했다. 잠시 후 저우위가 산첸사에 같이 가자고 했다.

"관세음보살님을 뵌 지 오래되었으니 오늘은 뵙고 인사를 드려야겠어요."

무척 난감해진 내가 이미 절에서 떠났다고 말하려고 했으나 잠시 머뭇거리다 그냥 출발했다.

저우위가 운전한 차로 산첸사에 도착했다. 오랜만에 산첸사 앞에 선 나는 만감이 교차했다. 저우위는 사방을 돌아보더니 왜 이렇게 지저분하냐며 툴툴거렸다.

"사실 나도 오랜만에 와보는 겁니다."

내 말에 저우위가 화들짝 놀랐다. 그제야 길어진 내 머리카락에 시선을 주었다.

"무슨 뜻이죠?"

"이제 그만두기로 했습니다."

"왜요?"

"나도 잘 모르겠어요. 아무리 생각해도 내 길이 아닌 것 같아서요."

저우위가 나를 바라보더니 애매한 웃음을 지었.

우리는 관음전으로 들어섰다. 그녀가 먼저 들어가 관음보살님께 절을 하고는 늘 하던 대로 공덕함에 1,000위안을 넣었다. 관음전을 나와서도 저우위는 돌아갈 생각은 하지 않고 산에 올라가 보자고 했다. 나도 그녀와 함께 산에 올랐다. 그동안 계절이 바뀌면서 산에는 철쭉이 만발해서 그 화려한 자태가 눈이 부셨다.

저우위와 산길을 따라 위로 올랐다. 어젯밤에 내린 비로 곳곳이 진창길이었다. 하이힐을 신은 저우위는 걸음걸이가 몹시 불편해 보였다. 비탈이 심한 곳에서 손을 내밀어 그녀를 이끌어주었다. 그녀의 손에는 부드러운 뭔가를 바른 것 같았다. 남몰래 내 손을 코로 가져가 냄새를 맡아보니 향기가 났다. 나는 그 향에 마음이 흔들렸다. 마치 몹시 그리워한 대상을 만난 듯이 말이다.

우리는 마침내 정상에 올랐다. 저우위는 더러워지는 것도 아랑곳 하지 않고 바닥의 둥근 돌 위에 앉아서 거친 숨을 몰아쉬었다. 그녀는 만족스럽게 사방을 내려다보았다.

"이 산꼭대기의 공기는 정말 좋아요. 달콤한 냄새가 난다니까요."

나도 곁에 앉아 무릎을 감싸고 산기슭에 있는 절을 바라보았다. 넓은 산골짜기를 뒤로 한 산첸사는 유난히 작아보였다. 마치 발육이 부실한 아이를 바라보는 것처럼 마음이 아팠다.

"산첸사를 더 크게 키워볼 생각은 해보셨어요?"

갑자기 저우위가 물었다.

"그런 적도 있죠."

"어떤 모습인지 말해줄 수 있어요?"

저우위의 물음에 갑자기 힘이 솟았다.

"저기 산골짜기가 물병 모양이죠? 나는 저 병이 관세음보살님의 손에 든 정수병 같다는 생각이 들어요. 이렇게 천혜의 조건을 갖춘 곳에 푸퉈산처럼 유명한 관세음의 도량으로 만들고 싶었습니다."

그리고 골짜기 한쪽을 가리키며 말했다.

"이쪽부터 저쪽까지는 담을 칠 겁니다. 원래 있던 절은 다 헐어 내고 바닥을 높여서 대웅전 세 채를 올린 후, 아래쪽에도 대웅전을 세 채 더 지을 겁니다. 대웅전의 양쪽에는 사랑채를 들일 건데 사랑채는 호텔처럼 근사하게 지어서 게스트 하우스로 사용할 겁니다. 그 옆에는 살림집을 지어서 내가 지낼 겁니다. 바로 저기입니다."

나는 절 뒤쪽의 대나무 숲을 가리키며 말했다. 가만히 듣던 저우위가 묘한 표정을 지었다. 나는 그 이유를 금세 알아차렸다. 내가 묘사하는 절의 모습은 뜻밖에도 아훙 아저씨의 계획과 유사했기 때문이다. 생각이 그에 미치자 기분이 엉망이 되었다. 장랴오 스님과의 대화까지 떠오르며 아무 말도 할 수 없었다. 그저 고개를 숙여 앞에 있는 들풀만 손으로 뜯었다. 저우위에게 공허한 계획까지 떠들어대는 내 자신을 이해할 수 없었다. 사실 이런 꿈은 진즉에 포기했다. 이런 건 다 내 마음을 괴롭히는 망상에 불과하다.

"내가 호법이 되어준다면 사찰을 재건해볼래요?"

갑작스러운 저우위의 말에 나는 얼어붙었다. 잘못 들은 것은 아닌지 귀를 의심했다. 저우위가 한 번 더 확인했다.

"그럴 마음이 있어요?"

그녀의 질문을 무시하고 내 쪽에서 역으로 질문했다.

"사실 그동안 궁금한 게 있었어요."

저우위가 미소를 지으며 말했다.

"뭔데요?"

"혹시 아홍 아저씨의 호법이었나요?"

저우위는 예상하고 있었다는 듯이 여전히 미소를 띤 채 고개를 끄덕였다.

"그분의 호법이면서 왜 나를 도와주려고 하죠?"

저우위는 미소를 유지한 채 말했다.

"사실대로 듣고 싶어요?"

나는 고개를 끄덕였다. 그러자 그녀가 대뜸 "저는 스님이 좋아요"라고 말했다. 나는 화들짝 놀라 얼른 고개를 숙였다. 얼굴이 불같이 달아오르는 것을 느꼈다. 저우위가 깔깔 소리를 내며 웃었다.

"그냥 농담 한번 해봤어요. 그 이유는 인연이라고 해두죠. 사실 처음 뵈었을 때 광징 스님의 호법이 되겠다는 생각을 했어요."

"왜요?"

"전에 상하이 친구 이야기를 해드린 거 기억나세요? 그 친구 덕분에 서우위안 스님을 알게 되었고, 친구는 그 스님의 염불 소리를 무척 좋아했다고 했죠?"

나는 고개를 끄덕였다. 저우위가 말을 이었다.

"저는 단순한 편이라 남의 말을 쉽게 믿는답니다. 그때는 이혼한 지 얼마 되지 않았고, 어쩌다 보니 서우위안 스님과 가까이 지내게 되었습니다. 그리고 제가 서우위안 스님의 유일한 호법이라고 믿고 온 힘을 다해 도와드렸습니다. 듣기 민망하시겠지만 그 스님을 남편과 다름없이 생각했답니다. 그러다가 제 친구도 서우위안 스님의 호법이라는 사실을 알고 무척 괴로웠습니다. 다른 사람들이라면 받아들였겠지만 저는 그게 안 되더군요. 저는 상대가 마음에 들면 모든 것을 쏟는 성격입니다. 또 상대도 내게 그렇게 해주기를 바라고요."

저우위는 나를 쳐다보며 말했다.

"제 말이 무슨 뜻인지 아시겠어요?"

나는 고개를 끄덕이고는 물었다.

"그런데 왜 나를 도와주려 하죠?"

"스님이 탱자 따주셨잖아요. 그때 제가 빚을 갚겠다고 말했죠."

나는 그녀가 농담하는 걸 알고 웃었다.

"저도 잘 모르겠어요. 바오주사에서 처음 스님을 볼 때부터 좋은 분이라는 생각이 들었어요. 물론 탱자를 따줘서 하는 말은 아니지만 어쨌든 스님을 기억해두었죠. 그 후 절에 찾아가고 자주 만나면서 제 판단이 틀리지 않았음을 확신했답니다. 스님은 욕심이 없고 성실해서 좋았어요. 출가한 사람으로서 마땅히 지킬 선을 존중하는 태도를 높이 샀지요. 부인과 아이들에게 잘하는 사람은 다른 사람에게도 잘하기 때문에 진심으로 돕고 싶었어요."

그녀는 잠깐 멈추었다가 다시 말했다.

"하지만 스님이 운이 나빠서인지 절을 확장하려고 했는데 낙찰계가 깨져버렸지 뭡니까! 몇 번이나 낙찰을 받은 계원이 수백만 위안을 들고 달아나버렸어요. 순식간에 빚을 지고 집과 차, 모든 재산을 압류당했습니다. 가장 어려운 때에 서우위안 스님을 찾아가 도움을 청했는데 일언지하에 거절하더군요. 그때는 무척 괴로웠답니다. 그렇게 많은 불사를 소개해주고 돈 한 푼 받은 적이 없는데 막상 어려움에 처하니 몰인정하게 모른 척하더군요."

아홍 아저씨의 냉대가 나 때문은 아니었을까 하는 생각이 들었다. 갑자기 저우위에게 미안한 마음이 들었다. 마 선장의 불사를 주선해주지 않았다면 그렇게까지 당하지는 않았을 것이다. 당시의 일을 설명하는 저우위위가 급격히 어두워졌다.

"그때 진짜 어떻게 지냈는지 생각만 해도 끔찍해요. 날마다 빚쟁이들에게 시달렸죠. 막다른 골목에 몰렸을 때 스님 생각이 났습니다. 뜻밖에도 스님이 손을 내밀어줬어요. 모두 저를 외면할 때 흔쾌히 도와준 은혜를 평생 잊지 않을 거예요. 그때 만약 제 형편이 나아지면 반드시 돌아와 스님의 호법이 되어서 이 절을 서우위안 스님의 절보다 더 훌륭하게 키우리라 다짐했답니다."

저우위위는 사뭇 진지한 표정으로 나를 바라보며 말했다.

"광징 스님, 절을 일으켜 세우세요. 제가 도와드릴게요."

저우위의 말에 가슴이 마구 뛰는 것을 느꼈다. 눈을 꼭 감고 엄지와 집게손가락 사이를 지그시 눌렀다. 마음이 흔들려 그 자리에서 그러마 하고 대답할까 봐 겁이 났다.

"감사합니다만 저는 이미 다른 일을 시작했습니다. 이번에 찾아오시지 않았다면 산첸사를 찾지도 않았을 겁니다."

저우위는 아무 말 하지 않고 담배를 꺼내 불을 붙인 후 절을 내려다보며 천천히 빨아들였다.

"정말 이곳을 포기하실 건가요?"

나는 잠시 멈칫했다가 이윽고 입을 열었다.

"제 능력이 부족해선지 불교와의 인연이 없어선지는 저도 모르겠습니다. 어쨌든 이 일은 그만둘 작정입니다."

그러자 저우위가 나를 쏘아보았다.

"그건 진심이 아니에요. 사실 스님은 자신이 가장 적합하다는 것을 알고 있어요. 원하기만 한다면 말이에요."

나는 그녀의 눈빛을 외면하고 아무 말도 하지 않았다. 저우위는 몸을 숙여 앞에 있는 철쭉을 어루만졌다.

"광징 스님, 이 꽃 한 송이만 꺾어주시겠어요?"

나는 잠시 멈칫하다가 손을 뻗어 한 송이를 꺾었다.

"머리에 꽂아주세요."

저우위는 머리를 내 쪽으로 내밀고 꽂아주기를 기다렸다. 나는 망설이며 그녀에게 다가갔다. 심장이 요동치는 것을 느꼈다. 마치 몸 밖에서 뛰는 것 같았다. 그녀의 머리카락에 손이 닿으려는 찰나, 나는 얼른 손을 거둬들였다. 나는 마음을 가다 듣고 꽃을 저우위의 손에 놓았다. 저우위는 눈을 뜨더니 멈칫했다가 미소를 지었다. 그녀는 벌떡 일어나 엉덩이의 흙을 털었다.

"이제 내려가요."

나도 몸을 일으켰다. 그리고 나뭇가지를 하나 꺾어 그녀에게 건넸다. 산을 내려올 때 그녀는 나뭇가지를 지팡이 삼았고, 나는 그녀를 부축할 필요가 없었다. 산에서 내려온 뒤엔 저우위의 차를 타지 않고 따로 집으로 갔다.

집에 도착하자 날이 완전히 저물었다. 아내가 왜 이렇게 늦었느냐며 밥은 먹었냐고 물었다. 나는 미안한 마음에 밖에서 친구와 먹었다고 둘러댔다. 아내가 나를 한참 쳐다보더니 물었다.

"밖에서 무슨 일이라도 있었어요?"

나는 힘껏 고개를 저었다.

"아무 일도 없었어. 왜 그렇게 물어?"

아내는 이상하다는 듯이 나를 쳐다보다가 말했다.

"일찍 자요. 내일은 일하러 가야 하잖아요."

자리에 누워서도 좀처럼 잠이 오지 않았다. 온갖 상념이 머릿속을 어지럽혔다. 마음이 흔들리고 있다는 것을 인정하는 수밖에 없다. 그 산골짜기를 바라보면서 내가 꿈꾸던 금빛 찬란한 절의 청사진을 열심히 설명할 때 나 자신이 동요하고 있음을 절실히 느꼈다.

저우위가 어떻게 경제력을 회복했는지는 모른다. 그러나 그녀가 절을 일으키는 데 도움을 줄 사람이란 건 확실히 안다. 그렇다고 덜컥 응하기도 어려운 일이다. 그토록 큰 사찰을 지으려면 수계를 받아 진정한 출가인으로 거듭나야 한다. 그것이 뭘 의미하는지 분명히 안다. 나는 두려웠다. 설마 그 절 때문에 아내와 아이들을 버릴 마음을 품고 있는 것일까. 나는 내 뺨을 세차게 때렸다. 가장 악랄한 마음이 나를 저주하고 있다. 모든 게 허망한 것임을 알아야 한다. 내 곁에 누운 아내와 세 아이만이 내게 주어진 진정한 실체다. 이런저런 생각으로 온 밤을 뒤척였다.

다음 날 아침이 되니 기분이 좀 나아져서 페인트칠을 하러 나갔다. 이제 벽의 칠은 다 말라서 사포로 다듬으면 끝난다. 나는 벽 앞에 바짝 붙어 서서 사포로 열심히 벽을 문질렀다. 회색 먼지가 실내 가득 흩날리다가 잿더미처럼 내 몸으로 떨어졌다. 나는 눈을 가늘게 떴다. 마스크를 썼어도 미세한 입자가 틈새로 들어와서 폐로 들어가는 것을 막을 수 없었다. 힘들기는 했으나 그렇다고 고통스럽지는 않았다. 육체의 괴로움으로 정신적 고통을 분산할 수는 없었다.

아량이 물었다.

"오늘은 왜 노래를 부르지 않나? 저번에 부른 건 참 듣기 좋던데."

나는 빙그레 웃기만 했다. 아량은 그게 노래가 아니라 염불이라는 것을 모른다. 그러나 이제는 염불하지 않을 것이다. 마음 깊은 곳에 숨겨둔 욕망이 다시 솟아오를까 봐 겁이 난다. 나는 원래 승려가 아니며, 불경은 나와 무관하다는 사실을 끊임없이 나 자신에게 상기해야 한다. 장경동에서 그림을 그리던 화가 스님이란 환상을 가져서는 안 된다. 그 환상은 우스운 것에 불과하다. 나는 일개 페인트공이며, 벽화를 그리는 것이 아니라 일당 150위안을 받고 페인트를 칠하는 일을 하는 것이다.

한동안 나는 아침 일찍 집을 나서서 해가 지면 돌아왔고, 말도 점점 없어졌다. 그저 일에만 집중했다. 심지어 내 몸을 유리로 덮어서 공기와도 단절하고 싶었다. 외부 세계와 접촉을 끊어서 아무것도 나를 귀찮게 할 수 없게 만들고 싶었다.

마침내 페인트칠도 마무리 지었다. 그날 오전에 나와 아랑은 집 안에 있던 페인트 통과 각종 쓰레기를 정리하고 깨끗이 청소했다. 그리고 문밖에서 깔끔해진 실내를 마지막으로 바라보고는 문을 닫았다.

우리는 함께 점심을 먹었다. 아랑이 인건비를 계산해주었다. 보름간 일을 했으니 나의 인건비는 2,250위안이었다. 아랑은 여기에 300위안을 더 얹어주었다. 페인트 가게 사장이 주는 것이라고 했다. 페인트 구입으로 받은 커미션인 셈이다. 이런 것까지 챙겨주는 아랑에게 무척 고마웠다.

점심을 먹고 나는 바로 집으로 향했다. 아내는 오늘은 웬일로 일찍 들어왔느냐고 물었다. 나는 일이 끝났다며 받은 돈을 건네주었다.

마당으로 나와서 의자에 앉아서 담배를 피웠다. 고개를 뒤로 젖히고 벽에 기댄 채 하늘을 바라보았다. 금방이라도 비가 내릴 것처럼 어두웠다. 그곳에 앉아 꼼짝도 하지 않고 하늘을 바라보았다. 언제부터인지 아내가 내 옆에서 이런 나를 바라보고 있는 것을 눈치챘다. 내가 쳐다보니 그녀도 피하지 않고 의미심장한 눈빛으로 나를 주시했다.

# 28

저우위가 함께 상하이에 다녀오자고 했다. 그곳에는 무슨 일로 가느냐는 내 물음에 저우위가 말했다.

"아무것도 묻지 말고 한 번만 같이 가줘요."

내가 머뭇거리자 저우위가 재촉했다.

"그러지 말고 한 번만 다녀와요. 저한테 신세졌다고 늘 말씀하셨잖아요. 신세 갚는 셈 치고 같이 가줘요."

이튿날 아침 저우위가 차를 몰고 나를 데리러 왔다. 상하이에는 무슨 일로 가는지 알 수 없었다. 그러나 나는 묻지 않았다. 설마 나를 팔아먹으러 가는 것은 아닐 터이니 말이다. 가는 도중에 나는 거의 입을 떼지 않았다. 저우위 역시 말수가 줄었다. 그날 산 위에서의 장면이 계속 떠올랐다. 그날 이후 우리 두 사람의 관계가 미묘해졌다.

나는 상하이가 처음이다. 내 기억으로는 상당히 먼 곳이다. 어릴 때부터 지금까지 가본 곳 중 가장 먼 지방이 닝보다. 닝보에는 두 번 가봤다. 한 번은 어릴 때 아버지를 따라 오랫동안 연락이 뜸했던 먼 친척을 만나러 갔다. 그날은 마침 중추절이었다. 그 친척은 우리를 대접한다고 특별히 월병을 준비했다. 그는 손바닥 크기의 월병을 과도로 4등분해서 내놓았다. 아버지는 뭉툭한 손으로 삼각형으로 잘린 월병을 집느라 곤욕을 치렀다. 지금까지 먹어본 월병 중 가장 작은 크기로 기억된다. 우리는 다시는 그 집에 가지 않았다.

또 한 번은 아내가 임신했을 때 초음파를 찍으러 갔던 날이었다. 그날 일을 생각하면 지금도 가슴이 아프다. 버스 정류장의 장면은 생사의 이별을 방불케 했다. 나는 조수석에 앉아 조용히 옛날 일을 떠올렸다.

차는 작은 도시로 들어가 닝보를 경유해서 섬과 육지를 잇는 다리로 접어들었다. 그 다리를 지나는 동안 갑자기 정신이 돌아오며 자기도 모르게 자세를 바로잡았다. 이상하게도 그 다리는 마치 바다 위에 지어진 것처럼 보였다.

갑자기 자동차 안에 있는 내가 작게 느껴졌다. 대자연 앞에서 작아지는 단순한 느낌이 아니었다. 나는 내가 살고 있는 작은 도시가 상하이나 항저우 같은 도시와 별다를 것이 없다고 생각했다. 그러나 차가 바다 위로 놓인 다리를 건너는 순간, 나는 그동안 내가 상상한 풍요로운 생활이란 게 얼마나 빈약했던가를 깨달았다. 그리고 얼마 후 잠이 들었다. 얼마나 오래 잤는지는 모르겠다. 저우위가 깨워서 눈을 떠보니 이미 상하이에 도착한 뒤였다.

우리는 한 호텔로 들어갔다. 호텔 내부는 호화로웠다. 회전문에 들어서니 눈앞에 화려한 세계가 펼쳐졌다. 눈이 닿는 곳은 모두 빛이 났다. 그 빛 사이로 사람들이 오갔다. 그들은 화려한 옷을 입고 바쁘게 걸어 다녔다. 내 앞을 지날 때 거의 모든 사람의 얼굴에는 도도함이 깃들어 있었다. 저우위가 데스크에서 체크인을 하는 동안 나는 로비 한쪽에 홀로 앉아 있었다. 갑자기 집에 가고 싶어졌다. 바다 위에 걸쳐진 다리를 지나올 때의 경이로움과 부끄러움, 왜소함이 다시금 머리에 떠올랐다.

체크인을 마친 저우위가 나를 방으로 데려갔다. 모든 절차를 끝내는 동안 나는 아무 말도 하지 않았다. 그저 엄마 손을 놓칠까 봐 걱정하는 아이처럼 그녀의 뒤를 바짝 따라다녔다. 저우위는 카드키를 꽂은 뒤, 자기 방은 바로 옆이니 무슨 일이 있으면 부르라고 했다.

나는 문을 닫고 문에 등을 기대고 서서 길게 한숨을 내쉬었다. 이제야 마음이 편안해졌다. 이 문 하나로 모든 세계와 단절이 되는 것 같았다. 순백의 부드러운 커버를 씌운 침대에 누워 저우위가 나를 이곳에 데려온 이유를 생각해보았다. 혹시 상류층의 생활을 체험해보라고 데려온 것은 아닐까. 그래서 내 마음을 움직여보려는 생각인 걸까. 그렇다면 저우위가 나를 몰라도 너무 모르는 것이다.

저우위가 문을 두드렸다. 함께 갈 곳이 있다며 카드키를 뽑아 나오라고 말했다. 어디로 가는지 몰라 불안한 마음으로 그녀의 뒤를 따랐다. 우리는 복도를 지나 엘리베이터를 타고 지하로 내려갔다.

그곳에 도착하니 또 다른 세계가 펼쳐졌다. 쾌적하면서도 짙은 향기가 났다. 비록 지하지만 정교하게 꾸며놓은 것이 마치 정원의 축소판 같았다. 작은 다리 밑으로 물이 흐르고 초가집도 있다. 한 번도 본적이 없는 수목이 큰 화분에 심겨 울창한 숲을 이뤘다.

저우위가 종업원에게 뭐라고 말을 하자 종업원이 만면에 미소를 띠고 나를 작은 룸으로 안내했다. 10제곱미터 정도의 크지 않은 실내에서는 은은한 음악이 흘러나왔다. 옅은 색 대리석 벽은 부드러운 조명을 받아 우아한 광택을 발산했다. 정중앙에는 흰 커버를 씌운 침대가 있었다. 그 침대 모서리에 걸터앉으니 이상한 생각이 들었다. 이미 체크인을 했는데 이 방은 왜 들어왔는지 의심스러웠다. 잠시 후 노크 소리와 함께 아름다운 젊은 여자 하나가 들어왔다. 그녀는 입구에 서서 미소를 띠며 내게 고개 숙여 인사했다. 갑자기 불안이 엄습해왔다. 나는 벌떡 일어나 밖으로 뛰어나갔다. 저우위가 종업원과 이야기를 하는 모습이 보였다. 저우위는 나를 보더니 눈이 휘둥그레졌다.

"왜 그래요?"

나는 손을 힘주어 가로저었다.

"절대 안 돼요. 여기가 뭐 하는 곳인지 알아요. 난 아내가 있는 몸입니다. 그럴 수 없어요!"

저우위는 어리둥절하다 곧 내 말 뜻을 알아차렸다. 그녀가 입을 가리고 웃었다.

"무슨 생각을 하는 거예요! 제가 그런 곳에 데려갈 사람으로 보여요? 여긴 그냥 피부를 관리하는 스파라는 곳이라고요."

그제야 안심이 되었지만 의혹이 완전히 가신 것은 아니었다. 남자가 이런 곳에서 피부 관리를 왜 하는가 말이다. 저우위가 이런 내 마음을 알아차리고는 웃으며 말했다.

"나중에 다 알게 될 테니 일단 관리부터 받으세요. 저는 여기서 기다릴게요."

나는 안으로 다시 들어갔다. 마사지사는 그동안 다른 아로마 향으로 바꿔놓았다. 그녀는 내게 일단 샤워하고 가운으로 갈아입으라고 말했다. 그리고는 나를 침대에 엎드리게 한 뒤 자신은 내 머리 쪽에 앉아서 마사지를 해주었다. 나는 여전히 마음이 놓이지 않았다. 정신을 가다듬기 위해 속으로 「능엄주」를 외우기 시작했다. 그리고 얼마나 지났을까, 마사지가 전부 끝났다. 이곳의 피부 관리는 정말 효과가 좋았다. 온몸이 개운하게 풀리며 쾌적한 기분이 들었다.

다시 방으로 돌아온 지 얼마 되지 않아 저우위가 노크했다. 그녀의 손에는 회색 승복 한 벌과 니코틴 제거 기능이 있는 치약이 들려 있었다.

"평소에 담배를 피우시니 이 치약으로 두 번 정도 닦으면 개운하실 겁니다. 그리고 욕실에 면도기가 있으니 머리를 미세요. 다 끝나면 이 승복으로 갈아입으세요."

나는 망연자실해서는 그녀를 바라보았다. 도대체 뭘 하자는 건지 알 수가 없었다. 저우위가 웃으며 말했다.

"해치지 않을 테니 안심하세요. 이번만 제 말대로 해주세요. 마지막으로 한 번만요."

결국 나는 욕실로 들어가 머리를 밀고 이를 닦은 후 회색 승복으로 갈아입었다. 거울에 서린 김을 손으로 닦아내고 거울 속의 나를 바라보았다. 훤칠하고 정갈한 모습의 젊은 내가 서 있었다. 감동이 밀려왔다. 솔직히 말해서 나 자신의 이런 모습은 나도 처음이었다.

저녁 6시쯤 저우위가 밥을 먹으러 가자며 찾아왔다. 문을 열고 나서자 저우위는 놀랍다는 듯이 나를 위아래로 뜯어보았다. 나는 민망해서 어찌할 바를 몰랐다. 저우위가 그런 나를 바라보며 웃었다. 승복을 입고 저우위와 함께 호텔 복도를 걸었다. 오랫동안 승복을 입지 않아서인지 뭔가 부자연스러웠다. 사람들이 나를 쳐다볼까 봐 겁이 났다. 저우위는 내 옆에서 걸으며 조금도 거침이 없었다. 그녀는 자신만만한 눈빛으로 가끔 나를 바라보았다. 내 모습에 그녀가 흡족해하는 것을 느낄 수 있었다. 우리는 엘리베이터를 타고 이 층에서 내린 후 복도를 걸어갔다. 이윽고 두 개의 문이 나타났다. 원목으로 된 문은 짙은 페인트를 칠해 두툼하고 거대해 보였다. 문 가운데는 금빛 찬란한 손잡이가 두 개 있었다. 저우위가 손잡이 하나를 잡더니 나를 돌아보며 미소를 지었다. 내게 고개를 끄덕이더니 힘껏 문을 밀었다.

문을 열고 들어가자 실내의 빛이 홍수처럼 쏟아져내렸다. 나는 그곳에 서서 쏟아지는 빛에 잠시 휘청했다. 정신을 가다듬고 보니 그 뒤쪽에는 큰 방이 있고 십여 개의 원탁이 놓여 있었다. 원탁 주위에 사람들이 앉아 있다가 나를 보더니 일제히 일어났다. 그들은 내게 두 손으로 합장하며 고개 숙여 인사했다. 머릿속이 갑자기 하얗게 변하면서 몸이 미세하게 떨렸다. 마치 전류에 감전이라도 된 듯 모든 땀구멍이 열리는 느낌이었다. 눈앞에 어떤 일이 펼쳐지는지 알 수 없어 반쯤은 넋이 나간 듯했다. 심지어 거대한 음모에 빠졌다는 공포심까지 느꼈다.

저우위가 손짓해서 나를 가장 안쪽에 있는 자리로 안내했다. 나는 천천히 걸어갔다. 한 걸음 뗄 때마다 마치 구름 위를 걷는 것처럼 무게가 느껴지지 않았다. 나는 천천히 걸었고, 그 자리에 있는 모든 사람의 눈길 역시 내 걸음을 따라 천천히 이동했다. 부드러운 눈빛은 선의와 존경심으로 넘쳤으며, 어떤 갈구마저 느껴졌다. 그들은 서 있었지만 그들의 눈빛은 땅에 엎드려 있는 느낌이었다. 신기하게도 테이블 쪽으로 걸어가면서 마음이 점점 편안해졌다. 마음 깊은 곳에서 나를 향해서 조아리는 그들의 존경과 숭배를 즐기는 것 같았다. 이런 느낌은 처음이었다.

테이블 앞에 서서 사람들의 미소 띤 얼굴을 바라보며 자연스럽게 다들 앉으라는 손짓을 했다. 그러나 사람들은 앉을 생각을 하지 않았다.

"스님이 먼저 앉으십시오."

누군가 이렇게 말하자 나머지 사람들도 따라서 말했다. 나는 승복의 늘어진 부분을 수습하며 자리에 앉았다. 나는 착석한 후 다시 사람들을 향해 앉으라는 손짓을 했다. 그제야 사람들이 하나둘 앉기 시작했다.

그날 밤 나는 내 평생 가장 훌륭한 채식을 맛보았다. 음식은 하나같이 정교하게 만들었다. 그러나 맛은 전혀 기억이 나지 않았다. 나의 몸은 시종일관 고귀하고 분명한 정서로 지탱되었다. 그 정서는 과거의 모든 경험을 초월하며, 심지어 나의 상상까지 뛰어넘는 것이었다. 식사 도중에 사람들은 계속 자리에서 일어나 내 곁으로 왔다. 그들은 몸을 최대한 굽혀 자신들의 공경을 보여주고자 했다. 그들은 각종 질문을 끊임없이 던졌다. 마치 내 머리에 그들의 삶에 대한 답이 들어 있고, 내 손에 그들의 운명이 들어 있다는 듯이 말이다. 어떤 사람은 내 앞에 와서 아무 말도 하지 않고 그저 고개를 깊이 숙이고 있었다. 내가 자신의 머리를 쓰다듬게 하려는 것이다. 그중에는 지난번 산첸사를 방문했던 천 씨 아주머니도 있었다. 그녀는 내 손을 잡더니 살아 있는 보살님이라고 몇 번이나 강조했다. 내가 자기 아들 일을 잘 풀리게 해준 덕분에 공장이 점점 잘되고 있다고 했다. 그녀는 아들과 함께 내 절을 찾아 수륙법회를 할 것이라고 말했다. 이처럼 찬미와 공경의 말이 내 귓전에 가득했는데, 내가 보살의 모습을 한 활불이며, 내 몸에서는 남다른 향내가 풍긴다는 말까지 들었다. 다른 사람들도 나를 찬미하는 데 인색하지 않았다. 그들의 찬미는 순수했고, 조금의 가식도 느껴지지 않았다. 나는 찬미의 소리에 완전히 심취했다. 그날이 내 인생에서 가장 아름다운 순간이었노라고 감히 말할 수 있을 정도였다.

이튿날 저우위가 차를 몰아 다시 나를 데려다주었다. 돌아오는 내내 저우위는 여전히 말이 없었다. 나를 상하이에 데려간 이유를 말해주지 않았으며, 식사 자리에 관해서도 일언반구도 없었다. 핸들을 움켜쥐고 마치 아무 일 없었다는 듯이 편안한 모습으로 운전에만 집중했다.

고속도로에서 내려오자 저우위가 내게 어느 방향으로 갈 것인지 물었다. 나는 잠시 생각하다가 산첸사에 내려달라고 했다. 그녀는 나를 산첸사에 내려주고 그길로 돌아갔다. 나는 사원의 계수나무 밑에 홀로 서 있었다. 뭔가를 하고 싶었으나 뭘 할지 알 수가 없었다.

그날 밤 집에 돌아온 나는 아내를 꼭 끌어안고 아무 말도 하지 않았다. 아내도 나의 행동에서 무언가 변화를 감지하고 왜 그러냐고 물었으나 나는 아무것도 아니라고 말하며 그저 안고 싶어서 그렇다고 했다.


상하이에서 돌아온 후 나는 한차례 크게 앓았다. 온종일 정신이 몽롱하며 기운을 차릴 수 없었다. 그사이에 아랑이 일거리가 들어왔다며 전화를 걸어왔으나 나는 완곡히 거절했다. 아량은 의아해하면서도 별말은 하지 않았다.

 며칠 동안 나는 문밖출입을 하지 않았다. 마당에 앉아 하늘만 쳐다보았다. 날이 밝고 어두워지는 모습, 구름이 두꺼워졌다가 얇아지는 모습만을 보고 있었다. 아내는 그런 나를 지켜보며 걱정했다. 몸이 아픈 것은 아닌지, 페인트칠 때문에 영향을 받은 건 아닌지 걱정하기도 했다. 그때마다 나는 아무 일 아니니 걱정하지 말라고 아내를 안심시켰다.

 한밤중에 잠에서 깨어난 나는 조심스럽게 침대에서 일어났다. 문을 열고 나가 마당에 있는 의자에 앉았다. 고개를 들어 권태롭게 담배 연기를 하늘로 뿜었다. 상하이에서 돌아온 이후 나는 늘 지쳐 있었다. 몸속 기력이 다 빠져나간 사람 같았다. 사실 내 몸에서 빠져나간 게 기력이 아니라는 것쯤은 나도 잘 알고 있었다.

 고개를 들어 어슴푸레한 하늘을 바라보았다. 계속 보고 있으니 하늘이 열리는 것 같았다. 그 틈으로 산이 보였다. 저우위가 철쭉이 만발한 산꼭대기에 앉아 있는 모습이 보였다. 절을 어떤 곳에 지을까. 대웅전은 나란히 세 채를 들일 것이다. 그리고 그 앞에도 세 채를 더 지을 것이다. 저우위가 산골짜기를 가리키며 허공에서 천천히 움직였다. 내 시선도 그녀의 손을 따라 움직였다. 그녀의 손가락은 마치 붓처럼 허공에다 빛나는 나의 청사진을 그리고 있다.

 나는 속으로 길게 한숨을 내쉬었다. 휴대 전화를 꺼내 저우위에게 문자를 보냈다.

"30만 위안만 빌려주실 수 있습니까? 아내에게 주려고 그럽니다."

잠시 후 저우위가 답장을 보내왔다.

"그럴게요."

# 29

점심을 먹은 후 다난에게 말했다.

"오후에 집에서 동생들하고 있거라. 잠시 엄마랑 어디 다녀올 테니."

옆에서 듣던 아내가 의아한 눈으로 바라보았다.

"어디 가려고요?"

"가보면 알게 될 거야."

다난은 나와 제 엄마의 대화를 들으며 나름대로 짐작 가는 데가 있는지 회심의 미소를 지었다.

"걱정하지 말고 다녀오세요. 동생들이랑 놀고 있을게요."

나는 전동 자전거 뒤에 아내를 태우고 집을 나섰다. 아내는 내 허리를 힘껏 붙잡고는 어디에 가느냐고 몇 번이고 물었다. 나는 그저 도착하면 알게 될 거라고 말했다. 그리고 산첸사 입구에 와서 전동 자전거를 멈췄다.

"여보, 이곳이 내가 주지로 있는 절이야. 산첸사라고 하지. 당신 한 번도 안 와봤지?"

아내가 어리둥절해하며 절을 바라보다가 다시 내 쪽을 보았다. 어찌할 바를 모르는 표정이었다. 나는 문을 열고 들어가 안내했다.

"일단 이곳을 보여줄게."

아내는 순순히 고개를 끄덕였다. 나는 아내에게 주방과 선방을 먼저 보여준 다음에 내가 기거하는 이 층 방도 보여주었다. 처음부터 끝까지 아내는 한마디도 하지 않았다. 표정이 점점 굳어지는 것을 보니 아내도 각오를 한 눈치였다. 절을 다 보여준 후 나는 아내에게 산에 올라가자고 했다. 그녀는 담담한 표정으로 따라왔다. 산길을 따라 걷는 동안 나는 아내의 손을 꼭 움켜쥐었다. 손을 잡아본 지가 언제인지 기억도 나지 않았다. 정상에 올라가 손을 놓으니 손바닥이 땀으로 흥건히 젖었다. 내 손에서 난 땀인지 아내의 것인지 알 수 없었다. 산꼭대기에서 그 아래 공터를 가리키며 말했다.

"여보, 저기 보이지? 이 산속 공터가 물병을 닮지 않았어? 저기에 낡은 건물을 전부 헐고 새로 대웅전 세 채를 지을 계획이야. 다 짓고 나면 그 앞에 같은 건물을 세 채 더 지을 거야. 대웅전 왼쪽에는 종루(鍾樓), 오른쪽에는 고루(鼓樓)를 배치할 거야. 대웅전 뒤에는 물고기를 방생할 연못을 파고 싶어. 산허리에 있는 저수지에서 물을 끌어오고, 방생 연못은 돌로 벽을 쌓아서 물이 차오르게 할 작정이야."

나는 상상 속 사찰을 열심히 묘사했다. 아내는 내 옆에서 한마디도 하지 않고 조용히 내 말을 듣고 있었다. 내 말이 끝날 때까지 그저 돌 위에 앉아 담담한 표정으로 산기슭을 내려다보았다. 아내를 바라보던 내가 잠시 생각하다가 허리를 굽혀 철쭉 한 송이를 꺾어 머리에 꽂아주었다. 아내가 내 쪽으로 고개를 돌리며 웃었다.

"여보, 정말 사찰 건물을 지을 생각이에요?"

나는 힘차게 고개를 끄덕였다.

"그럴 거야."

"왜요?"

"당신도 알다시피 팡창을 낳기 전날 밤 내가 소원을 하나 빌었잖아. 아들을 낳게 해주면 불교에 귀의한다고 약속했어. 그리고 당신이 팡창을 낳았지. 하지만 나는 약속을 지키지 않았어. 그 뒤에 당신이 넘어져서 수술하게 되었어. 당신은 이 모든 게 이상하다고 생각하지 않아? 어떤 힘이 작용하는 것 같은 느낌이야. 그날 밤 당신이 넘어지지 않았다면, 손을 다치지 않았다면 그 병을 어떻게 발견했겠어?"

나는 말을 하면서 줄곧 아내의 얼굴을 관찰했다. 그녀의 얼굴에 어떤 반응이 나타날지 기대하면서 말이다. 반응에 따라 말의 내용을 조정할 생각이었다. 그러나 아내의 표정은 담담하기만 했다.

"그리고 당신에게는 말하지 않았지만 이런 일도 있었지. 당신이 퇴원할 때 담당 의사가 병이 2년 내에 재발하지 않아야 위험에서 벗어날 수 있다고 했어. 그동안 벌어진 일만으로도 한 차례 경고를 한 셈이거든. 내가 약속을 지키지 않는다면 어떤 일이 벌어질지 알 수 없어. 나는 당신을 위험에 빠지게 할 수 없어. 당신을 잃을 수 없다고."

아내가 고개를 돌려 나를 보았다.

"그래서 어떻게 하고 싶은데요?"

"내가 생각을 해봤는데 그 약속을 지켜야 할 것 같아. 사실 나쁜 것도 아니잖아. 내가 출가만 하면 수계를 받고 큰 절을 지을 수 있어. 그렇게만 되면 나는 많은 돈을 벌 수 있고, 당신과 아이들은 더 풍족한 생활을 누릴 수 있어."

나는 잠시 말을 멈추고는 내 말의 의미를 알겠냐고 물었다. 아내는 웃는 얼굴로 알겠다고 답했다. 아내의 표정을 보며 조금씩 마음이 놓였다.

"당신과 아이들을 떠나지 않을 테니 걱정하지 마. 우리가 이혼을 한다고 해도 그건 가짜야. 우린 언제까지나 한 가족이야."

아내가 내 말을 가로막았다.

"다 알아들었으니 그만해요."

말을 마친 아내가 몸을 일으키더니 먼지를 털었다. 그리고는 머리에 꽂은 꽃을 뽑아 골짜기 아래로 힘껏 내던졌다.

"스님들은 법호가 있다던데 당신은 뭐라고 불러요?"

아내가 왜 이런 질문을 하는지 알 수 없었다. 나는 민망한 말투로 광징이라고 부른다고 답했다.

"광징이라……, 정말 스님 이름답군요. 하지만 당신 정말 그 약속 때문에 그러는 거예요?"

순간 나는 뜨끔했지만 힘주어 고개를 끄덕였다. 아내는 한숨을 쉬었다.

"이제부터 당신을 팡취안이라고 불러야 할지, 광징 스님이라고 불러야 할지 모르겠네요."

그 말을 끝으로 아내는 몸을 돌려 아래로 걸어갔다. 그녀는 손을 뻗어 산길의 풀들을 어루만졌다. 나는 정상에 서서 산기슭의 낡은 절을 내려다보았다. 바람 소리가 들려왔다.


저녁을 먹고 도시에서 가장 큰 슈퍼마켓으로 갔다. 수입 상품 진열대로 가서 감자칩, 초콜릿, 오렌지주스를 포함한 이름도 모르는 과자들을 닥치는 대로 바구니에 담았다. 그러면서도 유통기한을 꼼꼼히 살펴서 최근 것으로 골랐다. 비닐봉지 두 개에 나눠 담고 집으로 돌아왔다.

다난이 동생들과 침대에서 윷놀이를 하고 있었다. 나는 살금살금 들어가 봉지를 윷판 위에 내려놓았다. 어리둥절한 것도 잠시, 아이들은 금세 비닐봉지를 풀어 헤치면서 환호성을 질렀다. 아내가 화장실에서 빨래하고 있다가 그 소리에 방으로 들어왔다. 나는 손을 뻗어 아내를 맞이하는 시늉을 하며 아이들에게 말했다.

"얘들아 욕심 부리지 말고 일단 이쪽으로 와서 앉아봐. 당신도 이리 와."

아내가 그 광경에 어리둥절했다. 팡창이 제 엄마 손을 이끌고 왔다. 나는 비닐봉지 안의 먹거리를 모두 침대 위에 쏟은 후 한 덩어리씩 나눴다.

"이제 나눠가져도 된다. 이건 다난 거, 이건 얼난, 이건 팡창 거다. 그리고 이건 엄마 몫이야."

다난이 의아한 표정으로 나를 쳐다보았다.

"아빠 거는 없어요?"

나는 웃으면서 말했다.

"아빠는 군것질을 좋아하지 않으니 필요 없단다."

다난이 나와 아내를 번갈아 쳐다보더니 과자를 다시 한군데로 모았다.

"우리 식구는 다섯 명이니까 다섯 덩이로 나눠야 해."

그러더니 다섯 명 분으로 다시 나눴다. 아내가 입을 앙다물었다. 그녀의 눈가가 촉촉해졌다.

아내가 슈퍼마켓에서 일할 때, 아이들은 제 엄마의 월급날을 손꼽아 기다렸다. 그날이 되면 유통기한이 다가오는 음식들을 가져왔기 때문이다. 아내는 슈퍼마켓 사장이 200위안을 월급에서 제한다며 불만을 터뜨렸지만 아이들에게는 그야말로 명절과 같았다. 아이들은 모여앉아 아내가 가져온 군것질거리를 나눠가졌다. 한 번은 아내가 과자 대신 가루비누 같은 일용품을 가져오는 바람에 아이들이 크게 실망한 적도 있다. 아내는 어차피 200위안을 제한다면 필요한 물건을 가져오는 편이 낫다고 판단했나보다. 큰아이는 철이 들어서 별말을 하지 않았지만 둘째 얼난이 울며 떼를 썼다. 한 달이나 기대하며 기다린 것이니 그럴 만도 했다. 나는 얼난을 달랬다.

"울지 마라. 아빠가 과자 사다 줄게."

아내가 이 늦은 시간에 어디를 가느냐며 말렸지만 나는 집을 나섰다. 먼 길을 걸어 불이 켜진 가게를 찾아냈다. 그리고 오기가 나서 진열대에 있는 과자를 모조리 사서 돌아왔다. 아이는 좋아서 어쩔 줄 몰라 했다. 감자칩을 뜯어서 먹던 얼난이 갑자기 한마디 했다.

"아빠가 제일 좋아요! 엄마는 제일 싫어요!"

나는 아내의 표정이 변하는 것을 보았다. 그녀는 화장실로 가더니 한동안 나오지 않았다. 그날 일을 아내가 기억하고 있는지 모르겠다.

가만히 그녀를 쳐다보았다. 내 시선을 그녀도 느꼈을 것이다. 그러나 아내는 내 쪽으로 시선을 돌리지 않았다. 산첸사에서 돌아온 날부터 그녀는 내 눈을 똑바로 보지 않는다. 그녀 탓이 아니다. 나라도 그렇게 했을 것이다.


한밤중에 나는 화장실에 앉아 있었다. 세 아이가 과자를 껴안고 잠이 들었을 때, 갑자기 오늘밤 잠을 어디서 자야 하는지 난감하다는 생각이 들었다. 비록 아내와는 아직 이혼 절차를 밟진 않았으나 같은 잠자리에 드는 것도 적절하지 않아 보였다. 그녀는 이것까지는 생각하지 않은 눈치였다. 아이들이 잠들자 그녀도 몸을 옆으로 하고 누웠다. 그녀는 무척이나 담담해서 우리에게 아무 일도 일어나지 않은 것 같다. 그녀는 모든 것을 깊이 감추는 습관이 있었다. 아내의 뒷모습을 바라보다가 가슴이 아파왔다. 나와 가장 가까웠던 여인이 이제는 낯선 사람인 듯 생소했다.

내 자리는 화장실이 가장 적당하다는 생각이 들었다. 변기 뚜껑 위에 쪼그리고 앉아 곰팡이가 심하게 핀 담배를 찾아냈다. 그리고 한 개비씩 피웠다. 그 안은 역겨운 냄새로 가득 찼다. 마지막 담배를 피울 때쯤엔 입의 감각마저 느껴지지 않았다. 담뱃갑에 남아 있던 담배를 다 피운 후 꽁초들을 모아 변기에 넣고 물을 내렸다. 꽁초들이 소용돌이치는 물을 따라 돌다가 깊은 곳으로 빨려 들어가는 모습을 지켜보았다. 나는 살금살금 화장실에서 나왔다. 아내는 침대에서 여전히 같은 자세로 누워 있었다. 그동안 한 번도 몸을 움직이지 않은 듯했다.

나는 침대 옆에 서서 세 아이를 온화한 눈길로 내려다보았다. 다난은 위층에서 자고, 얼난과 팡창은 아래층에서 함께 잔다. 세 아이는 각자 과자를 껴안고 달콤한 잠에 빠져들었다. 눈에 넣어도 아프지 않을 내 자식들이다. 아이들의 모습을 보며 눈가가 어느새 축축해졌다. 나는 눈을 문지르며 조심스럽게 마당으로 나왔다. 한쪽에 놓여 있는 자전거를 꺼냈다. 처형 회사의 우유 배달용 자전거다. 우유 배급소가 문을 닫은 뒤 여태 이곳에 보관 중이었다.

소매로 안장을 닦은 후 자전거를 끌고 나섰다. 우유 배급소 앞까지 가보았다. 내부가 칠흑같이 어두웠다. 몇 년 전만 해도 이곳은 불이 환하게 켜 있고 배달원들이 땀을 흘리며 수많은 우유병을 각자의 배달 상자에 옮겨 담느라 분주했던 곳이다. 동네를 크게 한 바퀴를 돈 나는 그쪽으로 다시 갔다. 추위에 목을 잔뜩 움츠렸고 얼굴은 밤바람에 온통 빨개졌다.

배급소에서부터 출발해서 우유를 배달했던 노선을 따라 두 바퀴 정도 돌았다. 세 바퀴를 돌자 지쳐서 더는 움직일 수 없었다. 나는 발끝을 땅에 딛고 서서 거친 숨을 몰아쉬었다. 숨소리가 잦아든 후 고개를 들었더니 앞에 둥먼암이 보였다. 나는 자전거를 입구로 몰고 가서 돌계단 앞에 걸터앉았다. 잠시 앉아 있었더니 눈앞이 흐릿해졌다.

언젠가 이렇게 앉아 있다가 대성통곡했던 기억이 난다. 무엇 때문인지는 기억나지 않는다. 그날 밤 특이한 단향 냄새를 맡았었는데 오늘은 아무 냄새도 나지 않았다. 담배를 많이 피운 탓이리라. 숨을 쉴 때마다 코에서 곰팡이 냄새가 느껴진다. 나는 암자 앞의 넓은 길을 바라보았다. 낮에는 오가는 차들로 붐비는 길이 지금은 정적만 흐른다. 그 길을 바라보며 아내의 얼굴이 떠올랐다. 다난, 얼난, 팡창의 얼굴도 떠올랐다.

이 도시에 온 뒤로 날마다 열심히 살았다. 세 식구가 네 식구로, 다섯 식구로 늘어났다. 나는 눈을 가늘게 뜨고 아내, 아이들과 지냈던 행복한 순간을 떠올리려 애썼다. 그러나 내 머릿속에는 금빛 찬란한 대웅전과 편전, 종루, 고루, 살림집의 모습이 떠올랐다. 인파가 몰려오고 깃발이 나부끼는 절에는 한 사람이 단상에 앉아 있다. 그는 두 손을 합장하고 인자한 미소로 중생들을 내려다보고 있다.

잠시 후 나는 힘껏 눈을 떴다. 내 눈은 마치 인간 세계에 떨어진 한 마리 짐승처럼 당황스러움과 욕망으로 가득 찼다. 잠시 머뭇거리던 야수는 땅을 딛고 도약해서 미친 듯이 질주했다. 마치 지구 표면에 붙어 있는 거대한 포물선처럼 고독하고도 미친 듯한 질주를 계속했다. 야수는 여러 도시를 뛰어넘고, 높은 산과 바다를 뛰어넘었다. 그리고 모든 시공간을 뛰어넘었다. 결국 힘이 빠져 움직일 수 없게 된 야수는 거대한 포물선을 그리며 그 자리에 지쳐 쓰러졌다.

나는 그때 내 모습을 보았다. 둥면암 앞에 놓인 차디찬 돌계단에 외롭게 앉아, 나와 또 하나의 내가 서로를 바라보고 있었다.

# 출가

| | |
|---|---|
| 펴낸날 | **초판 1쇄 2017년 11월 3일** |
| 지은이 | **장지** |
| 옮긴이 | **차혜정** |
| 펴낸이 | **심만수** |
| 펴낸곳 | **(주)살림출판사** |
| 출판등록 | **1989년 11월 1일 제9-210호** |
| 주소 | **경기도 파주시 광인사길 30** |
| 전화 | **031-955-1350** 팩스 **031-624-1356** |
| 홈페이지 | http://www.sallimbooks.com |
| 이메일 | book@sallimbooks.com |
| ISBN | 978-89-522-3810-8  03820 |

※ 값은 뒤표지에 있습니다.
※ 잘못 만들어진 책은 구입하신 서점에서 바꾸어 드립니다.

이 도서의 국립중앙도서관 출판예정도서목록(CIP)은 서지정보유통지원시스템 홈페이지
(http://seoji.nl.go.kr)와 국가자료종합목록시스템(http://www.nl.go.kr/kolisnet)에서
이용하실 수 있습니다.(CIP제어번호: CIP2017026725)

책임편집·교정교열 **길주희**